창세의 하자瑕疵

창세의 하자瑕疵

발행일	2018년 3월 23일		
지은이	하 두 석		
펴낸이	손 형 국		
펴낸곳	(주)북랩		
편집인	선일영	편집	권혁신, 오경진, 최예은, 최승헌
디자인	이현수, 허지혜, 김민하, 한수희, 김윤주	제작	박기성, 황동현, 구성우, 정성배
마케팅	김회란, 박진관, 유한호		
출판등록	2004. 12. 1(제2012-000051호)		
주소	서울시 금천구 가산디지털 1로 168, 우림라이온스밸리 B동 B113, 114호		
홈페이지	www.book.co.kr		
전화번호	(02)2026-5777	팩스	(02)2026-5747
ISBN	979-11-6299-022-3 03180(종이책)		979-11-6299-023-0 05180(전자책)

이 도서의 국립중앙도서관 출판예정도서목록(CIP)은 서지정보유통지원시스템 홈페이지(http://seoji.nl.go.kr)와
국가자료공동목록시스템(http://www.nl.go.kr/kolisnet)에서 이용하실 수 있습니다.
(CIP제어번호 : CIP2018009461)

(주)북랩 성공출판의 파트너

북랩 홈페이지와 패밀리 사이트에서 다양한 출판 솔루션을 만나 보세요!

홈페이지 book.co.kr • **블로그** blog.naver.com/essaybook • **원고모집** book@book.co.kr

하두석 추리소설

창세의 하자

瑕疵

물속에서 단 몇 분도 견디지 못하는 인간의 부실한 심폐능력을
하나님의 창세 하자로 결론 짓고 이를 극복해

제2의 예수가 되려는
한 종교인의 위험천만한 인간 개조 프로젝트!

북랩 book Lab

글을 쓰며

참으로 기쁘고 행복하다.

부족한 글이지만, 그 힘들다는 해산을 마친 기분이다.

자기를 닮아 못생긴 아기일망정 제 새끼라 마냥 행복해 하는 산모의 심정이다.

퇴직 후 게을러지기가 싫어 시작한 글쓰기, 이때 펜은 나의 심상 정신을 재활시키고 몸까지 힘나게 했다. 얼씨구나, 부족하든 말든 자식을 얻는 마음으로 글을 썼다.

그러나 일기처럼 혼자 볼 글이 아니라면 남의 눈도 의식해야 할 것이다. 살짝 걱정이 된다.

자연에는 밤낮이 있듯 세상에는 밝고 어두운 면이 있다.

　나는 평소 우리의 일상에서 밝고 고운 면을 찾아 알리고 또한 그 밝고 고움을 조장하고 부추길 글쓰기를 좋아하였다. 그러나 세월호 침몰사고는 나를 돌려놓고 말았다. 그런데 이상하게도 세월호 사고는 그 속을 들여다볼수록 마치 나의 속을 보는 것이었다. 사고의 밑바닥에 깔려있는 수많은 부조화는 바로 나의 것이었다. 아찔하였다. 세월호가 외쳤다. '너부터 정화하라.' 깜짝 놀란 나는 부끄러운 나이일망정 '정화하라'는 경고음에 마음이 달고 무거워졌다. 그러다 이왕 우리 사회에도 작은 파문이라도 던지고 싶어졌다. '나비효과'라는 말을 떠올리면서….

　나는 글을 쓰며, 나 자신을 제대로 알아보기 위해 불경스럽게도 하나님께 불평인지, 시비인지를 걸어보았다. '어찌 나를 이토록 부실하게 만드셨냐고?' 그러면서 나는 그 대책이든 보상이든, 나에게 직접 달라고 하나님의 소맷자락을 붙잡고는 따라다녔다. 그런데 놀랍게도 하나님은 이런 나를 떼놓으려 하지도 않으시며, 끝까지 내 컴퓨터의 타이핑을 도와주셨다. 잠이 오지 않는 날에는 밤이 이슥도록 나와 글동무, 말동무가 되어주셨다. 어쩌다 타이핑을 머뭇거리면 내 마음을 읽어 글을 잇게도 도와주셨다. 앞에 나의 그 시비에는 끝내 대답을 않으시면서 말이다.

지금에서 보면 하나님은 분명 대답을 하셨을 테다. 단지 내가 깨닫지 못하였을 뿐. 하지만 어쩌면 대답을 안 하셨을 것 같은 생각도 든다. 여태 나는 청개구리처럼 바로 듣기를 제대로 안 하였으니 말이다. 물론 하나님은 어떤 경우에도 대답을 안 하실 분이 아니심을 믿고 있다. 그러니 굳이 말씀이 아니더라도 나의 타이핑을 이끄신 그 손길에 이미 대답이 있었음이 분명하다. 내가 타이핑한 글이지만 읽고 또 읽어 하나님 손길의 그 지문을 다시 꼭 찾아야겠다. 나의 정화, 바른 회개를 찾아 나선 내가 아니냐? 이번에는 펑펑 울어 감격할 구원의 은혜 속에 푹 빠지고 싶다.

글을 마치려니, 그간 잔소리깨나 해대던 아내가 유달리 고맙게 다가온다. 컴퓨터 앞에 너무 오래 앉아있지 말라는 게 어찌 잔소리겠는가? 커피를 나르고 어깨까지 주물러 준 당신 덕분에 나는 이렇게 건강한 가운데 펜을 놓습니다. 여보, 고마워요.

또한 손 귀한 집 옥동자를 기원하듯 응원을 주시고 말씀에 누가 되지 않게 이끌어주신 대학교회 전애영 사모님, 이웃 신은회 권사님 댁 내외분에게도 고마움을 전한다.

출판사의 손형국 사장님 이하 임직원에게도 감사드린다.

무술년 2월

contents

✝

✝

✝

10

창세의 하자聖服

천사와 남편

늦잠 자던 폰이 해가 중천에서야 깬다.

천사 형수님이시다. 전화 받기를 망설인다. 문안 인사를 못한 탓이다. 내가 전화를 드리는 게 나을 것 같다.

벨이 멈추고 뜸을 들인 뒤 전화를 건다. 신호음이 가기도 전에 전화를 받는 느낌이다. 폰을 든 채 애를 태우고 있었나 보다.

"최 선생님 반가워요. 잘 지내시죠? 급히 상의할 일이 있어 전화를 드렸어요. 바쁘시겠지만 시간을 좀 내주세요. 꼭요."

반가움과 다급함의 목소리다. 문안 인사도 하기 전에 다짜고짜 만나잔다.

마지막 '꼭요'에 힘을 주는 압박과 명령이다. 대답을 머뭇거릴 분위기도 아니다.

"예, 형수님 그러죠. 오후에 시간을 내겠습니다."

"아이, 고마워요. 그럼 점심을 같이하시면서…. 지금이 11시니까 여기 양평으로 와주세요. 전 연구실에 와 있어요."

"아니 천사 형수님께서 거기에는…. 아아 아무튼 알겠습니다. 12시 반쯤에 도착하도록 시간을 맞춰 출발하겠습니다. 그럼 나중에 뵙죠."

오후에 시간을 내겠다니 아예 점심시간으로 당겨 못을 박는 그녀이다. 갑자기 어둑한 그림자가 스치듯 느낌이 이상하다. 전화를 끊고 보니 언제 들어도 솜사탕 같던 그녀의 목소리가 오늘은 까끌한 겉보리가 목청에 걸린 듯하다. 감기도 앓지 않는 그녀인데….

'연구실로 오라'는 그곳은 내가 가끔 방문한 적이 있는 그녀 남편의 연구실이자 별장이다. 20년을 가까이 지내온 그녀이지만, 그곳에서 그녀를 만난 적은 여태 딱 한 번의 기억밖에는 없다. 그런데 갑자기 그곳으로 오라니?

물론 그녀가 이번 남편의 실종사건으로 수사당국에 의해 그곳 별장에 여러 차례 불려 간 줄은 알고 있지만, 굳이 나를 양평 그곳까지 부를 이유를 모르겠으니 말이다. 슬그머니 물안개가 일듯 걱정이 인다.

올해로 진 사모는 실종된 남편과 금혼식을 맞는 해이다. 실종의 1년을 더해, 꼭 반 백 년의 부부이다. 하지만 금슬이 아무리 좋은들, 남편이 실종까지 된 마당에 금혼식인들 무슨 대수겠는가.

그런데 사실 이들 사이에는 지독히도 딱한 사연이 있다. 북극이나 에베레스트에는 죽음의 틈바구니 크레바스가 있듯, 이들 부부에는 어찌 녹여 볼 수도 없는 빙하의 장벽이 50년을 드리우고 있다. 이름만 부부일 뿐. 그러니 남편이 살아있은들 금혼식도 무망할 뿐이다.

지구 온난화로 빙하가 녹는다며 야단인데도, 이들 얼음부부가 어째서 굳이 빙하시대를 애써 살아왔는지는 나에게도 불가사의의 명제로 남아 있다. 또한 이런 안타까운 사연을 낳게 한 무슨 원초의 사연이 있었는지, 있었다면 그게 무언지는 아직도 안갯속이다. 무늬만 부부인 이들에게는 틀림없이 남편 쪽에 그 내홍의 뿌리가 있음이라 짐작만 하고 있을 뿐이다.

개척교회 목사의 사모로 출발하여 2남 2녀의 어머니로 오늘에 이르기까지 그녀는 하나님께는 사랑받는 백성으로 살았을지라도, 남편에게서는 그저 한 남자의 종처럼 취급받고 살았다.

물론 아내를 헌신짝 취급하듯 하는 문 목사에게도 나름대로 이유 같지 않은 이유는 있을 것이다. 핑계 없는 무덤은 없는 법이니까.

그가 이룬 교회 부흥은 한마디로 찬란하다. 나라 안팎으로 온 종교계의 이목이 집중되고, 화제의 중심이 된 지도 오래다. 비록 교계로부터는 이단이다, 사이비다 하여 비난도 받고 있지만, 그는 쭉정이 하나 없는 알곡 신도 30만의 거대왕국을 하나님께 바친 목회자이다.

이런 성공 신화는 그냥 이뤄진 것은 결코 아닐 것이다. 이는 무엇보다 그의 탁월한 복음 전도능력의 소산이겠지만, 어디 발이며 입의 도움 없이도 가능한 일이었겠는가? 잠자는 시간 꿈에서도 복음을 전하지 않고서야 어찌 가당한 일이었겠는가?

그래선지 그는 가정을 몰랐다. 밖에서는 목회자로서뿐만 아니라 멋진 신사로서 무엇 하나 부족함이 없어 보이는 사람이다. 바라만 봐도 좋을 생김하며, 청신색이 묻어나는 것 같은 목소리며, 눈빛이며, 어디 하나 이지러진 데가 없다. 부드러운 인상조차 차라리 강렬한 카리스마가 된다. 세상을 통달한 듯 쏟는 웃음이며 위트로 버무린 유머는 그의 전매특허로, 그는 호사가요, 재담가이다.

늘 상담 약속이 있는 그는 언제나 상대의 수준에 맞는 멘토가 되어 주었다. 누구든 그를 만나 거북해하거나 오해의 소지를 안고 가는 일은 없었다. 상담 후 돌아가는 발걸음마다 듬뿍 무슨 선물을 받은 듯 경쾌하다. 이런 능력의 그인데도, 하나님은 그를 완전한 사람으로 내지는 않았나 보다.

그런데 참 아이러니하게도 그들에게 자식은 넷씩이나 되니, 이들 부부에 대한 나의 평가는 말이 안 된다 할지도 모르겠다.

언젠가 두 사람 사이를 걱정하자 문 목사를 통해 들은 이야기이다.

"그래도 신혼이라 첫 아이는 제대로 마음을 맞춰 낳았어요. 그런데 그때쯤 나는 심령대부흥에 한창 불이 붙기 시작했지요. 결혼을 괜히 했나 싶을 만큼 목회 일에만 빠져갔어요. 마침내 하나님이 나를 세워주신다 생각하니 한시도 게으름을 부릴 수가 없었어요. 자연히 아내와의 잠자리도 잊은 듯했지요."

평소 두 사람 사이를 걱정하던 나는 기다린 듯 한마디 했다.

"그래도 그렇지요. 아내를 챙겨가며 목회 일도 하셔야지, 목사님께서 수신제가를 잊으시다니요. 아니 목사님이시니 더욱 가정부터 챙겨야 하는 것 아닙니까? 그게 또한 진정 하느님의 뜻이 아닐까요?"

"이는 절대 나의 의도적인 행동이 아님을 믿어야 합니다. 하나님의 뜻이었어요. 그때는 나도 감당할 수 없을 만큼의 은혜 충만한 성령의 축복을 받고 있었어요. 꿈에서도 '문 목사, 지금이 때니라. 때를 놓치지 말지어다.' 하고 하나님의 음성이 막 들려오는 거예요. 나는 쏟아지는 성령의 단비 속에 잠도 잊은 채 복음 전도에 몰입했지요."

순간, 나는 평소 판도라 상자처럼 열고 싶던 궁금중의 한마디가 번쩍 떠올랐다.

"그렇다면 어찌 자녀는 넷씩이나 두셨지요? 참 미스터리인데요. 어디 입양을 받으셨거나 주워오셨나요?"

"하하하 참 오해를 살 만하군요. 그런데 사실 아내는 자식 욕심이 대단했어요. 이스라엘 민족을 밤하늘의 별이나 바닷가 모래알보다 많게 세우시겠다는 하나님의 말씀을 입버릇처럼 상기시키며 따라다니는 거예요. 지금 생각해도 우스워요."

아내의 하는 짓이 우습다는 건지 자신이 우스운 처신을 했다는 건지는 확실히 구분을 지어 말하지는 않으면서, 일단 과거사를 우습다고만 하는 기억으로 묻어두고 있었다. 남자인 내가 들어도 아내가 따라다니더라는 말이 참 거슬린다. 이어지는 이야기도 그의 의중이 무엇인지 궁금하게 한다.

"가정에는 무엇보다 자식들로 기가 살아 넘쳐야 해요. 목사님도 저 아브라함의 자손들같이 씨를 뿌려두어야 합니다. 목사님의 성공이 자식에게로 널리 퍼져나가야 진정한 목사님의 축복이며, 하나님께 영광을 드리는 일일 것이어요. 그러니 생산만 도와주시면 어떡하든 제가 잘 길러 하나님께 영광을 바치는 데 작은 도움이라도 되어드리겠어요."라며 아내는 어떡하든 아이를 낳게만 해 달라고 요염을 떨더란다.

그의 표현대로라면 그녀는 그녀 마음대로 인류 전 여성들의 자존심을 혼자서 마구 구기고 있는 셈이었다.

그녀는 평생을 남편을 남편이니, 여보니, 당신이니 하는 호칭을 쓰지 않았다. 않는 게 아니라 못 하는 것이었을 게다. 그녀는 언제나 우리 목사님일 뿐이었다. 이렇게 집안에서는 유독 독재로 아내를 깔아뭉개고서는 무얼 하겠다는 건지 알 수가 없다. 그는 부부문제와 관련해서는 아예 입을 닫은 채 행동으로만 그의 심사를 드러낼 뿐이니, 법정으로 가지 않는 한 참는 게 약일 뿐이다.

이후 그녀가 때가 되면 어김없이 찾아와 졸라대고 이불을 파고드는 바람에 자식 놈을 넷씩이나 두게 되었다며, 문 목사는 너스레웃음으로 투덜거리는 것이 아닌가. 아내를 앙앙 울어 때를 알리는 암고양이로 그려내는 데는 나는 놀라지 않을 수가 없었다. 어쨌든 자식의 수를 보면 금슬이 나빴다는 판정은 맞지 않다 할 것이지만, 그녀의 억척같은 자식 욕심은 가정과 남편의 길 위에 바치는 지고지순의 덕목이요, 헌신이요, 사명이었다. 씨만 뿌리고 훌쩍 떠나버리는 수사자 같을 뿐인 남편의 길을 그녀의 바탕대로 닦아 보필하려는 것이었을 게다. 그런데도 그 고귀한 사랑과 헌신을 암내 나는 고양이로 묘사하다니, 썰렁한 그의 개그는 스스로 남편 자격이 없음을 드러내고 있을 뿐이다.

더욱 안타까운 것은 문 목사 그는 가장으로서의 기본 의무인 가족 부양의 의무를, 아예 어머니 뱃속에 두고 나왔거나 태에싸 탯줄로 칭칭 동여매서는 동구 밖 어느 어귀에다 내다 버린 사람이었다. 이러하니 아내로 신분이 바뀐 후 그녀는, 친정에서의 신분과는 너무도 동떨어진 존재가 되었다.

이때 나의 천사 형수님 진 사모는 스무 살의 한 송이 백합화로 눈부시게 아름다웠단다. 꽤 문벌 좋은 집안으로 의식주는 반듯하게 하고 살았단다. 아마 나는 그때쯤 어머니 뱃속에서나 존재를 인정받던 때일 것 같다. 내가 그녀와 문 목사가 만난 당시를 무심코 '당신의 운명'이라 말하면, 그녀는 해맑은 표정으로 '하나님의 뜻'이라며 고쳐 나에게 말해주곤 하였다.

그녀는 우연히 문 목사의 복음전도를 만났다. 그의 훤칠한 인물에 한눈에 반하고는 부모의 만류를 뿌리치고는 방년 스물에 남편을 얻었단다. 남자가 뭔지, 지금껏 그토록 의지하고 따르던 부모님의 만류도 뿌리치고 남자 따라 나섰던 것이다. 그가 바로 문 목사이다. 그러니 사실 친정에서는 쫓겨나다시피 한 것이었다. 운명은 계속 그녀에게 냉담했다. 남자의 허우대를 뜯어먹고 살 것도 아니니, 적수공권의 문 목사를 만나서는 인간본능의 기초생활조차 보장이 없는 생활이 시작되고 말았다.

인연

양평으로 출발할 시간이다. 머리를 털 듯 가로저어 그들 부부의 생각으로 멍하던 정신을 가다듬고는 애마에 시동을 걸었다. 그런데 운전대를 잡는 순간 다시 엄습해오는 갖가지 상념들. 지금 나는 양평으로 차를 몰아야 할 이유가 무엇보다 궁금하다. 물론 그녀 남편의 실종사건 관련일 것임에야 왜 짐작이 없겠는가. 하지만 1년이 되도록 수사의 진전이 없어 심정은 답답함을 넘어 무기력에 덤덤한데, 오늘은 무슨 일로 다급히 날 찾으니 그 이유가 무엇보다 궁금한 것이다. 그렇다면 그사이 수사에 어떤 진척이라도 있었다는 것인지, 이런저런 생각들이 꼬리를 문다.

안타깝게도 그녀의 남편 문 목사는 바로 일 년 전, 대한민국은 물론 북한, 중국, 일본을 넘어, 온 세상을 슬픔과 분노의 도가니로 몰아넣은 '한반도 대운하호 침몰사고' 사건의 주범 중 수괴로 드러나고 있었다.

그것도 제2한강의 기적을 불러올 꿈의 대한민국 국토 리모델링 프로젝트, '한반도 대운하' 준공 축하행사 자리에 초청된 대한민국 대통령, 북한 국방위원장, 중국 국가주석과 일본 총리 등 네 나라의 국가원수를 포함하여, 이들 나라에서 초청되고 선발된, 이름만 들어도 찬란한 글로벌 거물 인사 삼천 명을 제주 앞바다에서 떼죽음을 시킨, 그야말로 천인공노할 살인 범죄자였다.

나는 문 목사가 교계의 이단으로 지목받아 한참 비난을 받고 있을 때 처음 그를 만났다. 벌써 20년의 세월이다. 당시는 그가 어떤 종교관과 가치관을 가진 목사로 그런 비난의 중심에 섰는지, 단지 직업적인 궁금함이 이유였다. 그때 나는 신문사 사회부 기자로 첫발을 디딘 지 일 년 남짓 된 햇병아리 수습기자였다. 무지한 자가 용감하다고 겁도 없이 문 목사를 색안경을 낀 채 대뜸 만나려 들었던 것이다.

그때는 이미, 종교계에서 문 목사를 강하게 견제할 만큼 그의 세력은 엄청 팽창되어 있었다. 또한 조직화되고 규모화한 교회 청지기들 덕분에 꽤나 번듯한 공간에서 여유로운 모습이었다.

처음 그를 찾았을 때, 속마음이야 몰라도 좀팽이 기자를 맞는 그는, 호랑이는 토끼마저 얕보지 않는다는 격언에 비유되는 자세였다. 이미 퇴로까지 파악하고 공격의 순간을 기다리는 백전불패의 장군 같았다. 조무래기 기자쯤이야 공 세 개 정도로 돌려세울 에이스 투수의 자세로 나를 맞고 있었다. 물론 주눅이 들 나도 아니었지만, 일단 나는 자세를 낮추었다. 조심스레 명함을 내밀며, 만남을 성사시켰던 지난번 전화를 한 번 더 상기시켰다.

이후 우리는 차와 함께 첫 만남의 의례를 적당히 치렀고, 나는 FAX로 알렸던 질문에 답변을 기다렸다.

그는 인쇄물로 대답을 대신하려는지 워드 출력물을 건네주었다. 봉투에 든 인쇄물을 건네받고, 이쯤에서 헤어지자 하나 했더니 아니었다. 그의 본격적인 입담은 이때부터였다.

그날은 많은 얘기를 나누며 틈틈이 논쟁도 벌였지만, 시간이 흐를수록 나는 그에게 줄곧 압도를 당한 채 허우적거렸다. 종교에 관한 한 무엇 하나 준비가 안 된 결과였다. 그러나 그의 박학다식함과 무지갯빛 화술에 반한 나머지 기분은 그리 나쁘지 않았다.

무엇보다 큰 소득은, 그와의 만남은 또 다른 대박의 만남으로 이어졌으니…. 이만남은 내 인생에 대전환의 계기가 되었다. 문 목사가 그렇게 내버려둔 그의 아내의 발견에다, 이후 그녀의 인도에 따라 어느 날 나는 십자가 예수님을 만났기 때문이다.

객관적으로 보면 문 목사 그가 목사이니 당연히 그로 인하여 하나님을 만나게 되었다는 말이 맞겠지만, 나는 굳이 그의 아내를 통하여 하나님을 만나게 되었다고 믿고, 또 그렇게 말하고 싶다.

'아! 이런 분은 천사라 불러 마땅하다.'며 내 마음의 천사로 모신 문 목사의 아내 진 사모를 만난 것 또한 20년이다. 지금 갑자기 양평 약속 장소로 차를 달리기 위해 운전대를 잡은 이 순간에도, 20년 전 내 마음을 조용히 떨리게 하던 그녀의 곱고도 자상한 모습 그대로가 되살아나고 있다.

그런데 그녀의 갑작스러운 전화 때문인가, 오늘은 내내 온갖 잡념들이 뇌리를 떠나지 않는다. 생각이 날수록 기분을 잡치게 하는 대운하호 침몰사건은 '너는 어찌 여태 살아있냐'며 차와 함께 나를 한강 물밑으로 끌어당기는 것 같다. 심한 현기증에 가다 서다를 반복하며 가까스로 차를 모니, 가깝던 양평도 오늘은 멀기만 하다.

'한반도 대운하호' 침몰사고는 온 세상을 참으로 슬프고도 어둡게, 또한 지치게 만들어 갔다. 가해자 대한민국은 물론 피해자 북한, 중국, 일본 역시도 자국 희생자의 시신을 수습하고, 사고의 원인 규명과 보상방안 등을 놓고, 천 갈래 만 갈래 여론의 난마에 서 있을 뿐이었다.

애꿎은 자국 국민들의 죽음도 죽음이지만, 국가원수가 수장된 이 엄청난 상황만으로도 사고수습을 위한 공조는커녕 온갖 억측과 비방 속에 자칫 전쟁으로 화풀이를 할 수 있을 정도로 험악한 정세로 치닫고 있었다. 심지어 1년이 지나는 지금까지 자국 국가원수의 시신 수습조차도 못 하고 있으니, 그 밖의 문제야 어디 협상의 여지가 있겠는가?

이런 판국이니 사고 수역에는 1년이 되도록 수많은 구조 선박과 장비들만 떠있고 하늘엔 헬기도 간간이 시끄럽지만, 300미터 심해에 침몰한 선체의 인양 등 사고수습에 합리적인 방안 모색이 여태 속수무책이다. 수심 300미터는 아직도 인간 접근을 쉬이 허락할 마음이 없으니 말이다.

이런 기억들과 부대끼는 사이 내비게이션은 양평이 가깝단다. 그런데 갑자기 이상하다. 조금 전까지는 운전마저 힘들도록 그렇게 기분이 심란하더니, 그 사이 어디 말로만 듣던 히로뽕인지, 아편인지 하는 신경안정제를 먹은 듯 기분이 놀랍도록 전환되어 있었다. 여태 무섭기만 하던 한강이 갑자기 평화롭고 아름답게 다가오는 것이다. 그간은 먼발치의 강물만 바라보아도 눈살이 찌푸려오고 매스껍고 어지럽던 내가 아니던가? 마음을 종 잡을 수가 없다. 내가 누구보다 존경하고 사랑하는 천사형수님 을 괴롭히는 '한반도 대운하호' 침몰사고는 끝내 나에게까지도 포비아를 안기고 말았다. 강이나 바다를 보면 광견병 환자처럼 물이 두려워 못 견디게 하였다.

그런데 지금은 웬 조화인지 나도 나를 모르겠다. 어쨌든 한 강 물이 아름답고 평화롭다는 기억의 회복은 참으로 다행한 일 이다. 직장 일과 대운하호 침몰 포비아에 갇혀 1년이나 시달리 다, 오늘 오후는 뜻밖에 정말 오랜만에 느끼는 살아있다는 기분 이다.

4월의 양평가는 길, 그 사이 계절이 일순하니 다시 평정을 되 찾은 듯 햇살 넘실대는 남한강의 모습이 평화롭고 의연하다. 세 월이 약이란 말은 이럴 때 쓰라며 나의 곁에 남았나 보다. 강줄 기는 아픔의 흔적을 말끔히 씻은 듯 유유히 흐르고 있다. 내 마 음도 금방 진정이 되어 시야가 넓게 펼쳐진다. 4월 실버들 늘어 진 남한강변에서 하늘하늘 나부끼는 내 마음을 발견한다.

편편하게 정리된 강변 둔치는, '저 앞산을 오르는 사람들아, 저기 저 달리는 차 안의 사람들아, 나중에 돌아오거들랑 이곳에 도 들려보렴. 와서는 얼굴도 씻어보고 등목도 함께하며 이왕이 면 쉬어도 가라' 한다. 물이 흙을 부르고 흙이 물을 부르며 '인간

아 같이 와 한데 어울려 살자' 한다. 참 평화로워 보인다. 어디에
도 대운하호의 큰 비극 그 상흔의 흔적이 없다. 정말 다행이다.

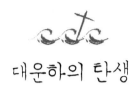

대운하의 탄생

한반도 대운하, 준공 후 첫돌이다. 하마터면 산모와 태아 모두를 죽음으로 몰 뻔했던 난임, 난산의 한반도 대운하 탄생의 역사이다.

한반도 두 젖줄 한강과 낙동강, 두 강물을 띠를 묶듯 이어 한강을 낙동강으로, 낙동강을 한강으로, 서울과 부산을 한 물줄기로 잇잔다.

한쪽 젖을 먹이다 모자란 듯 보이면 달랑 돌려 안아 잘도 먹여대는 어머니 두 젖가슴처럼, 그냥 그대로가 아무렴 좋으련만…

그런데도 도랑파기보다 쉽다며 굳이 서울과 부산을 한 젖줄기로 잇는단다. 그러면 참 좋단다. 그러면 좋은 일이 니무너무 많이 생긴단다. 이름도 거창하여 한반도 리모델링프로젝트 '한반도 대운하 건설'이다. 한강의 기적을 다시 부른단다.

　단군역사 이래 최대의 토목공사 한반도 대운하! 선진 대한민국으로의 새로운 도약의 전기가 될 것이라며, 대선공약에 부쳐 정부의 최대 치적으로 삼겠다며 시작한 '한반도 대운하' 건설의 필연성과 정당성의 변이다.
　그러나 강줄기를 억지로 이어 맞추는 일은 숭엄한 자연의 뜻을 거역하는 역도들이나 하는 짓이요, 한반도의 맥과 기를 동서로 갈라서는 선진국은커녕 국기쇠락을 초래할 망국패역의 짓거리란다. 조목조목 그 부당함을 내세우는 항변 또한 이 강산을 사랑하는 민초들의 절절한 울분의 소치임에야.

　양평 가는 길 옛 운치는 아니어도 옛날은 남았는데, 대운하의 그 씁쓸한 역사가 오늘따라 눈물겹다.
　남자 쪽은 낳자, 여자 쪽은 싫다, 합방조차 꺼리며 옥신각신 격론 중에 덜컹 임신을 시켜버린 남자가 떠오른다.
　이왕이면 계획임신으로 7천만의 옥동자가 되었으면 얼마나 좋았으랴. 혼전임신이라 뒷말부터 무성할 테니, 5년의 입덧마저 어찌 그리 심하던고! 모진 마음이 없다면야 달이 차면 낳는 것을, 탯줄도 끊기 전에 천덕꾸러기가 되었구나. 원치 않은 임신,

낳은 정이야 없더라도 기른 정은 있어야지, 버릴 자식이 아니라면 예쁜 구석도 찾아야지.

　나는 약속 장소로 차를 달리며, 사랑의 태교는 고사하고 자궁까지 들리도록 지우라는 목소리들, 태어난들 반길 이 없는 대운하의 당시 처지를 떠올린다, 그 골수에 사무친 왕따 된 원한이 끝내 대운하호 침몰의 동티를 불렀다는 생각을 지울 수가 없다. 다시 씁쓸한 웃음이 나온다.

　엊그제 읽었던 어느 신문의 '한반도 대운하 준공 첫돌에 즈음하여'란 기고문이 생각난다. 필자는 한반도 대운하 물길의 첫 관광 사업권을 문 목사가 따낸 데 대해 여러 의구심을 갖고는 대운하호 침몰사건을 재조명하고 있었다. 나도 같은 마음으로 당시를 돌아본다.

　　첫 삽을 뜨고, 한반도 대운하, 마침내 준공의 역사적인 순간이다.

　　더욱 위세가 등등해진 남자, 예상한 대로, 그 남자는 거창한 준공잔치를 들고 나온다. 이미 끓어오르는 가마솥 아궁이에 장작을 더 고이고는, 한 술 더 떠 그간의 통쾌한 승리의 치적을 차기정권 재창출의 원동력으로 밀어붙일 요량이다.

정치는 기회 포착이라든가? 이 나라 강토의 꿈의 리모델링, 한반도 대운하 준공에 이어 대운하물길 개통잔치를 더더욱 화려하게, 이반된 민심을 새바람으로 규합할 심산이다. 그 치적을 뽐낼 즐거움이 마치 혼인날을 기다리는 신부의 심정이다.

'세계여, 이 나라 치산치수 토목기술을 보러 오시오. 오시면 이 멋진 남자도 함께 보게 될 것이요.'

한반도 대운하 탄생 축하 퍼레이드를 화려하고도 장엄하게 펼쳐야 한단다. 하늘과 땅과 물에 거룩하고 성대한 제사를 올려, 이 나라의 제2번영은 물론 집권당 정권 재창출을 기어코 이룬단다.

한편, 대운하의 물결을 누가 먼저 가를지에도 관심이 집중되고 있었다. 한반도 대운하를 낀 관광 사업은 황금알을 낳을 것이라며, 재벌마다 크루즈 사업 선점의 암투가 가히 전쟁이었다. 언론마다 국토해양부에 내수면크루즈여객선사업 면허신청서를 낸 그룹을 소개하며, 서로 낙점을 자신하고 있다는 기사가 연일 세인의 이목을 끌고 있었다.

당시 한반도 대운하 물길 사용권의 결정과정은 죽기 살기의 먹이쟁탈전이었다. 내로라하는 재벌들 간의 한판 전쟁처럼 보였다. 그런데 결과는 전혀 딴판으로, 재벌들을 보기 좋게 한방에 누인 가공할 위력의 소유자는 따로 있었다. 정치력이란 장약을 장착한 무기만이 한 방의 위력이 있음을 세상에 확인시킨 창파해상 여객운송(주)가 또 하나의 사례로 회자되고 있었다. 아까 어느 신문사의 기고문에서처럼 그 실제 소유주가 문 목사로 세상에 알려지기는 침몰사고 후의 일이기도 하다.

이후 대운하 여객운송 사업은 창파해상 여객운송(주)에서 분사된 한반도 대운하 여객운송(주)와 그들이 신규 도입한 '한반도 대운하호'로 낙점되었다. 3만 톤급 초호화 크루즈 여객선이다. 스토커에 걸려든 어느 유명 연예인처럼 한반도 대운하호는 벌써 카메라 플래시에 몸살을 앓고 있었다.

나 역시 이때까지만 해도 창파해상 여객운송(주)의 실제 소유주가 문 목사임을 알지를 못하였다. 우리는 호형호제 사이인데도. 또한 그날 유독 득의만면해 하는 문 목사에게서마저 그 어떤 낌새조차도 눈치챌 수가 없었으니 말이다.

단지 나는 그날 대운하 물길개통 축하행사 계획을 뉴스로 접하며 개통축하 행사장이 대운하호의 선상이요, 게다가 4국 선상 정상회담과 함께 초대형 국제문화행사까지라니, 그간 정부의 행사기획력과 외교력에 박수를 보냈던 기억이 날 정도이다.

더욱이 축하잔치 속에 세상을 슬픔과 분노로 경악게 할 그따

위의 음모가 스며있을 줄이며, 그 음모자가 나의 천사형수님의
남편 문 목사 형님일 줄이야 어찌 상상이나 하였겠는가?

매스컴마다 한반도 대운하의 탄생을 기획 시리즈로 조명하며
나라 안을 온통 축제 분위기로 몰아가는 가운데, 정부청사에서
는 한반도 대운하 준공 축하행사계획에 관한 설명회가 열리고
있다.

"한반도 신문, 천 대영 기자입니다. 정부는 이번 대운하 준공
축하행사에서 가장 역점을 두고 있는 내용이 무엇인지 알려주
십시오."

"예, 준공축하행사의 하이라이트는 북한 국방위원장, 중국 국
가주석과 일본의 총리가 첫 길을 여는 한반도 대운하 새 물길에
서, 우리 대통령과 함께 선상 축하 퍼레이드를 갖는 것입니다.
동북아 4국을 한 배를 탄 공동 운명체로 묶어 북핵 문제, 평화
통일 문제, 이산가족 문제, 위안부 문제, 사드 문제, 동북공정 문
제, 평창 동계올림픽 성공적 개최 문제를 포함한 상호 경제협력
문제 등 동북아의 산적한 현안들을 평화적으로 타결하는 공존
공영의 진수식이 될 것입니다. 선린외교의 새로운 장으로 세계
사에 등장하는 첫 선상정상회담이 될 것을 확신합니다."

"그럼 서울에서 부산까지 대운하 전 구간에 걸쳐 선상회담을

갖는다는 것입니까?"

"예, 물론이죠. 그런데 초청된 네 정상께서 제주도를 꼭 한번 보고 싶어 하신다니, 이왕 부산에서 제주까지 연장 회담이 될 수도 있을 것입니다."

"선상정상회담, 현 동북아 정세에 참으로 시의적절해 보입니다. 대운하호의 승선인원과 초청계획도 알려주십시오."

"초청인원은 삼천 명 정도로 북한 중국 일본에서 각각 오백 명씩, 나머지는 우리나라에서, 그 선발은 국가별로 맡기로 하였습니다."

그 밖에도 몇 가지 참고사항을 기자들에게 설명하고 있었다.

"정계, 재계, 학계 등 각계의 대표인사는 물론, 가수, 배우, 탤런트, 국악인, 성악가, 스포츠 선수 등, 특히 대중의 인기를 끌고 있는 아이돌그룹 연예인들을 대거 초청할 계획입니다. 또한 꽃보다 아름답다 할 동북아 미래의 주역 청소년들도 초청하여, 우정과 평화의 깃발 아래 세계를 이어 줄 한반도 대운하를 함께 달리게도 할 것입니다."

설명하는 정부 홍보담당관도 신이 나 있었다.

이와 같은 기억들은 부지불식간에 불쑥불쑥 떠올라 나를 엄청 괴롭힌다. 그래도 여기까지는 이 나라 단군 이래 최대역사라는 한반도 대운하의 토목공사가 아닌가? 자꾸 기억이 난들 싫을 것도 없다. 그러나 다음이 문제이다. 이 기억들은 끝내 나의 멱살을 붙잡고는 한반도 대운하호 침몰의 늪에다 나를 사정없이 처박는 것이다.

양평 남한강을 바라보며 잠시 마음의 평정을 되찾고는 살맛을 느낀 지가 바로 방금전인데, 이 대목의 기억을 떠올리는 순간 어김없이 일 년 전 사고 당일의 동영상이 고속으로 달려든다. 격정의 순간, 역사의 순간들이 쓰나미가 되어 다시 나를 덮친다. 나의 가슴이 또 벌렁대기 시작한다.

비록 비극으로 끝났을망정 그 기억들은 마지막 침몰의 순간을 제외하고는 어느 하나 화려하지 않은 것이 없었고, 무엇 하나 가슴 가득 감동으로 열광치 못할 순간이 한순간도 없었는데도 말이다.

마치 너무도 황홀하고 벅찬 가슴에 마냥 행복만 안고 떠난 신혼여행이 어째 죽음의 길이 되고만, 어느 신혼부부의 비극적인 교통사고처럼 말이다.

끝내 한강과 낙동강 두 물줄기가 하나로 이어졌다. 이름도 거창한 한반도 대운하! 이는 역사의 순간이요, 역사는 생명이다. 드디어 부여받은 생명력으로 한반도 대운하호의 심장이 뛰기 시작한다.

　나는 벌써 한반도 대운하 개통식의 그 화려했던 기억 속으로
빨려들고 있다.

화려한 트라우마

'부~웅 붕~, 부~웅 붕~' 묵직한 뱃고동이 하늘과 땅과 물과 조상님께 고고지성으로 치성을 드린다. 이어 축하공연이 지상에서도 선상에서도 펼쳐진다. 먼저 굿놀음이 시작된다. 한양굿, 함경도굿, 평안도굿, 황해도굿, 강원도굿, 충청도굿, 전라도굿, 경상도굿이 함께 등장한다. 팔도굿도 모자라 왕십리 수풀당의 동쪽굿, 구파발의 서쪽굿, 노들변의 노들굿, 강화도의 강화굿, 진도의 씻김굿, 제주도의 큰굿도 등장하였다. 전국의 무당과 박수들이 다 모였나, 한꺼번에 울려나는 굿판에 모두 정신이 없다.

나는 이날 종일 TV 앞에 앉아 있었다, 진행자의 잘 준비한 사회멘트와 함께 버라이어티 쇼로 뿜어내는 행사현장의 열기는 온통 감동으로 나의 하루를 꼼짝 못 하게 묶어갔다. 굿판으로 시작하는 그날의 행사가 다시 파노라마가 되어 지금 양평으로 달리는 차창 넘어 강물 위로 번지고 있다.

"천지신명 일월성신이시여,
이 나라에 새 물길을 허락하시고
이 물길이 이 민족 이 나라의 번영 길이 되게 하소서.
비나이다. 비나이다. 천지신명 일월성신님 전에 비나이다.
한강은 낙동강에 흐르고 낙동강은 한강으로 이어지게 하소서.
두 물이 하나 되듯 이 나라도 하나 되게 하소서.
비나이다. 비나이다. 산신님 용왕님 전에 비나이다.
산이 물길 되고 물길이 산을 넘나이다.
산신님 용왕님이시여
오늘 짝 이룬 산길 물길에 이 나라의 번영이 흐르게 하소서."

한꺼번에 울려 나는 굿판, 하늘과 땅과 물이 파르르 진동한
다. 애절한 몸짓으로 빚어내는 무녀들의 살풀이, 알아듣기조차
힘든 기괴한 주문, 이들이 한데 어우러져 하늘과 땅과 물과 사
람들 모두는 하나의 혼동이 된다. 요상하고도 신령한 분위기에
관중들은 만취한 듯 넋을 잃고 있다.

까짓 주문이야 못 알아들은들 어떠랴. 온갖 한약재가 섞여
신효한 약효를 더하듯, 전국 팔도굿이 한데 어우러지니 잡다한

악귀들이 앗 뜨거워라 달아났나? 이내 한강물이 거울 같다.

양수가 터진다. 대운하호가 꿈틀한다. 드디어 3군 의장대 축포 속에 대운하호의 심장이 펄떡이고, 스크루에 휘감겨 용솟음 치는 물살이 대운하호를 밀어낸다.

천신만고 죽을힘 끝에 산모의 출산이 마무리되는 순간이다. 혼전임신에서 출산까지 뒷말이 더 화려하던 한반도 대운하, 그 물길을 열고 태어난 대운하호의 역사적인 거동이요, 행차이다. 아무튼 순산이다. 뱃고동 고고지성이 우렁차다.

삼만 톤의 거구 대운하호는 네피림 거인국의 팔등신 여인 같다. 그녀는 한강변을 가득 메운 환영 축하객에게 외치고 있었다.

"나의 체중은 삼만 톤이에요. 우람해 보이시나요? 그래도 늘씬해 보이시죠? 우리 종족은 육중한 몸매를 알아줘요. 난 무엇보다 섹시해 보이길 좋아해요. 볼수록 관능적이라 속삭여 주면 나는 마냥 좋아 엉덩이를 살랑살랑 흔들기도 해요. 인간이 너무 좋아 세상 남자 다 품어도 왠지 난 허전하답니다."

이어, 남녀로 이룬 진행자의 달콤한 멘트가 주거니 받거니 한 분위기를 자아낸다.

"재외동포와 함께 남북 7,000만 한민족 여러분 그리고 평화를 사랑하는 세계인류 여러분, 지금 이 글래머 크루즈 여객선 한반도 대운하호를 눈여겨보십시오. 여의도 선착장을 막 출발하였는데 벌써 고향을 찾는 연어의 엉덩이마냥 선미를 살랑살랑 까불어 대고 있습니다. 3,000명을 태우고도 곁눈질을 하려나 봅니다.

어! 그런데 물길이 갈립니다. 어디로 가야 하나? 양수리 두물머리 두 물줄기가 오늘따라 눈에 밟힙니다. 뱃머리는 어차피 한쪽 물길이지요. 야, 잠시 머뭇거리더니 남으로 선수를 잡는군요. 분가한 자식 집이 북녘 물가에도 있을지라, 자꾸만 북한강물이 눈에 밟혀옵니다. 언젠가 너를 따라 북으로도 가리라며 오늘따라 더 보채고 찰랑대는 저 북한강물을 달랩니다.

지금껏 한가하여 지루하던 강바람도 오늘을 기다렸나 봅니다. 진한 솔향기를 피우고는 신바람 송뢰 되어 펄럭이고 있습니다. 나라가 기쁘고 세계가 즐거운 날, 이곳 한강엔 4월의 연초록빛 봄바람이 푸른 강물과 신나게 어울리고 있습니다. 뱃속 승객들도 온통 뜨거운 바람이 되어 화답하고 있습니다. 이곳 선상에서 펼쳐지는 아리아의 물결에 금강산이 왔다 가고, 백두산도 막

도착한답니다.

아, 저는 아나운서 20년에 이 나라 금수강산을 찬미하는 노래며, 시며, 춤이 이토록 감흥을 자아낸 적이 있었으며, 앞으로도 있으랴 싶을 만큼 지금이 그저 행복할 뿐입니다. 또한 저기저 PD의 전언에 따르면, 하늘에서, 갑판에서 입체영상으로 세계를 향해 송출하는 우리의 선상축하퍼레이드 쇼는 세계 시차의 벽마저 허물고 있답니다. 아, 그런데 그사이, 벌써 대운하호는 충주호를 지나 어느덧 소백산맥 새재 갑문에 다다르고 있군요.

참으로 모든 게 멋집니다. 바로 이 대운하호는 뱀띠의 여 인인가요? 육중한 몸매에도 허리 하나는 유연하여 요리조리 갑문물길을 타고 넘는 엉덩이가 여기서도 날렵합니다. 한강과 낙동강 두 물줄기가 소백산맥 허리를 감고 올라 새재 갑문에서 하나가 되려 합니다. 아, 상봉장이 바로 저기 눈앞에 다가오고 있습니다.

세계의 시청자 여러분, 드디어 대운하호가 새재 산마루에 올라섰습니다, 대운하호와 함께 우리 모두는 이제 한강에 이어 오매불망 그리던 낙동강을 만나고 있습니다. 보십시오. 한강과 낙동강이 얼싸안고 있습니다.

억겁 세월 속의 해후! 감격의 왈츠를 추기 시작합니다. 소용돌이치며 이내 한몸이 되고 있습니다. 그렇지요. 다른 둘이 만나 하나가 된다면야 왈츠면 어떻고, 블루스면 어떠하겠습니까? 이런 게 진정 역사적인 순간이겠지요."

남녀 두 진행자는 잠시 거친 호흡을 내뿜더니 경쟁하듯 다시 흥분을 이어간다.

"신바람 씨, 그리고 보니 우리나라는 정말 사공이 많은 나라인가 봐요."

"아니, 사공이 많은 나라라니요, 갑자기 웬 사공 타령? 그것도 산 위에서?"

"하하하, 사공 많은 배가 산으로 간다잖아요. 지금 신바람 씨가 서있는 곳이 어딘가요? 산이잖아요. 바로 소백산맥 문경새재 산마루에 우리가 탄 대운하호가 올랐잖아요, 이 산 위에."

"아아, 그 말씀이었군요. 그리고 보니 옛 속담이 딱 맞아 떨어졌네요. 호호호."

이들의 얘기처럼 대운하는 인간 세속의 속담까지 명징하게 해석하고 있었다. 소백산맥 새재를 배가 넘는다. 새도 숨이 차쉬어 넘는다는 새재를 배가 넘는다. 삼천 가득 품은 배가 산을 넘는다.

✝

산을 넘든 물을 넘든 대운하호야, 너도 좋지 않으냐? 너로 하여 칠천만 민족이 오늘에야 절정을 맛본단다. 오붓한 산정에서의 절정…. 바로 한강과 낙동강이 소백산맥 산마루에서 한 몸으로 섞이는 것이다.

한 몸 된 두 물길은 물레방아간의 전설처럼 그저 같이 있는 것만으로도 달콤할 뿐, 물레방앗간 그 불편한 자리인들 오직 사랑 나누기에 연신 몸을 뒤척인다.

하늘의 강 은하수에는 견우직녀의 오작교가 애틋하듯, 산등성이 하나에 갈려 여태 남남으로 살아온 한강과 낙동강에는 새재 갑문이 또 하나 은하수 오작교의 전설이 되고 있었다.

두 MC는 여행가이드라도 된 듯 계속 멘트를 날리고 있다.

"시청자 여러분, 이제 대운하호는 구미 왜관에 이르렀습니다. 아아, 낙동강 철교를 보는 순간 싸우던 그때보다 차라리 현실이 눈물겨워 옵니다. 애끓는 분단의 역사, 갑자기 푸른 뱃길이 핏빛으로 물들어 보입니다. 다리에 힘이 풀리고 주저앉고 싶습니다. 하기야 잠시의 푸념이지요. 여기 주저앉은들 역사를 돌리겠습니까?

'전우의 시체를 넘고 넘어 앞으로 앞으로,

낙동강아 잘 있거라. 우리는 전진한다.

원한이여 피에 맺힌…'

아직도 메아리로 바람으로 살아 들리는 듯한 '전우의 노래'를 뒤로하며 거침없이 남으로 또 남으로 흐르듯 달립니다. 와 드디어 가쁜 숨 몰아쉬는 대운하호에 귀 익은 가락이 들려옵니다.

'굳세어라 금순아! 너는 분명 살아있는 거지? 여기는 국제시장, 널 만나지 못하고 서야 어찌 내가 죽을 수가….

돌아와요 부산항에 그리운 내 형제여…'

노랫가락도 귀 익은지 사직 벌을 수놓는 부산 갈매기 떼들이 거침없이 반기고 있습니다.

아아, 그사이 벌써 노을이 지고 있군요. 대운하 물길 끝, 노을 진 하늘 아래 드디어 부산이 보이기 시작합니다. 아침의 소망대로 대운하 물길 끝에는 부산이 틀림없이 살고 있군요. 이로써 한강과 낙동강 두 젖줄이 하나 됨이 분명합니다. 낙동강 을숙도 철새들도 덩달아 신이 났군요. 푸드덕 꽥꽥… 물에서 하늘에서 인간이여 위대하다 박수를 보내고 있습니다."

틈만 나면 목청을 돋우는 진행자의 신명도 참 어지간하다 싶다.

종일 떠날 수 없었던 나의 TV에는 어디 감히 끼어들 뉴스도 없었다. 울 듯 흥분한 앵커나 둘러앉은 패널들의 목이 쉬었다.

대운하를 안방으로 끌어들인 집집마다 언제 반대했더냐, 너도나도 신바람이다.

여기까지의 대운하호는 분명 행복의 화신이다. 지금 차를 몰며 추억하는 나도 즐거운데, 따라 애마도 즐거운지 자꾸만 과속이다. 살짝 연 차창에 4월 봄바람이 상큼하다.

그런데 아뿔싸, 나는 지금 걱정 냄새 물씬한 양평으로 달려가고 있지 않은가? 그렇다. 지난 1년은, 지금 나를 기다리고 있을 천사형수에게는 환난과 질곡의 시간이었다. 바쁘다는 핑계로 기껏 전화 위로만 건네다, 이제 양평이 가깝다니 뵐 면목에 마음이 무거워진다.

그럼에도 설레는 마음 또한 숨길 수 없다. 천사, 늘 보고 싶던 사람, 비록 걱정이 기다릴지라도 그녀를 만난다는 사실만으로도 나는 콧노래를 부르고 있었다.

하지만 또 얼마 못 가는 콧노래가 되고 만다. 이어 대운하호 최후의 순간이 엄습하였기 때문이다. 현실이 아니라면 그 어떤 악몽인들 좋으련만, 그러나 두 번 다시는 싫은 기억이 초고화질 영상으로 너무나도 선명하다.

최후의 순간으로 치닫는 대운하호 그리고 탑승객은 운하의 종착이요, 운명의 끝자락인 부산항에 다다랐다. 그러나 한 치 앞을 알지 못하는 대운하호 승객들은 종일 자신들을 환대해준 대운하 물길에 들떠있을 뿐이다. 마음은 아직도 양안에 병풍처럼 둘러선 산이며 골짜기며 물이며 바람에 붙들려 있었다.

그들은 은둔의 땅 한반도의 속살 앙가슴을 쓰다듬고 애무하며, 그 구절양장 물길을 아기자기 돌아왔다. 추임새도 얼씨구 좋아, 울긋불긋 물든 마음 허허둥둥 날아왔다.

물은 물로써 이어지니, 대운하 물길은 이제 꿈길 같은 한려수도 그 쪽빛 남해가 그립다. 강물을 퍼부어 저 바다를 숨 갑시게 할 수는 없을까?

붓고 또 부어도 목마른 바다, 채우고 또 채워도 허기진 바다, 한강아, 낙동강아 그것도 물이냐며 촐랑대지 말란 듯이 남해는 무겁게 더 무겁게, 이날따라 무게 주며 점잖게 더 점잖게 출렁이고 있었다. 종일 까불대던 대운하의 물결도 남해 앞에서는 납작 엎드려 꼬리를 흔들고는, 여태 그립던 어미 바다 품으로 파고들고 있었다.

한편, 지금까지 대운하호 선상의 그 화려한 버라이어티 쇼는 온 지구촌의 눈과 귀를 눌어붙게 하고는 세계인을 압도한다. 마치 시한폭탄처럼 오늘 이때만을 기다렸나, 선상축하퍼레이드는 또 한 편의 한류가 되어 노아의 홍수처럼 세계를 삼킨다.

　대운하호의 요인 접견실에는 4국 국가원수들의 머리를 맞댄 모습도 보인다. 술 한 잔의 건배로 호탕하게 웃는 동북아도 들어있다. 온 세계가 부러운 듯 바라본다. 엊그제같이 으르렁대던 4국이 한 배를 탔다. 동복형제라며 얼싸안으니 보기야 엄청 좋다. 하루만 좋을 바엔 만나지나 말거나, 누구는 핵을 들고 누구는 독도를 우기고, 또 누구는 이어도며, 만주와 백두산을 치근대는데, 어디 한 배를 타면 정녕코 형제인가?

　종일 TV 앞을 떠날 수 없던 그날, 나는 이 장면에서 나도 모르게 기도를 하고 있었다.

　"북한이여, 중국, 일본이여 한 배를 탔습니다.

　이제 우리는 이 배를 떠난들 한배 난 형제라, 지난 세월 상처쯤이야 오월동주로 씻어보자."

　나는 옛 고사를 더듬으며 하늘이여 들으시란 듯, 평소 않던 기원을 날려보았다. 오늘의 이 자리가 정녕 당신들의 정략의 쇼윈도가 아니기를 빌었다.

　오월동주, 그래 옛 고사를 오늘에도 살려야 한다. 해 뜨는 동북아에 패권의 욕심일랑 저 깊은 남해에 던져버리자.

　가득 채우지 마오. 부디 가득 채우지 마오. 나는 그들의 건배의 술잔을 바라보며 계영(誡盈:가득 채우지 말라며 경계함)이란 경구를 외마디로 외치고 있었다.

이때쯤, 한반도 속살을 훔쳐보는 네 정상의 표정이 지구촌 누리꾼들의 구설수에 오르고는 좋은 먹거리가 되어 내내 씹히고 있었다.

나의 컴퓨터 누리사랑방에는 지구 반대편의 누리꾼들도 찾아와 나와 만나고 있었다. 진폭과 진동수가 내 마음 같은 그들의 댓글 중에는,

"'장미는 다른 이름으로 불리어도 향기는 마찬가지에요. 로미오란 그 이름만 버린다면 대신 나의 전부를 가질 수 있어요.' 줄리엣의 달콤한 듯 처절한 몸부림에 '거칠고 잔인하고 가시처럼 찌르는 게 사랑'이라며 로미오도 따라 몸부림을 칩니다.

그들의 절규처럼 장미에게 다른 이름을 붙인들 그 향기는 그대로일 것이지요. 원수 가문의 이름 로미오, 그 이름을 바꿔서라도 집안의 허락을 받아낼 수만 있다면… 줄리엣의 애를 끊는 절규는 바로 오늘까지 우리들의 절규가 되고 있습니다. 원수, 그 운명의 가시에 찔려서는 달콤할 줄만 알았던 사랑이 거칠고 잔인하다는 로미오의 장탄식도 오늘 이 시대까지 유효한 것입니다.

동북아 4국의 운명적 역사 앞에 선 네 정상들, 우선 보기야 참 좋더군요. 오늘 카메라 앞의 그들은 세상 으뜸의 평화론자

요, 사랑의 전도사였습니다.

　그렇다면 이제 동북아의 미래에는 로미오와 줄리엣 가문 같은 원한이야 이미 저 대운하 물길에다 그 증오의 흔적까지도 말끔히 씻어 지웠다는 뜻일까요?

　당연 그래야지요. 가문의 이름을 바꾸고 성마저 갈자는 로미오와 줄리엣의 비장함같이, 네 나라의 지도자들은 환골탈태, 아예 뼈와 자궁까지 바꿔서라도 동북아의 대를 잇는 비극의 충동질은 이제는 진정 종식해야 할 때입니다.”
라는 댓글이 있었다.

　그러나, 신은 로미오와 줄리엣 두 연인의 애절한 기도에도 가문의 명예를 앞세우고는 끝내 싸늘한 비극을 안기고 말았으니, 나는 이 댓글에 더없이 공감을 하면서도 고개는 갸웃하고 있었다.

　누리꾼들의 풋내 나는 신선한 기원 속에서 시간은 흐르고, 이제 대운하호는 종착역 제주도가 그리운 시간이다. 서둘러 부산을 나선다. 어두워진 밤바다 절영도를 돌아가니 이제나저제나 기다리고 서있는 거가대교가 손짓한다.

　어느덧 어두워진 밤바다, 종일 국민의 사랑을 독차지하던 대운하호도 불빛 어슴푸레 어두운 밤배가 된다. 어느덧 TV도 꺼져간다. 오늘만의 잔치로 끝날 일이 아니라며 밤에는 쉬잔다. 이제 나라의 홍복을 가정으로 나누잔다. 모든 것이 성공이다. 대운하 건설의 임신 기간 내내 한반도를 달구던 입덧도, 불협화음도 이제는 아련한 추억일 뿐이다.

그런데 무슨 이런 청천벽력의 날벼락이 있단 말인가! 대명천지 해 질 무렵까지 그 화려하던 이 나라에, 칠흑의 어둠을 틈타 지옥의 사자들이 기습 작전을 폈단 말인가? 당최 이 장엄한 나라축제에 이토록 무서운 저주가 어찌 스며든단 말인가! 새옹지마도 어이가 없고 호사다마도 넋이 갔다.

갑자기 고래고래 소리 지르는 뉴스 특보! 그 화려하던, 그 도도하던 대운하호가 제주 앞바다에서 밤새 침몰했단다.

"슬픔은 혼자 오지 않는 법 군대처럼 한꺼번에 몰려오는 법, 사느냐 죽느냐 그것이 문제로다." 이 판국에 젠장, 햄릿까지 나를 찾아서는 약을 올린다.

나는 여기까지의 기억에 또 도지는 병이 있다. 트라우마다. 갑자기 식은땀이 흐르고 현기증이 난다. 아찔한 순간, 차를 급

히 세워 운전대에 몸을 맡기고는 정신을 차려본다. 하마터면 찻
길을 벗어나 논구덩이로 처박힐 뻔했다. 운전대를 잡은 후 이런
아찔한 순간은 처음이다. 다행히 약속시간에는 조금 여유가 있
다. 천사 형수와의 궁금한 약속을 생각하며 약속시간은 그래도
버릇처럼 지켜낸다.

슬픈 천사

진 사모는 대문을 활짝 열고 기다리고 있었다. 요즘은 비서실 직원도 출입문 관리인도 없나 보다. 내가 문을 닫으려니 곧 나갈 사람이 있다며 그냥 두란다.

"아휴 언제나 정확하셔. 어찌 그리 일 초도 안 틀리게 올 수 있어요. 그 성미하고는, 좌우간 알아줘야 해. 암튼 먼 길 오시게 해 죄송해요. 가족들도 다들 잘 계시죠?"

눈을 흘기듯 하며 바라보는 그녀의 표정에는 반가움과 고마움이 절절히 서려있었다. 서로 먼저 손을 내민다. 포옹하듯 하며 인사를 나누고는 나는 조수석 문을 열어 그녀를 옆에 타게 하고는 안으로 천천히 차를 몬다. 연구실까지는 제법 들어가야 한다. 일 년 전까지만 해도 자주 들리던 곳이었는데 오늘은 낯선 느낌이다. 어딘가 조금은 퇴락한 듯도 한데 무엇보다 주인 없음이 그 이유일 게다.

"시장하실 텐데 손부터 씻으세요."

그녀는 손수 마련한 음식은 아니지만 내가 좋아하는 음식들로 식탁을 차렸다. 마당에 배달용 오토바이가 세 대나 서 있는 걸 보니, 내가 도착할 시간에 맞춰 음식도 여기저기 세 군데에다 시켰나 보다.

"천사형수님, 음식을 뭘 이리 갖가지 많이 시켰어요. 잔치상을 차리셨네. 또 누가 오나요?"

"오긴 또 누가 와요. 최 선생님 이런 음식들 좋아하잖아요. 양도 크시고요. 천천히 많이 드셔요. 그런데 또 그놈의 천사, 그 천사 땜에 정말 내가 못 살아요."

"감사합니다. 이런 데 나오면 별식을 맛볼 수 있어 좋아요. 맛있게 잘 먹겠습니다. 자, 천사님도 같이 드시죠."

그녀의 호칭에 '천사'를 덧붙인 지도 오래인데 그녀는 아직도 알레르기 반응이다. 나는 무엇보다 이곳으로 부른 이유부터 알고 싶지만, 성급함을 보일 수는 없어 먼저 이야기가 나올 때까지 기다릴 참이다. 눈 너머로 훤히 보이는 연구실은 주인을 잃어 기가 죽은 듯하다. 언젠가부터 천사형수님이라 부르는 진 사모를 바라보니 악마를 천사로 보는 눈이 이상하다며 안과나 정신과에 들려보라 놀리던 문 목사의 그때 모습도 보인다.

이미 칠순의 안주인, 남편으로부터 온기라고는 느껴보지 못하고 살아온 안타까운 반백 년이다. 게다가 친정 부모님이 돌아가신 후로는 친정 쪽과는 어디 외로움조차 나눌 피붙이도 없었다. 다 남편을 잘 만난 덕분이다.

처음은 한 남자에 홀려 그녀가 먼저 친정과 등지는 원인 제공을 한 셈이지만, 이후는 또 남편 때문에 부모님을 제외한 형제자매와는 확실히 멀어지게 된 것이다. 부모님이야 그녀의 결혼을 두고 처음에는 화도 크게 내셨지만, 그래도 살아계시는 동안은 불쌍한 그녀의 처지를 늘 걱정해 주셨던 것이다.

진 사모, 그녀에게 나는 20년 전이나 지금이나 최 선생님이다. '님' 자를 붙이지 않으면 큰일 날 줄 안다. 교회에 나가면 많은 신도들이 사모라 받들어 주지만, 소 닭 쳐다보듯 하는 냉랭한 남편으로 하여 그간 속앓이야 오죽하였겠는가? 단지 몸 어디로도 그런 속내를 보이지 않을 뿐이다. 보통 사람들 같았으면 벌써 이혼을 했거나, 아니면 화병에다 스트레스로 쓰러졌을 것이다. 그런데도 해맑은 모습으로 묵묵히 자신의 도리만 지킬 뿐이다.

　더욱 지난 일 년의 그녀는 고난의 연속이었다. 대운하호 침몰 사고의 원흉인 남편 대신 사법당국의 서슬 퍼런 조사에 수없이 곤욕을 치러야 했으니까. 그래도 살아있기조차 힘든 시간을 보낸 사람 같지가 않다.

　나는 천사형수님을 보면 오래전에 우리의 심금을 울린 영화 '타이타닉'이 떠오른다. 물론 대운하호 사고 후로는 그 타이타닉 영화마저 기억에서 지우고 있지만.

　영화 첫머리는 한 할머니가 등장하며 아련한 기억의 남자 잭을 추억하는 장면이다. 침몰하는 순간의 타이타닉, 잭은 여주인공 로즈에게 '당신을 만난 나는 최고의 행운아다'라며 로즈를 살려내고는, 자신은 끝내 차디찬 대서양 속으로 가라앉는다.

　구사일생으로 살아난 로즈는 하늘의 도움인지 전해 받은 그 날의 아기의 씨를 살려 남자 잭의 가문을 잇고, 자신의 이름조차 남자의 성으로 바꾼다.

　이 영화의 할머니 역을 맡은 미국의 여배우 글로리아 스튜어트가 떠오르는 것이다. 진 사모는 동양의 글로리아 스튜어트이다.

늙어 좋을 건 호박밖에 없다는 속담이 그냥 생긴 말은 아닐 것이다. 그러기에 그녀는 늙어가는 게 오히려 아름답다는, 늙음에 대한 막연한 두려움을 말끔히 씻게 하는 여인이다.

진 사모의 얼굴은 세상 풍상을 모르는 여인 같다. 누구 못지않은 풍상을 겪으며 살았는데도 말이다. '사랑은 오래 참고… 사랑은 성내지 아니하며… 믿음과 소망과 사랑 중에 제일은 사랑이라.'

가끔 대중가요인지 찬송가인지 헷갈리는 음조로 자신의 마음을 달래는 듯 보일 때도 있지만, 이는 불안의 노정이 아니라 그녀의 참된 사랑의 삶을 다짐하는 노래인 것이다.

나는 그녀를 언제나 천사라 부를 것이다. 내가 문 목사를 진작 떠나지 못한 이유의 여인이기도 하다.

식사가 끝나고 차를 내고는 드디어 그녀가 입을 열려나 보다. 뭔가를 꺼내 들고 나오는데 표정이 꽤나 걱정스러워 보인다.

"최 선생님 이것 좀 보세요. 난 이런 것에 대해서는 까막눈이라 속을 들여다볼 수가 없어요." 하며 내놓은 것은 작은 메모리칩이었다. 보통 USB라 불리는 것이다. 검찰의 여러 차례 압수수색을 비웃듯 그 USB는 당당한 모습으로 나를 맞고 있었다.

악마의 궤적

나는 천사형수로부터 이 USB의 습득 경위를 들으며, 본능처럼 나의 갤럭시 탭에 문제의 USB를 꽂았다. 빨간 불이 들어온다. 작동을 하려나 보다. 바로 클릭하여 기다린다.

무엇이 들어있으려나? 갑자기 긴장이 된다. 깊고 어두운 동굴에 선 기분이다. 음산한 분위기에 닭살 소름이 인다. 입구에서부터 덫인지 오랏줄 같은 거미줄이 내 얼굴을 휘감는 듯 찝찝하기 그지없다. 연방 박쥐라도 튀어나와 이마에 부딪힐 것 같다. 조마조마하고 불길한 생각에 모골이 송연해 온다.

묵은 통장을 정리하려 ATM 기에 통장을 넣는 순간 '잔액 0', 사실 기대야 않았다 해도 '잔액 0'을 읽는 순간은 왠지 서운하다. 그러나 이 USB만은 제발 텅 비어 있으라고 기도부터 나온다. 문 목사 형님에 대하여 신경 쓰일 자료가 나올까 두려운 것이다.

그러나 운명은 내 편이 아니었다. USB 동굴 속은 들어갈 수록 부챗살에 미로처럼 갈라진다. 수많은 파일, 엉겁결에 아무 파일이나 열어보지만, 내용파악이 쉽지 않다.

앗! 그런데 암호를 걸어 보안장치를 해둔 파일도 있다. 심상 찮다. 뭔가 비밀의 문이 숨어있나 보다. 순간 동공이 확 열리고 뒷골이 뻐근해 온다. 아라비안나이트 중 「어부와 마신」 편의 병 속에 갇힌 악마라도 튀어나올 것 같다.

"어흐흐, 네 이놈 잘 걸렸어.
천 년만 일찍 날 구했으면 네놈에게 큰 은혜의 선물을 하리라 했는데,
나를 이토록 지치게 한 뒤 이제야 나를 건져내!
이젠 아무 소용이 없어. 아무 소용이 없다고….
난 기다리다 지쳤어.
네 이놈 딱 잘 걸렸어. 흐흐흐."

아아, 그런데 어른거리던 악마의 표정이 어느 사이 문 목사의 얼굴로 오버랩된다. 더 무섭다. 분명 죽었거나 행방불명된 형을 만났는데도 반갑기는커녕 무섭기만 하다. 머리를 흔들어 환영

을 지워보려 하지만 지워지지도 않는다.

"동생 왜 여태 날 피하기만 하고 구조를 않는 거야? 어째 내가 이 지경이 되도록 내버려두는 거야? 넌 나의 이런 수모를 은근히 즐기고 있는 거지. 그렇지?"

나의 자격지심인가? 형은 나를 엄청 원망하는 눈초리다. 가까스로 환영을 지웠지만, 영 개운치가 않다.

우연히 그물에 걸려나온 병 속에 갇힌 악마, 그 악마는 구조의 날을 천 년이나 기다렸다, 희망을 가지고. 그러나 희망의 천 년은 절망의 천 년으로 이어지고, 이제 절망의 천 년은 화풀이 원한의 복수로 갚는단다.

불현듯 이 메모리칩에서 그 악마를 만날 것 같은 두려움이 인다. 비밀을 해제하고, 파일의 문을 열면 그 음산한 목소리로 튀어나와 나의 멱을 잡을 것 같다.

오늘 전혀 예기치 않은 너무도 뜻밖의 상황에서, 문 목사 형과 내가 어느 사이 원망의 상대로 마주 선 환영이 너무도 기막히다. 잠시 환상의 착각이었지만, 기다림이 간절하면 간절할수록 폭넓고 여유롭게 사고하기란 이토록 어려운가 보다.

그래서인가, 나는 대학 시절 소월의 「진달래꽃」에 대한 리포트를 작성하던 기억이 언뜻 떠올랐다. 오늘 나의 이 기분에 혹시 위로가 될지도 모를, 아닐지라도 흔들리는 내 마음에 평안의 닻을 내릴 무언가가 필요한 것이었다. 오래도록 잊고 지낸 빛바랜 추억의 사진처럼 「진달래꽃」은 왈칵 무엇인가 절실하던 그때로 휘몰아가는 바람이었다.

「진달래꽃」은 세월 따라 쉬 잊히지 않는 고향 집 그 찌든 두엄 냄새처럼, 여태 나의 가슴 뒤란에 뭉개뭉개 피어나고 있었던 것이다.

「진달래꽃」의 본질은 한이다. 그 한을 순종이란 역설로 담아낸 것이 「진달래꽃」이다. 한이란 인간 내면의 복합적인 자기모순이거나 갈등의 감정이다. 님은 떠나려 하고, 보내기는 해야 하는데 속마음은 미련이 인다. 이쪽저쪽 어떤 게 진짜 나인지 자기모순의 감정에 허덕인다.

> 말없이 고이 보내드리우리다
>
> 아름 따다 가실 길에 뿌리우리다
>
> 사뿐히 즈려 밟고 가시옵소서
>
> 죽어도 아니 눈물 흘리우리다.

이 마지막 소절 '죽어도 아니 눈물 흘리우리다.'에서, 그 비장함의 극치를 보게 된다. 겉으로는 진달래꽃을 따다가 가실 길에 뿌려드리며 짐짓 순종의 모습으로 님을 보내지만, 단지 반어적 표현일 뿐 결코 님을 보낼 수 없다는 강한 반발인 것이다.

'나보기가 역겨워…' 그 역겹다는 말에서부터 매서운 심상이 느껴지지 않는가? '나 보기가 역거운 님이여, 매달리기는커녕 말 없이 보내드리리다. 꺾이어진 내 심정이야 절망이지만 죽어도 눈물만은 보이지 않을 것입니다(그러나 그대 다시 돌아오기를 기다려봅니다).'

아, 얼마나 아름다운가! 천 갈래 만 갈래 찢기는 마음을 다잡는 그 용기가 아름다운 것이다. 바로 여기서 사람다움의 차이를 볼 것이다. 한이 될지언정 가슴으로 삭이는 용기에서 말이다.

그래 맞다. 나는 내심 문 목사 형을 미워하고 있었다. 그의 아내, 나의 천사형수님을 그토록 박대한 문 목사이기에 그냥 미웠던 것이다. 오늘도 여전히 그가 밉기는 마찬가지이다. 그러나 이제 멀리 떠나버린 그를 미워하여 더는 무슨 소용이란 말인가? 미움의 그 이유까지를 뽀얗게 지울 수가 있을지 걱정도 되면서 말이다.

업보

    나는 아무쪼록 이 USB가 텅 빈 동굴일 뿐, 무엇도 만날 일이 없길 빌었지만, 희망 사항일 뿐이었다. 일별해 봐도 분량부터가 짐작이 되지 않을 정도이다. 육감으로 이 칩을 통하여 무언가 문 목사의 비밀을 열어볼 수도 있을 것 같은, 그래서 이 조그마한 물건이 어디 원치 않는 아이를 가진 듯 마구 불안을 몰고 오는 것이었다.

    "최 선생님 뭔가가 있나요?" 하고 묻는 천사형수님의 낮은 목소리에도 나는 움찔 놀랄 만큼 도둑처럼 긴장하고 있었다.

    USB의 동굴을 더듬느라 옆에 있는 형수님의 존재조차 잊고는 그녀의 작은 질문 소리에도 화들짝 놀랐던 것이다. 한번 심호흡을 하며 답했다.

"아, 예~. 있긴 한데 내용이 워낙 많아 당장은 뭐가 뭔지 모르겠어요. 다 들여다보려면 시간이 엄청 필요할 것 같아요."

"혹 우리 문 목사님께 안 좋은 건 아니겠지요?"

그러고는 누가 있나 사방을 둘러본다. 그녀 역시 수사당국에 워낙 혼쭐이 난 터라 솥뚜껑 보고도 놀라는 격이었다.

"제가 가져가서 차근차근 내용을 살펴본 후 다시 연락을 드리겠습니다."

그런데 USB 속 내용에 빠져들다 보니 이 칩의 습득 경위에 대해서는 제대로 듣지 못한 것 같다.

"천사님, 죄송하지만…."

이 순간 그녀가 버럭 화를 낸다. 나는 깜짝 놀라 그녀를 바라보았다.

"아니 자꾸 천사란 말을 붙일 거예요. 듣기 너무 민망해요."

날카로운 목소리에 화난 그녀의 모습은 20년을 통해 처음이다. 천사도 화를 낼 줄 아나 보다.

"아니 천사형수님, 이는 부르는 사람의 마음이니 너무 괘념치 마세요. 천사 없는 형수님은 앙꼬 없는 찐빵이에요. 저에게는 너무도 유쾌 상쾌 통쾌한 이름이니 그대로 받아주세요, 좀." 하고는 못 하는 아양까지 떨어보지만.

"몰라요." 하며 눈물까지 흘린다.

실종된 남편은 분명 가라앉은 배 속에 다른 탑승자와 함께 시신이 되어 누워있을 텐데 무슨 까닭인지 도망자로 현상수배전단이 거리마다 내걸린 데다, 불쑥 두려움으로 나타난 정체불명의 USB, 게다가 나까지 얼빠진 표정이었으니 그녀가 어찌 공포의 수렁으로 빠져들지 않을 수 있었겠는가?

"형수님 너무 두려워만 마세요. 그리고 지금은 이런 입씨름이나 하고 있을 때가 아닙니다. 아까 제가 여쭈었던 이 칩의 입수 경위나 들려주세요. 언제 어디서 찾았습니까? 그런데 어찌 용케도 압수수색 때 잘 숨어 있었군요. 무슨 특별한 정보가 들어있을지는 모르겠지만 말입니다."

그녀는 진짜 화가 난 모습이었다. 겨우 진정을 시켰다.

"사고 직후에는 머리가 하얘져서 어디 기억도 잘 안 나요. 먼저 컴퓨터랑 서류 등 온갖 걸 찾아들고 나가는데, 나는 그냥 엉엉 울기나 하거나 멍하니 쳐다보고만 있었죠. 그리고 더욱 기가 찬 건 문 목사님 은신처를 자복하라는 거였어요. 아니 배를 같이 타고 떠난 사람을 나한테서 찾으면 어찌하냐고 막 따졌죠. 같이 물밑에 갇혀있을 텐데 왜 여기서 찾느냐고 울며 대들었죠. 그들은 비아냥거리면서 당신 남편은 30년 전 KAL기 폭파범 김

현희의 수법처럼 배가 침몰되도록 모든 조치를 한 후 부산항에서 감쪽같이 사라졌다는 거예요."

"아따 참 천사님도, 거기까지는 저도 잘 아는 바고요. 그럼 이 물건을 발견한 장소만 말해보세요."

"또 그놈의 천사다. 남편 행방도 모르는 여인을 천사라니요. 욕 먹이지 마세요. 천사는 뭐 말라비틀어진 천사…" 다시 역정을 낸다.

"그럼 천사표 형수님이라 표자 하나를 덧붙여 드릴까요. 천사표 형수님, 천사표. 아, 그것도 괜찮은데 하하하…. 암튼 호칭문제는 일단 접고 제 질문에 답이나 하세요." 한술 더 뜨며 나도 굽히지 않았다.

그녀는 어제 화해를 위해 여주에 사는 친정동생 집을 찾은 일, 잠자리에서 남편 옷을 떠올리고는 오늘 아침 이곳으로 달려와 옷가지의 세탁과 정리를 하던 중, 한 남방셔츠 주머니에서 이 USB를 발견하게 되었다는 습득경위를 들려주었다.

"그랬군요. 아마 양복 호주머니라면 몰라도 남방셔츠 주머니는 예사로 생각했나 봅니다. 멍청한 친구들. 어쨌든 목사님을 위해 잘된 일일지 아니면 그 반대일지는 속단할 수가 없지만, 암튼 내용 파악부터가 급선무입니다."

전혀 예기치 못한 USB의 존재, 문 목사가 일부러 남겼을 리도 없을 터인데, 이 USB가 나와 문형과의 인연을 그렇게 쉽게 끊지는 못하게 하려나 보다. 세월의 길이만큼 정의 깊이도 비례하면 좋으련만, 문형과 나 사이는 반대로 살아온 느낌이다. 그러니 느닷없는 이 USB가 뜨거운 감자가 되어 나를 더욱 당혹게 하는 것이다.

나는 대운하호의 그 화려하던 첫 운항이 끝내 침몰이라는 비극으로 막을 내리자, 각종 매스컴마다 불어대는 나팔 보도에 정신을 차릴 수가 없었다.

처음에는 사고내용과 원인을 두고 안전사고인지 계획적 범행인지와, 계획적 범행이라면 그 범인은 누구고, 또 왜인지 등이 보도의 초점을 이루고 있었다. 그러다가 문 목사가 대운하호의 실제적 소유주로 드러나면서 꼼짝없이 그는 피의자가 되고 있었다.

검찰은 아직 구체적 범행동기까지는 밝히지는 못했지만, 문 목사의 계획적 범행으로 단정을 하고 있는 것이었다.

그의 아내 진 사모는 정신을 잃고는 몸져누웠다. 그러나 그녀에게 조리의 자비를 구하는 건 사치일 뿐, 집요하게 파고드는 수사와 기자들의 극성은 몸져누울 시간이 무슨 염치냐며 닦달일 뿐이었다.

나는 나대로 너무나 기가 찼다. '나의 가까운 사람 중에 이토록 무서운 범죄자가 있었다니…', 주위로부터 나의 입장이 난처해질까 먼저 나의 걱정부터 하고 있었다. 이는 의형제로서 참 옹졸하고 비겁한 자기방어기제의 태도가 아닌가?

또한 그를 잘 안다는 나로서도 범행의 동기나 이유를 놓고 그 어떤 짐작도 가는 구석이 없었으니 더욱 황당할 뿐이었다.

무엇보다 그가 이슬람 IS 대원도 아닐진대, 북한, 중국, 일본의 국가원수까지 초청한 나라잔치에, 그 어떤 목적으로든 정치외교적 항거나 테러를 자행할 하등의 이유가 있을 리 만무한 것이었다. 더욱이 만방에 종교자유인 이 나라에 어디 거룩한 순교자의 피를 바칠 시대도 아닌 것이다.

어떻게 생각해봐도 4국의 국가원수와 글로벌 거목인재 삼천을 무슨 이유로 떼죽음을 시켜야 했는지, 그 이유를 짐작조차할 수가 없으니 그저 멍하고 얼빠진 사람일 뿐이었다.

그런데 관계당국은 깜짝 놀랄 증거를 제시하고 있었다. 침몰된 선박은 가짜 대운하호이란다. 지금껏 인천 제주 간을 운항해오던 선령 20년의 창파1호가 대운하호 대신 투입되었다는 것이다. 그 대신 신규 도입한 대운하호는 창파1호의 헌 옷을 둘러쓴 채 인천항에 숨어있다며, 그 대문짝만한 사진까지 내놓고 있었다.

이것만으로는 완벽한 물증이야 못 될지라도 이미 그의 범의의 정황은 요지부동인 것이었다. 정 그렇다면 그럴수록, 문 목사 스스로가 그 죽음의 길을 주도하고, 함께 하였다는 사실이 나에게는 더욱 불가사의하기만 하였다.

천사형수와 나로서는 반전의 정황을 들이댈 그 무엇도 없어, 수사당국의 발표에 풀이 죽어가야만 했다. 왜 무슨 이유로 스스로가 포함된 그 허망한 떼죽음을 불렀는지, 우리로서는 도저히 받아들이기도 인정하기도 싫은 그 증거자료에 한없이 허물어지면서 말이다.

이런 와중에 난데없는 USB의 출현, 달갑잖은 사건에 다시 얽혀드는 문 목사와의 인연, 답답한 마음에 로버트 프로스트의 「가지 않은 길」이 생각났다. 왔던 길이 아닌 선택하지 않았던, 문형을 알기 이전의 그때가 자꾸만 돌아다 보였다. 나는 참 의리조차 없는 놈인가?

"숲 속에 두 갈래 길이 있었다고,

그리고 나는 사람이 적게 간 길을 택했노라고, 그래서 모든 것이 달라졌다."고.

사람들은 자신이 선택한 길보다는 선택하지 못한 길에 대한 막연한 미련이야 있기 마련이다. 문 목사와의 인연, 나와 맺어진 그 과거는 이미 과거이기에, 또한 미래 역시도 얼마만큼은 그 과거 때문에 지금에야 어찌해볼 수가 없는데도 말이다.

더욱 놀랍고 안타까운 것은 그 USB 속 내용이 별 게 아니기를 바라는 나의 기대마저 깡그리 뭉개고 있다는 사실이다. 그야말로 기절초풍할 음모와 범행모의들로 만산홍엽을 이루고 그의 USB는 붉게 타고 있었다.

제2의 십자가

나는 진 사모로부터 넘겨받은 USB를 통하여 한 사내가 일생을 바쳐 쌓아올린 그의 야망과 음모를 보았다. 수사 당국이 그를 주범으로 단정한 그 정황 그대로 자신의 범행전모를 누드화처럼 그의 USB에 고스란히 드러내고 있었다.

하늘과 땅이 꺼지는 탄식 속에 그 범행을 추적하고 베일을 벗겨가는 내내, 나는 숨쉬기조차 어려울 만큼의 긴장과 놀람과의 사투를 벌여야 했다.

그의 치밀, 잔인, 교활함의 삼각편대는 무릇 하늘을 대적하기에도 부족함이 없을 듯하였다.

이로써 나는 이번 사건이 문 목사의 계획된 범행임에 꼼짝없이 동의하면서, 누구보다 하나님을 굳게 믿던 그가 이 같은 엄청난 범죄행각의 주모자라니…. 그 동기나 목적부터가 궁금하여 견딜 수 없는 심정으로 바뀌었다. 바로 사설탐정 같은 이 작업에 내가 꼼짝없이 빠져든 이유인 것이다.

오랜 시간 USB를 통해 밝힌 그의 범행목적은 한마디로 '믿음천국'이었다.

'믿음천국', 참으로 생경하고 뚱딴지같은 말이 아닌가? 이까짓 것을 위해 그토록 처참한 범죄를…. 난 한동안 어리둥절할 뿐, 믿기지도 일손이 잡히지도 않았다. 그러나 이내 강력한 전자석 자장 앞의 한낱 쇳조각마냥, 저 거친 홍수 소용돌이 속의 한 가닥 지푸라기마냥, 나는 나도 모르게 이 '믿음천국'에 와락 휘말려드는 것이었다.

'믿음천국'의 내막과 이를 둘러싼 방대한 음모와 관련해서 점차 그 속살을 열어 보이겠지만, 아무튼 그의 음모는 '믿음천국' 건설이라는 희한한 명제로 짜여 있었다.

우선 '믿음천국'이란, 문 목사 자신의 강령대로 세상 70억 온 인류를 아우르는 범죄 없는 백성들의 이상향의 나라이다.

이상향의 '믿음천국'…. 비록 수많은 주검의 희생 위에, 무엇보다 하나님을 참칭한 범죄의 결정판이지만, 동기와 목적만을 두고 본다면 노벨 평화상을 영구히 그에게만 안겨도 지나치지 않을 그야말로 대단한 것이었다.

'믿음천국'의 설계

구원과 평화와 번영이란 이름의 설계도에 음흉이 깔려있는 치밀, 잔인, 교활의 삼각편대의 전술이 너무도 기막히다. 그의 치밀함은 평소 용의주도한 그의 모습 그대로, 수십 년의 범죄모의를 까맣게 숨길 수 있었다. 그의 잔인함은 목적을 위해서는 어떤 가혹한 수단도 가차 없이 자행할 수 있었고, 교활함은 효용과 용도에 맞는 가용수단들을 입맛대로 골라, 비정상을 정상으로 거뜬히 분칠할 수 있었던 것이다.

언뜻 보기에도 이 삼각편대의 호위만 있다면 그 어떤 세상도 마음껏 휘저어 누빌 수 있어 보였다. 그러하니 목표달성이야 시간문제일 뿐, 그야말로 성공을 향한 최적의 역학구조를 갖추고 있었다.

음모의 싹을 틔워 꽃을 피우고, 열매를 거두려는 일생일대의 야망, 내가 찾아내고는 내가 까무러치는, 실로 엄청난 음모의 발견이었다.

하늘 아래 초개 같은 인간이, 그것도 명색이 목양자의 한 사람이, 그의 주 하나님을 대적하여 거침없는 음모를 모의함이 일차적 놀람이요, 그 음모를 어디 충무공 이순신의 『난중일기』에 견주기라도 하듯 떡하니 기록에 남겨 스스로가 범죄의 주범임을 외치고 있었으니, 그 의식과 배짱에 더욱 놀라지 않을 수가 없는 것이다.

물론 이미 수사당국의 수사결과 발표에서, 그가 대운하호 침몰사고 범죄혐의의 중심에 있음을 알고는 얼마나 놀라고 또 상심하였던가! 거기에다 이후 내가 밝혀낸 그의 범죄구성의 내막이 인간의 상상을 초월하는 데는, 지금까지 수사 당국의 발표와는 그 놀람의 격이 달라도 너무나 다른 것이었다.

음모가 싹이 트고 자라며 꽃이 피는 그 과정이 더없이 처절 가혹하고 적나라하다. '아하, 형님이 틀림없어!' 하고 단정을 내리던 순간, 그 잔인함, 그 치밀함, 그 배신감은 나의 지성, 감성, 인격, 그 어떤 것으로도 감내할 수 없는 미움이 되어 폭발하고 있었다.

그렇다면 어찌 그리도 치밀하던 사람이 어떻게 나에게까지 그의 전부를 노출하는 실수를 하였는지는, 지금으로서는 확실히 알 수는 없다. 짐작건대 대운하호 침몰사고를 마지막 결행할 때쯤에는, 그에게 정신과적 병세가 이미 깊어 있었다는 점이다.

그런데 이때쯤 더욱 놀랍고 기겁할 일이 벌어지고 있었다. 내마음 한구석에 엉뚱한 소리를 내고 서 있는 또 하나의 나를 발견한 것이다. 문 목사 그를 욕하면 욕할수록, 그의 범죄 행각의 전모를 파고들면 들수록, 나도 갈피를 잡을 수 없는 어떤 미혹의 기운에 빠져드는 또 하나의 내가 존재하는 것이었다.

문 목사, 그의 일생일대의 야심이요, 비전인 '믿음천국'의 강령은 기발하고도 기상천외하여, 나도 모르게 '야 대단하다!'며 열린 입을 다물지 못하게 하는 것이었다.

한낱 남가일몽의 야망에 사로잡혀 마구 휘두른 그의 잔인성은 하늘에 앞서, 인간의 실정법으로도 극형을 피할 수가 없을 터인데도 말이다.

그럼에도 불구하고 나는 그가 소망하는 세계를 새로운 이상향으로 평가하며, 은근히 그에게 동조하고 있었다. 어쩌면 그의 세상이 가능할 수도 있겠다는, 아니 차라리 이참에 그의 세상이 열려야 한다며 한발 더하여 적극적 이념투합의 소리까지 더하고 있었다. 마치 혁명에 실패하여 포승에 묶인 채 사형선고의 판결문을 듣는 어느 혁명가의 초라한 최후를 동정하듯 말이다.

비록 허망한 음모였을망정 그의 꿈을 이룰 수만 있다면, 인류는 또 다른 새로운 질서와 평화와 번영을 누릴 수 있겠다는 현혹에 꽉 붙들리고 있었다.

솔직히 말해 한순간이나마 그의 음모가 현실이 되어 색다른 인류의 삶을 맛보는 가상의 현실, 그의 유토피아에서 나는 흥분과 동경을 넘어 열렬한 지지를 보냈다.

비정한 문 목사를 비난하기 이전에 더는 방치할 수 없는 인간세상의 넘치는 범죄, 그 범죄에 질린 나머지 나는 그의 음모가 성공하면 틀림없이 인간세상은 확실하고도 제대로 정화될 것이라며, 그의 이념에 하염없이 빠져들고 있었던 것이다.

이쯤이면 나도 심정의 공범자가 틀림없지 않은가? 이런 나에게 문 목사가 내 마음을 이미 읽기라도 한 듯, 그리고는 다짐이라도 받을 듯 환청이 들렸다.

"동생, 나의 '믿음천국'을 들여다본 소감이 어때? 이만하면 인간의 이상향으로 손색이 없지 않을까 싶은데. 전쟁과 테러 살육 미움과 범죄로 썩어 문드러진 인간세상을 이대로 방기하는 건,

선지자가 취할 자세는 아니야. 더 늦기 전에 인류를 구원해야 했었지만, 그래도 지금이 가장 빠른 때라잖아. 나는 하늘을 대신하여 인간세상을 젖과 꿀이 흐르는 낙원, 범죄 없는 평화의 이상향으로 바꾸어 놓을 것이야. 일찍이 영국의 베이컨은 『뉴아틀란티스』에서, 앞으로의 인간세상은 기술과 과학문명으로 발달하여 그야말로 지구가 인간의 낙원이 될 것이라 하였지. 그러나 거기에는 한 가지 중요한 점을 간과하고 있었지. 바로 과학기술, 즉 문명의 발달이 인간의 도덕적 타락도 함께 앞당긴다는 걸 말이야.

윤리 도덕이 타락한 세상은 우리의 이상향이 될 수 없지. 인간이 영악한 지식을 더해가는 만큼 범죄도 비례하게 되어있거든. 인간이 3차 산업혁명을 완성하고 4차, 5차 산업혁명을 외치는 사이, 범죄는 이미 6차, 7차 차원을 넘는데 말이야. 베이컨도 하나님도 아마 이점은 예상치 못하셨나 봐. 하하하."

"형님, 그러나 폭력과 같은 강압의 수단으로 인간의 심성을 바꾸기에는 무리이거나, 한계가 있지 않을까요?"

"그래 맞아요. 그러나 이미 역사가 증명하듯 혁명의 과정은 어차피 힘이 필요한 게지. 쇠뿔은 단김에 빼라고, 혁명은 밥을

뜸 들이듯 느긋하게 할 일이 아니라, 뻥튀기 튀기듯 새로운 기운으로 세상을 왈칵 덮어씌워야 하는 거야.

그러기에 폭력처럼 보이는 강력한 힘이 필요한 게지. 때로는 대를 위해 소를 희생시켜야 할 경우도 생길 수 있겠지. 더욱이 사회나 국가처럼 큰 집단은 무엇보다 강력한 힘으로 기선을 제압해야지, 어디 느슨해서는 안 될 일이지.

그러면서도 개인에 대해서는 달라야 해. 개인 한 사람 한 사람의 영혼을 구원하기 위해서는 국가나 사회를 혁명하듯 해서는 안 되지. 이때는 온유와 끈기로 구슬리며 같이 동화하게 하는 숙성의 시간이 필요하지. 인권에 관한 한 어떤 전제조건이 있어서도 안 된다는 뜻이기도 하지.

러시아의 대문호 도스토예프스키도 『죄와 벌』에서, 한 인간의 영혼을 구원하기 위해 긴 여정을 헤쳐 가는 인내를 보이지 않던가?

도스토예프스키, 그가 추구하는 인간상은 아름다운 영혼에 있지만, 그러나 처음부터 '인간 영혼아 너는 참 아름답다'라고 정의하고 설파하지는 않았어. 먼저 인간의 추악한 내면부터 들추었지, 목표는 일단 인간의 아름다운 심성의 발견에 두고. 이처럼 그는 인간의 추악한 심성부터 까발리고는 점차 참모습을 찾아가는 인간으로의 숙성과정을 찾아 나서지.

달걀이 병아리로 부화하는 과정처럼 껍데기를 둘러쓴 채로는 더 이상 병아리는 없는 것이지. 여하튼 껍데기를 깨뜨려야만 달 걀에서 병아리로 자신의 새로운 생명의 정체를 증명하게 되듯, 숙성이란 것 역시도 신음하며 겪어가는 그 과정이 중요한 것이 지.

이처럼 주인공 라스콜리니코프는 한 때 자신의 살인 행위마 저 합리화하려 초인주의자로 버티려 하지만, 창녀 소냐를 만나 그녀의 고뇌로 빚어내는 사랑에 감명되어 끝내 자신의 영혼을 정화하고 인간성을 회복하게 되지. 바로 이처럼 한 개인의 인간 성 회복을 위해서는 무엇보다 인내와 절제가 필요하단 말이야.

앞에서, 국가나 사회 전체의 변혁을 위해서는 단번에 숨통을 틀어쥐는 게 효과적이라 말했지. 마치 네바 강 순양함 오로라 호의 포성 신호와 함께 세상을 바꿔버린 100년 전 러시아 볼세 비키 공산혁명을 보듯이 말이야. 그런데 여기서도 한 가지 더 추 가해야 할 요소가 있어.

개인이든 국가사회든 변혁의 과정에서 중요한 점은 라스콜리 니코프가 소냐를 만나듯, 껍데기를 쪼아 부화를 돕는 줄탁동기 (啐啄同機)의 어미닭과 같은 역할자가 필요한 것이지. 문제점이나 고통에서 해방할 해결사 곧 능력의 지도자가 나타나야 한다는 말이야.

그런데 동서고금을 통하여 본 지도자들이 하나같이 능력의 지도자가 아닌 게 문제이지. 어디 지금 지도자라 이름 한 자들의 면면을 보면, 누구랄 것도 없이 그들의 인간성에 문제가 있어 보이잖아. 문제의 지도자 밑에 어찌 아름다운 세상이 열리겠는가.

또한 다수가 훌륭한 지도자라 한들 나쁜 지도자 한두 명이면, 미꾸라지 한 마리로 언제 세상 웅덩이가 흐려질지 두려운 것이지. 그러니 세상을 이끌 지도자는 하나님 아래 오직 제대로 된 한 분이어야 하는 거지.

인간사회 경영을 인간자율에 맡기신 하나님이시니, 이 점이 인간의 지혜로는 여전히 풀기 어려운 문제이긴 하지만, 이 땅 위에는 오직 한 분의 훌륭한 지도자만이 평화로운 것이야.

그런데도 온갖 이유로 갈라서고는 그 갈라진 저마다의 머리를 들이미는 자칭 지도자들, 그러니 싸움질하는 문명은 있어도 사랑과 신뢰의 문명은 쳇바퀴 돌기지.

아무튼 현세 인류 우리에게 당장 필요한 지도자란, 인간 하나하나를 인간성 자기혁명으로 이끌 수 있는 표준과 능력의 소유자, 이름하여 메시아가 나타나야 하는 것이야.

또한 무엇보다 메시아가 이끄는 세상은 라스콜리니코프를 소냐가 이끌 듯, 사람마다 한 사람 한 사람씩 따로 공들여 이끌지 않아도 되는 매우 효율적인 시스템의 나라가 되지.

바로 메시아의 표준과 권능이 곧장 인류 모두를 한꺼번에 인간성 자기혁명화로 이끌 것이니, 인류 평화가 얼마나 쉽게 앞당겨지겠어요.

결론적으로 인류를 단번에 인간성 혁명으로 이끌 수 있는 능력, 그 메시아가 오지 않은 세상에서의 과학기술은 자칫 범죄기술을 양산하게 되는 것, 그러니 베이컨의 이상세계는 바로 이 점을 놓치고만 것이지."

"형님 이상향도 좋지만, 인간 현실과 너무 동떨어진 세계에 그토록 집착할 필요는 없지 않을까요? 형님의 USB에는 그 외에도 바쿠닌의 무정부주의, 토머스 모어의 유토피아, 캄파넬라의 태양의 나라, 황금의 도시 엘도라도, 공자의 대동사회, 무릉도원 등 이상세계를 그린 표제어들이 군데군데 보이던데, 이런 것들은 인간의 상상에서나 존재하거나 실사구시적인 것이 아니어서 인간의 참 가치를 대변하지는 못하는 게 아닌지요?"

"허허, 그래서 현대의 인간에게는 더욱 능력의 선지자가 필요한 것이지. 바로 내가 제2의 십자가를 지는 각오로 인류를 구원하려 하는 이유이지."

나는 한참 환청에 시달리면서도, 이러다 그의 비위를 거스르고는 기회를 놓치거나 자칫 미움이라도 살까 조바심을 내고는, 뜬금없이 그의 주장에 사로잡히고 있었다. 그의 선지자적 능력의 은혜를 내가 먼저 입어야 한다는 약은 생각에 빠져들었던 것이다.

그만큼 그의 '믿음천국'의 강론은 19세기 공산주의야말로 인류행복의 최적가치를 담아낼 그릇이라며, 당시 젊은 지식층을 휘몰리게 한 칼 마르크스의 공산주의 이론보다 훨씬 큰 감동과 신뢰로 마치 신앙의 평화처럼 느껴졌다.

나는 이런 문 목사의 '믿음천국' 강령에 꽉 붙들린 채 아예 조련사 앞의 한 마리 곰이 되고는 꼼짝없이 순치되어 갔던 것이다. 그러다 오래도록 멍한 나를 주시하며 걱정하던 아내가 그 신기루에서 허우적거리던 나를 구출한 것은 제법 시간이 흐른 후였다.

이제 정신이 든 지금에서 보면, 문 목사 그는 망상의 신기루에 갇히고 유토피아의 늪에 빠져서는 세상 사람들을 유혹하고 있었다. 끝내 브레이크마저 터져버린 그의 야망으로, 스스로도 주체할 수 없는 혼란에 빠져서는 강박장애나 편집증에 시달리고 있었던 것이다.

성도는 신령과 진정으로 하나님으로 하여 있던 병도 고쳐야 할진대 없던 병까지 얻은 것이다. 성령으로 철저히 무장하여 남의 악령까지 지워야 할 그가 오히려 심판받을 범죄자로 신분이 변탈되었으니 말이다.

나는 물론 그의 아내 역시도 참담히 무너진 심정에서 문 목사를 두고 어찌 원망이야 없겠는가? 그런데도 그녀는 아니었다. 팔이 안으로 굽는단 말이야 있지만, 그녀는 문 목사가 남편이어서도 아니었다.

그녀는 진정 천사인지 앞이 캄캄할 이 시간에도 모든 사태의 주관자는 하나님이시기에 먼저 하나님의 뜻을 구하여야 한다며, 기도로 응답을 간구하기에 전심을 쏟고 있었다. 차마 남편에게 어떤 원망의 말도, 작은 불편한 심기도 드러내지 않은 채 말이다.

이처럼 죄에는 심판이 따르고 한편에선 죄 사함을 간구하는 이율배반의 삶이 곧 인생살이라니, 나는 아직 지천명에 이르지도 못한 나이에 벌써 부조화의 인생이 버거워졌다.

내가 답답해할수록 천사형수님은 오직 예수그리스도만이 형통의 길이라, 십자가의 공로에 매달리라며 나를 위한 중보기도로 밤을 새운단다.

생각하면 시련은 누구에게나 오는 것, 무쇠의 담금질처럼 연단의 기회로 삼아야 가치 있는 삶이리라. 동전의 양면 같은 태생적 이질감도 삶의 현장에서는 공생이나 동거로 공존을 수용해야 할 때도 있는 것이리라.

그의 믿음천국 강령 앞에서는 그럴 수 없이 반기던 문 목사의 이념도, 현실의 범죄 앞에서는 다시 분노로 뒤바뀐다.

나는 답이 없는 팽팽한 긴장감 속에 매스컴이 유가족의 슬픔을 전하면 나는 죄인이 되어 수없이 무릎을 꿇었다. 그렇게 꿇다 보면 이내 다시 문 목사에 대한 분노로 온몸이 출렁였다. 문 목사의 이념과 세상의 관점 사이에서 나의 가치관이라는 것은 한낱 물 위의 가랑잎일 뿐이었다.

또한 범죄의 실체는 실로 엄중한데 그 범죄자와의 사적 인간관계라는 이중적 갈등은 나를 더욱 난감하게 만들었다.

진퇴유곡, 그러나 어쩌리? 그의 음모의 전모와 무엇보다 범죄동기나 목적, 그리고 그 범죄과정을 파헤치지 못하고서야 어찌 나만 믿고 있을 불쌍한 처지의 천사형수님을 대할 수 있으리?

그녀는 이번 사건이 비록 남편의 범행임이 틀림없을지라도 분명 거기에는 무슨 곡절이 있을 것이라며, 그 곡절을 밝혀 남편의 신원을 조금이나마 맑힐 아내의 도리에 골몰하고 있었다.

또한 이 시동생이 하나님의 은혜 속에 능히 이 일을 해낼 것이라 믿는 데는, 늘 나의 능력을 과대평가할 만큼 그녀의 나에 대한 믿음은 늘 대단한 것도 큰 역할을 했다.

나는 세상의 분노에는 몸을 이리 뒤척이다 천사형수님의 기도에는 다시 저리 뒤척여야 하는 갈등 속에서도, 어느덧 중심을 잡고는 실체를 적시해 내기에 혼신의 힘을 다하게 된다.

셜록 홈즈

그사이, 나는 무엇보다 이십여 년의 정든 직장을 그만두어야
했다. 처음에는 직장과 가정 사이에서 틈틈이 문제의 USB를 밝
혀 갈 수 있으리라 쉽게 생각을 했었다. 그러나 막상 일은 생각
만큼 녹록지가 않았다. 두 토끼를 한꺼번에 잡기란 나의 능력에
버거웠다. 나의 마무리 전화를 여삼추로 기다릴 천사형수님을
생각해서도 그러하지만, 이상하게도 USB는 마치 '알리바바와
40인의 도적'의 소굴처럼 그 속이 궁금하여 나를 안달 나게 했
다.

위험은 뒷전 욕심 나는 도적소굴의 금은보화처럼, 그 USB는
호기심의 늪이 되어 나를 마구 끌어당겼다. 어디 구미에 맞는
책을 만난 듯, 다음 페이지가 궁금해 나를 옴짝달싹 못 하게 하
는 것이었다. 그야말로 그 조그마한 USB 하나가 나의 일상을 망

가뜨리고 있었다. 그러하니 톱니처럼 맞물려 돌아가는 직장 신문사의 조직 분위기가 나로 인하여 흐트러지기가 일쑤였다.

고민하다 아내의 만류를 무릅쓰고는 사직을 했다. 쓸데없는 짓, 심지어 미친 짓이라며, 문제의 USB를 관계당국에 넘기고 생업에 전념하라는 아내의 만류는 내 형편에 딱 맞는 충고요, 조언이었다. 그러나 USB 속 미지의 동굴은 마약처럼 나를 당겨 부르는 것이었다. 어쩌다 '이럼 안 돼' 하고 직장에 가 앉아도, 금방 찾아드는 금단현상은 나를 더 이상 배기지 못하게 했다.

휴직도 고려해 보았지만 벌써 엉뚱한 유혹들이 나를 옭매고 있었다. 딱히 집히는 방향도 없는데, 이참에 다양한 인생길을 걸어보고 싶은 충동이 벌써 나를 까맣게 덮치고 있었다. 아내에게 용서를 빌 듯 이해를 구했다.

차마 못 할 일이라 생각하면서도 궁여지책에 아내에게 대신 생계를 맡겼다. 몇 푼의 퇴직금과 아내의 내조 어린 저축통장을 헐어 커피숍을 열었다. 수입의 다과를 떠나 참 고마운 아내이다. 이런 무리 속에 내 마음에 집념으로 들어앉은 USB 동굴 속 탐험을 본격화할 수 있었다.

도둑이 금고가 든 방에 어렵사리 들어갔어도 막상 마지막 금고문을 열지 못하면 시작부터가 허사인 것이다. 본격적으로 탐색하려는 그의 USB는 대어가 낚일 만한 포인트마다 묵직한 쇠뭉치로 출입을 막는 잠금장치가 되어 있었다. '패스워드를 입력하시오.'라고 하는데 급행료도, 뇌물도 통하지 않는 놈이 야속했다. 나의 컴퓨터 조작능력으로는 달리 방법이 없었다. 하는 수 없이 인맥을 동원, 잠금을 해제하는 데에는 수월찮은 공이 들었다.

이제 활짝 열어젖힌 USB 속 파일마다 나의 동공이 집중된다. 읽는 도중 싱긋 웃고 그냥 넘어갈 파일도 있었다. 그러나 찡한 감성으로 내가 글의 주인공인 양 행복하기도, 애달프기도 한 문 목사의 신변잡기는 윤기가 좌르르 흐르는 수필로도 몇 권의 분량이 충분하였다.

그의 작은 낙서 하나까지도 제법 까다로운 나의 눈을 사로잡고 있었다. 그 작은 USB 동굴 속이 온통 나의 시간을 먹어치우는 블랙홀이었다. 젊은 날에서부터 중년 이후에 이르는 그의 인생관, 가치관의 변화를 짚어 보게도 하였다. 그의 인생관, 가치관과의 만남은 다음에 이어지는 그의 범죄의 동기나 목적의 파악, 또는 범죄 심리연구에 적잖은 도움이 되기도 하였다.

그러면서도 속을 들여다볼수록 문득문득 배어나는 이물감

과 배신감이 다시 나를 슬프게도 하였다. 20년 지기의 만남이라 지만 우리 사이는 형과 동생으로서도, 목자와 한 마리의 양으로서도 아닌, 오직 표리부동의 야누스의 얼굴이었다. 누가 물인지 기름인지는 몰라도 아무튼 우리 둘은 물과 기름으로 존재할 뿐, 진정한 섞임도 교통도 없었으니 지난 세월이 아깝고 허전하고 서러운 것이었다.

그러나 다시 생각해보면 오직 인류 행복만을 고민하던 차에 선택한 수단이 비록 몹쓸 범죄였을망정, 그는 작은 사람은 아니었다. 그는 비록 메시아는 아닐지라도 대사상가요 혁명가요, 또한 거인이었다.

이러한 야심의 거인에게 나를 좀 인정해주지 않는다며 치사한 인간성 타령을 하고 있었다니, 작을 대로 작아져버린 내가 참 부끄럽기도 하다.

탐정소설 『셜록 홈즈』 시리즈에서 작가는 주인공 홈즈를 캐릭터로 세워 액션과 스릴과 서스펜스로 반전에 반전을 거듭하며, 예민한 후각과 기발한 추리로 문제 해결의 대미까지 사건을 흥미진진하게 파헤쳐 간다.

나도 한때 좋아하던 셜록 홈즈, 그 주인공의 빛나는 추리력은 사실 '아서 코난 도일' 작가 자신의 추리력인 것이다.

누군가가 갈기갈기 찢어 흩어버린 남의 일기장에 슬쩍 호기심이 발동하면, 일단 그 조각들을 요리조리 본래의 원형으로 맞춰가는 인내의 작업이 필요할 것이다.

문 목사 그의 궤적도 헝클어진 실타래처럼, 이어진 듯 끊어진 미로처럼 이 폴더 저 폴더에 얽히고 설켜 있었다.

그러하기에 USB상에서의 문 목사의 행적은 수사관이 용의자의 알리바이 성립을 따지고 확인하여야 하듯, 끊어진 궤적을 찾아내어 육하원칙에 따라 그의 동선을 완전 복원하기까지는 결코 간단한 일이 아니었다. 시간과 존재를 시간대별로 인과관계라는 앞뒤가 맞는 사실로 밝혀, 이를 글로써, 또는 이야기로 풀어가야 하는 문제도 명색이 기자였던 나를 힘들게 하였다.

지금부터의 이야기는 문제의 USB를 통하여 대운하호 침몰사건에 문 목사가 어떻게 관계하고 있는지를 밝혀간다. 물론 사건의 전말이 한 점 의혹도 없이 드러나야겠지만, 무엇보다 그의 범행 동기와 목적을 살피는 데 나의 동공을 집중할 것이다. 때로는 내가 피의자인 문 목사가 되어 현장검증을 받아야 할지도 모를 일이다.

아무튼 나의 사랑하는 천사 진 사모와 그리고 미우나 고우나 20여 년 세월을 호형호제하며 부대껴 온 문 목사에 대하여 죄는 죄, 누명은 누명으로, 그의 그대로를 밝힐 야속한 인연으로 떠밀린 것이다.

개구리와 속삭이는 음모

그러니까 꼭 20년 전 오늘이다. 첫 문을 연 문 목사의 별장이자 연구실은 내가 진 사모를 처음 만난 곳이기도 하다. 문 목사를 처음 만난 후 2년의 세월 동안에도 그의 아내를 만날 기회는 없었다가, 이날 그의 연구실을 처음 여는 날 축하연에서야 첫 대면한 것이다. 화장기 없는 얼굴, 쉰을 밑자리로 한 나이라는데도 40대의 여인으로 보이는, 곱고 순박하고 자애로운 인상이었다. 그로부터 20년이 되고 있다.

그날 문 목사는 축하 방문객이 다 돌아간 후 망중한을 즐기려는 듯, 자신의 연구실 한편에 설치한 작은 연못에 놀고 있는 개구리를 유심히 바라보며 상념에 잠겨 있었다. 아내 진 사모가

"개구리를 길러 어디 보신을 할 일이라도 있나요?"

하며 못마땅해하자,

"그래요, 개구리가 보양식으로 아주 그만이래요. 왜 나 혼자만 먹을까 봐?"

했더니 그녀가 기겁을 하던 기억이 떠오른다.

"이 예쁜 연못에 하필이면 개구리래?"

그녀는 혼잣말같이 하더니 집에 갈 시간이 되었단다. 그녀의 집 곧 문 목사의 집은 성북동에 있었다. 이왕 차가 없는 그녀를 모실 겸 나도 양평 문 목사의 연구실을 나섰다.

이때 그녀와의 만남은 지금까지 문 목사와도 끊지 못할 인연의 동아줄이 되게 한 셈이다. 문 목사와 나 사이에 그녀가 있지 않았다면 나는 문 목사를 일찍이 떠났을지도 모를 일이었다.

그때부터 이 별장 연구실에서 그의 무엇인가에 대한 연구와 모든 일상이 이루어지니, 아내와의 사이는 사실 이날 문을 닫았다 할 것이다. 혹 예전에 그가 한 말대로 남자가 생각나면 그녀가 몰래 이곳에 찾아들어 야옹야옹 신호를 보냈을지는 모르겠지만 말이다.

다음은 문 목사 일기장의 한 대목이다.

개구리란 놈은 관리하기에 고약한 데가 있다. 번식기가 되면 수컷은 양 볼에 울음주머니를 부풀리며 개골개골 울어대는데,

시끄러워 봄날 얼마간은 성가신 날을 보내야 한다. 암컷을 만나면 저돌적으로 등에 올라타는 모습이 인상적이다. 더욱 성가신 일은 이 이후부터이다. 배가 부른 다섯 마리의 암컷이 낳아대는 알은 우무 같은 주머니에 싸인 채 나의 작은 연못을 메웠다. 얼마 후엔 까만 올챙이가 알에서 꼬물거리며 나오는데 징그럽도록 그 수가 많았다. 한 마리가 수천 개에 이르는 알을 낳는다는 상식도 없이 개구리를 들인 게 화근이었다. 연구에 고작 수백 마리 정도로도 충분할 올챙이가 수만 마리에 달하니, 이놈들을 그냥 죽일 수도 없어 샀을 주고 이웃 연못에 내보낸 기억이 소름으로 송골송골하다.

문 목사는 새끼를 멀리 떠나보낸 줄도 모르는 그 개구리들을 마주하고 있다. 어떤 놈은 작은 돌 위에서 조는 듯, 마냥 웅크리고만 있고, 어떤 놈은 헤엄을 쳐 이곳저곳으로 자리를 옮기며, 쭉 잘 빠진 자신의 몸매와 각선미를 자랑하듯 활기차게 노는 놈도 있다. 또 어떤 놈은 유리벽 밖이 더 관심인지 자꾸 뛰어넘으려다 유리벽에 수없이 박치기를 해대기도 한다.

그는 이런 놈들에게는 관심도 없다는 듯, 조금 전 물속으로 잠수해 모래에 숨어버린 개구리에만 정신이 팔려 있다. 그놈이 언제 다시 나오나 고개를 갸우뚱하고는 하염없이 기다릴 모양이다. 그는 그놈의 잠수실력이나 심폐능력을 평가할 요량인 듯 시계를 본다. 아직 동그란 물결 흔적-동심원을 가늘게 남기고 물속으로 사라진 그 개구리 쪽으로만 시선을 쏟은 채.

문 목사는 숨은 그 개구리에서 무엇인가 대단한 답을 찾으려나 보다.

"야, 그 조그마한 놈이 심폐기능이 대단하네. 아예 나올 줄을 모르네. 그래 됐어. 됐어!" 하다가, 한참 소식이 없는 놈을 마냥 기다리기도 싱겁고 지겨운지 소파로 돌아와 TV를 켠다. 채널을 돌려보지만, 마음 가는 곳이 없는 모양이다. 다시 전에 읽다 만 책을 편다. 표지를 보니 동물의 심폐기관에 관한 서적으로 보인다.

얼마 후 창살로 밀려드는 햇살이 싫은지 커튼을 친다. 5월 정원사도 졸고 있는 오후 창밖, 잘 가꾼 정원이 넓고 아름답다. 그 가치를 아는 사람이라면 더더욱 혹할 명품 수목들이 열병을 서 있다. 이곳 정원수들은 잘 생긴 죄로 끌려와서는 면회 올 이 없는 처지에 풀이 죽은 듯하다. 높은 담장에 위리안치되어 사람 발자국 소리마저 그리운지, 지나는 바람조차 붙들고 섰다.

조금 구석진 곳 유리 온실 너머엔 수영장도 있다. 경고나 안내 표지판은 없지만, 수심은 30미터까지 조정할 수 있단다.

물론 이 실험용 개구리 가족과 쉽게 납득할 수 없는 엄청난 깊이의 수영장, 이런 것들의 용도가 무엇인지는 아직은 그만이 알고 있을 뿐이다.

그는 이 실내 연못을 포함한 연구실에서 활동할 때는 문 박사로도 통한다. 그러나 확실한 그의 직업은 목사이다. 그는 박사라는 칭호를 선호하는 일면도 있어, 나도 좋은 게 좋다고 연구실에서는 형님이나 문 목사 대신 박사님이라 호칭할 때도 있다.

하지만 그의 확실한 직함은 절대적 충성으로 따르는 삼십만 신도들을 천국으로 이끌어야 할 막중한 사명의 목사인 것이다. 그런데 요즘, 그의 심령은 송판이 갈라지듯 쩍 벌어진 엉그름이 선명하다. 마음이 가는 길과 몸이 가는 길이 갈리고 있는 것이다.

5월 창밖은 무엇 하나 아름답지 않은 게 없다. 가정의 달이라며 어린이 날, 어버이 날, 부부의 날 등 가족과 함께해야 할 날들이 많건만, 올해엔 연구가 막바지라며 시큰둥하다. 아내마저 홀로 둔 집에는 발길이 없다. 연구실에 틀어박힌 지가 오래이다.

이때쯤 문 목사는 내가 보기에도 심신이 피곤해 보였다. 젊은 날부터 긴 세월을 교회 부흥을 위하여 하나님 섬기기에만 충성을 다한 그인데 요즘 분명 이상 증세가 보이는 것이다.

소명의 목자에서 삯군 목자로 전락하려는가? 양떼를 지키기

보다 그 양을 도둑질 하려는가? 양의 출입문에 서성이는 자가 선한 목자인지 걱정하시던 그의 주 예수 그리스도를 잊어가고 있는 것이다.

한때 그와 작은 논쟁의 시간이 있었다.

"창조주 하나님은 내가 밤낮으로 찬양하는 주이시며 또한 나의 아버지가 되신다."

라는 그의 기도에 나는 그냥 잠자코 있어도 좋으련만 괜한 시비를 걸어보았다.

"인간에게는 피로써 증명하는 진짜 아버지가 계시지 않습니까? 굳이 하나님에다 또 아버지를 덧붙일 필요까지야 있나요? 그냥 하나님 하면 되지 않을까요?"

그래도 문 목사는 담담하게 대답해 준다.

"육친의 아버지가 당신의 존재를 위한 수단의 아버지라면, 하나님 아버지는 당신의 그 존재목적을 부여해 주시는 목적의 아버지이십니다."

"그러나 낳아준 이만 아버지라 부를 뿐, 믿지 않는 사람들은 하나님 아버지라 부르려니, 어디 아버지 한 분을 더 둔 것 같다며 거북해 하는 사람도 있지 않겠습니까?"

"하하하, 다시 말해 수단의 아버지와 목적의 아버지라는 차이

이지요. 하나님 아버지는 목적의 아버지로, 당신 존재의 수단이 되신 그 육친 아버지의 근원이 되신단 말씀입니다. 그러니 하나님 아버지라 부름이 옳으며, 당연히 하나님 아버지께 먼저 지성으로 효도를 해야 마땅한 게지요."

이러하던 그가 분명 달라지고 있는 것이다. 목적이시오, 시원이신 하나님 아버지에게 언젠가부터 인간세상을 대놓고 불평하는 것이다. 시간이 흐를수록 그 회수와 강도는 커져 간다. 이쯤이면 목회자로서의 자격에 문제가 있는 것일 게다. 응당 스스로 강대상을 떠나는 것이 옳은 자세가 아닌가? 그러나 그럴 수가 없단다.

"나는 오직 교회를 통하여 하나님에게는 충성을, 오직 교회를 통하여 인간을 구원하겠다는 것입니다."라며 오직 교회를 통해서만 그의 길을 가겠단다. 응당 합당한 말을 하고 있는 것 같지만 곱씹을수록 제 맛이 아닌 것이다. 어미의 말을 거꾸로 실행하는 청개구리 우화처럼, 요즘 개구리와 가깝더니 이제 그도 청개구리가 되려나 보다.

세상을 거꾸로 보고 거꾸로 살며 언젠가는 등을 지려는지, 뜻이 있는 곳에 길이 있다며 단단히 시작하는 그의 연구실에는 개구리 울음만이 가득하다.

언뜻 표본실 청개구리를 연상하는 나까지 싸잡아 사지에 핀

을 박고는 칠성판 위에 떠 눕히려는 듯, 핀은 내게로 달려들어
사지를 가차 없이 찔러댄다. 나를 몸서리 치며 발버둥을 치게
한다.

맛의 말기 증상

문 목사의 뇌리에는, 인간 세상이 온통 살얼음판이다. 어디에 있으나 조마조마하다. 언제 어디서부터 깨져 빠뜨려질지 자나 깨나 걱정이다. 아니 어디서부터라니, 깨진다면 한꺼번에 왕창 깨지고 몽탕 빠질 텐데, 도저히 걱정의 끈을 놓을 수가 없다.

그의 이런 인간 세상에 대한 걱정이야 당연한 자세이지만, 하나님을 믿는 자로서는 걱정의 방향착오인 것이다. 어떤 난관 어떤 처지에서도 의지할 곳은 하나님일진대, 세상이 아무리 고약하다 해도 하나님의 권능으로 구원을 빌어야 할진대, 은근히 하나님을 넘어 자신의 권능으로 세상을 구원하겠다는 망상이 껴 있으니, 그의 걱정이란 것도 악어의 눈물일 뿐이다.

그러나 성도들은 여전히 그를 존경하고 따를 뿐 그의 심령의 병을 낌새조차 차리지 못한다. 병색이 짙어가는 그는 그럴수록 자나 깨나 세상 걱정이다.

 이 같은 인간구원을 향한 나름의 노심초사가 통하였는지, 어쩜 자신의 기도가 하늘에 닿았는지 문 목사에게 행복한 걱정이 찾아왔다. 늘어난 신도로 교회당이 초만원이다. 이번엔 다시 땅값에다 건축비가 걱정이다. 이처럼 교회부흥의 크신 은혜에는 새 성전을 건축하여 하나님의 영광으로 헌당을 해야 하는 것이다. 그런데 또 뜻밖이다.

 온 신도들이 교회당 건립기금 마련에 앞다투어 동참한다. 어떤 이는 통장을 헐고 어떤 이는 부동산을 팔아서, 심지어는 은행에 대출 빚을 내어서까지 기쁜 마음으로 헌금한다. 언젠가 국가 재정이 거덜 나 IMF의 고초를 겪을 때, 온 나라 국민이 아기 돌 반지까지 들고나온 사연을 대통령이 눈물겹게 고마워하던 담화가 떠오른다. 이같이 신도 중에는 가족 몰래, 심지어 일가 어른들을 속여 가며 문중 부동산을 담보 잡혀 대출한 성도도 있었으니, 그 헌신과 충성심만은 가히 하늘에 닿을 것이었다.

 그러나 안타깝게도 이 기쁨은 비극의 대예고편이었던 것이다. 식구가 늘어 새 교회당 건립이란 행복한 시간이 흐르는 사이, 문 목사는 다시금 자신의 능력에 한없는 신뢰와 자만을 맛본다. 자고 나니 유명해져 있더라는 영국의 시인 바이런의 그 농담 같은 한 마디를 문 목사는 진짜 자신의 이야기로 둔갑시키고 있었다.

문 목사는 하루아침에 훌쩍 커버린 자신을 발견하고는 놀란 가슴에 이 위대한 능력에서, 스스로가 감별해도 사르르 녹는 꿀맛을 맛본다. 통장을 거머쥔 손이 떨리고 가슴도 따라 벌렁거린다. 마침내 자신의 능력이 화폐가치로 평가되니, 그 돈맛은 어릴 적 최고의 식품이던 꿀맛으로 바뀌는 것이다.

꿀맛은 자꾸만 당기는 특성이 있다. 그렇다. 단맛은 피할 수 없는 유혹으로 이끄는 맛의 본질이기 때문이다. 그러나 안타깝다. 긴 인생을 놓고 볼 때 꿀맛 같은 돈맛은 자칫 인생의 동티를 부를 수가 있는 것인데. 새 성전을 마련하고도 엄청 남은 기부금이 꿀처럼 혓바닥에 오래 감기고 여운을 남기고 있었다.

병든 심령이 돈을 만나 그의 변절을 부추기고, 씻을 수 없는 더러운 손에 끝내 동티가 나고 만다. 그 꿀맛이 혓바닥에서 머리로 올라가니 더욱 감미롭고 향긋하다. 혀로써는 느끼지 못한 맛 짜릿함!, 바로 이 짜릿한 맛까지 경험하는 것이다.

짜릿함은 중독 증세를 알리는 맛의 말기 증상이다. 말기 증상은 사람을 죽게 하거나 사회를 병들게 한다. 단맛을 느끼는 혀는 도구일 뿐 당도의 강약과 짜릿함의 판단은 전두엽의 몫이요, 전두엽은 그 인간의 정신세계를 지배하니까 말이다.

통장 숫자의 동그라미 수를 두세 번 세어보던 그는, 불현듯 머리에 어릴 적 눈사람을 만들던 기억을 떠올린다. 고사리 손 안에 꽁꽁 다진 작은 눈덩이를 다시 요리조리 굴려 큰 눈사람을 만들던 기억이다.

"그래 맞아, 눈사람! 바로 이 돈을 눈처럼 굴리고 또 굴리면 머잖아 큰 목돈이 되는 거야. 이 통장을 종잣돈으로 미래를 열 자."

라며 중얼거리는 그는 짜릿한 돈맛에 몸도 마음도 달콤히 녹아들고 있었다. 바로 종잣돈의 원리를 터득한 것이다. 첫 경험이다. 다시 짜릿하다. 한편으로는 '안 돼' 하지만, 고삐 풀린 마음은 이미 통제를 벗어나 저 멀리 줄행랑을 친다. 생각만으로도 숨이 가쁘고 몸은 전율이 인다.

돈과는 인연이 먼 인생을 운명으로 받아들였던 그를 오늘은 통장 속 돈다발이 가르친다. 너는 여태 양심(兩心), 곧 두 마음으로 살았다며 얄팍한 자존심을 버리란다. 자존심을 버리란 말이 뭘까? 어떤 길을 딱히 제시하는 것도 아니면서 네가 알아 결정하라는 듯하다. 사람들은 이럴 때 대개 어떤 쪽을 택할까?

어느 얘기에서, 억센 남자의 손이 짐승 같다며 뿌리쳤던 여인의 속마음은 그게 아니었다고 했다. 여인의 찻잔에 맴도는 그 강한 아귀힘의 여운처럼, 돈다발은 그의 허약한 가치관이며 자존심을 여지없이 흔든다.

사디즘인가, 마조히즘인가, 맞고 짓밟힐수록 짜릿하다. 달고 쓴맛을 혀가 단방에 알 듯, 돈맛이 꿀맛보다 강한 줄을 머리가 한방에 깨우친다. 한편 두렵다는 생각이야 퇴화된 양심의 흔적일 뿐이다.

어느 순간이라도 순전한 크리스천이면 슬픈 일, 기쁜 일, 모두가 하나님의 것이다. 작은 즐거움 하나, 보잘것없는 능력 하나도 모두 하나님의 은사요 영광으로 돌릴진대, 그런데 오늘 그는 영 아니다.

얼마 지나지 않은 지금까지의 성과만 놓고 봐도 그는 교회를 통하여 어떤 일도 할 수 있겠다는, 또한 앞으로 마음먹고 준비하면 교회를 통하여 어떤 세상도 열어갈 수 있겠다는 과대망상, 초월적 발상, 곧 반역에 휩싸이는 것이었다.

천국의 설계

언젠가 어느 신도 가정에 심방을 갔을 때의 일이다. 가족 중에 지병이 있어 괴로워하는 모습에 위로하며 안수기도를 하는 순간, 누군가가 문 목사의 뒤통수를 후려갈기듯 딱 하는 소리와 함께 약간의 두통과 어지러운 증상을 느꼈다. 그러나 대수롭잖게 여기고 심방을 마치고는 교회로 돌아왔다.

지금껏 여느 심방과 다를 바 없는 그 시간 뒤로, 그는 밤마다 하나님의 부름을 받는 현몽을 받는단다. 또한 어떤 날은 세계 온 인류들이 구름같이 모여 자신을 '야훼'라 부르며 새로운 '믿음 천국'의 왕이 되어달라는, 애타는 울부짖음 속에 놀라 깬 적도 한두 번이 아니란다.

심방예배에서 머리에 통증을 느낀 후로는 귀신에 홀렸는지, 아니면 정신에 문제가 생겼는지 건강이 전보다는 영 안 좋아 보인다. 그 시기쯤 그의 USB 파일 하나는 온통 꿈 얘기로 도배되어 있었다. 웬만한 믿음의 기독교인이면 모두 잘 아는 성경 가르침의 한 부분이다.

요셉이라는 자가 그의 형들에게 들려주는 꿈 얘기이다.

보십시오. 내 곡식 단이 일어나 우뚝 서고, 형들의 곡식 단들은 빙 둘러서서 내 곡식 단을 향해 절을 하였습니다. 또 꿈을 꾸었는데 해와 달과 열한 별들이 내게 절을 하였습니다.

요셉은 자신이 왕이 될 꿈이라며 형들에게 당당히 자랑한다. 이로 하여 그는 형들의 질투와 미움을 사게 되나, 가까스로 죽임을 면하고는 멀리 이집트에 노예로 팔려간다. 그런 후 신통하게도 그는 막강한 국력 이집트의 2인자 총리대신에까지 오른다.

기가 막히게도 옛꿈이 현실이 된 것이다. 이후 그는 무엇보다 먼저 형제간의 우애를 복원하고, 이집트에 거주하고 있는 이스라엘 민족을 지켜내는 데 큰 쓰임을 받는다.

성경에 의하면, 요셉이 꿈을 꾸고 그 꿈 이야기를 형들에게 하게 한 자체부터가 바로 하나님의 계획이셨다. 요셉을 욕심 많은 형들 밑에 그대로 두어서는 생명조차 부지하기 어려울뿐더러, 그의 아까운 재능을 키울 수가 없겠다는 판단이셨던 것이다.

하나님은 먼저 위험한 형들로부터 그를 떼놓으시려 시그널을 보내신다. 그런데 중요한 것은 그 신호를 그가 제대로 알아들었다는 사실이다. 송수신자 사이에 시그널 해독이 안 된다면 만사가 뒤틀릴 뿐이다. 그러나 평소 하나님을 진정으로 순종하는 요셉이기에 하나님의 신호를 포착하는 데는 그 어떤 통신장애도 있을 수가 없었던 것이다.

요셉같이 하나님에게 순종하는 자는 누구라도 하나님이 크게 쓰시기 위해 꿈으로 앞길을 이끌고 지켜주심을 상징하는 대목이다.

문 목사 그도 이렇게 하나님은 꿈으로 계시를 주신다는 성경의 구절들을 암송해 보이며, 자신이 바로 하나님의 큰 부름을 받은 선지자인 양, 설교에서 점차 꿈 얘기의 비중을 높여간다. 무섭게도 치밀하게, 무언가 그의 야심을 이루려는 거친 호흡의 시작이었다.

그러다가 얼마 후, 그는 재림의 예수가 오기 전에 자신이 인류를 반듯하게 개조해 놓으라 하신다는 하나님의 현몽계시를 내세운다. 날로 꿈의 내용이 구체화되고 자기중심이 되어가고 있었다. 누에가 여러 차례의 잠을 자고 용화와 우화를 거쳐 성충이 되듯, 그의 반역의 기세도 꿈의 회수만큼 빠르게 또한 무섭게 커가는 것이다.

이제야말로 그의 '믿음천국'을 향한 종말론의 야심을 본격적으로 드러내려나 보다. 꿈속의 하나님은,

"문 목사야, 들어라. 너는 먼저 인간의 구원에 심혈을 기울여 예수의 재림에 한 명의 낙오자도 없이 모두를 천국으로 들게 하라. 세상 인간 모두를 순전한 자녀, 나의 선한 백성으로 이끌어 예수에게 인도해야 할 것이니라."

라고 하셨다는 것이다.

놀랍게도 이런 사명의 계시를 받았다며 기고만장해하며, 울부짖듯 감격해하는 그의 몸짓과 입술은 가히 하늘이 내린 달란트인 듯도 하였다. 현대 인류가 미래를 걱정하는 일 중, 미래 인류역사의 중차대한 기로요, 대반전이요 종말이 될 예수 재림에, 희한케도 성경 어디에도 없는 자리 하나를 만드는 것이었다. 바로 예수와 동격의 구원심판관 '새 야훼성령'이란 두루마기를 걸치고는,

"나는 이러한 사명을 수행함에 있어 여기에 합당한 권능을 하나님으로부터 위임받아, 앞으로는 정기적으로 하나님을 알현하고 인간 세상의 현안을 직접 상의할 권한도 하사받았다."며 자신의 지위를 하나님 직속대행 권능자로 부풀리고 부각해 간다.

그의 USB 내용 중 '하나님 알현기'에는, 하나님과의 대화내용

창세의 하자假借

을 직접화법으로 기록하여 현장감을 높이려 하고 있었는데 그 내용이 민망하여 읽기조차 두려웠다.

"문 목사, 자네의 그 성경적인 삶이 참으로 아름다워. 무엇보다 자네 동족에 대한 사랑이 감동 그 자체로구나. 그래, 이제 자네를 믿고 예수 재림을 한동안 늦추겠노라. 문 목사, 자네가 한 번 더 인간의 회개를 이끌어 내거라."

"예, 하나님. 조금만 말미를 주십시오. 아버지를 꼭 기쁘시게 해드릴 것입니다. 하오나 저의 힘만으로는 어딘가 부족할 것이옵니다. 저의 부족한 부분은 아버지께서 은사로 챙겨주실 줄 아옵니다."

"허허 겸손의 미덕도 지녔구먼. 암 도와주고말고. 그런데 문 목사, 지금껏 인간들의 회개란 것도 그저 언어유희에 지나지 않았어. 진정한 회개는 말이 아니라 심령 깊은 데서부터 우러나 행동으로 이어져야 하는 것이 아니냐? 버릇이 되어버린 말의 성찬만으로는 결코 나의 심판을 피할 수는 없을 거야."

그러시고는 하나님은 무슨 생각에 잠기시는지 아니면 어떤 결심을 하시는지 잠시 침묵이시다. 이윽고 말씀하신다.

"그런데 내가 말하는 심판이란, 상황에 따라 다양하게 나타날 것이야. 다행히 매를 드는 정도이면 그나마 오죽 다행이겠는가?

그러나 그마저 통하지 않을 때가 문제이지. 그때는 너희로서는 상상할 수도 없는 종말의 맛을 보게 될 것이야. 그땐 난들 어쩔 도리가 없는 게지."

"아니 아버지시여, 그러심 아니, 아니 되십니다. 아무리 인간의 죄가 크고 무겁다 하오나 아버지께서 내시고 기뻐하셨던 인간이 아닙니까? 생명의 근원이시며 참으시는 아버지시여, 부디 인간세상의 종말만은 거두어 주시옵소서."

"아니, 그러하기에 내 여태 말미를 주었거늘 이제는 결단의 때이니라. 그러니 문 목사는 잠자코 듣기나 하라. 내가 참을 수 있는 마지막 순간까지도 예수를 믿고 따르는 순전한 백성들이야 당연히 천국으로 불러 나의 평강과 복락을 누리게 하겠지만, 문제는 그 나머지들이야.

그러니 지금은 인간세상의 지도자 위치에 있는 자들의 책임이 어느 때보다 무겁다 할 것이야. 다들 합심하여 위기의 인간 모두를 믿음의 권속으로 묶어준다면 결코 두려운 만사휴의의 종말이 아니라, 구원부활의 축복으로 바뀔 것이기에 말이야. 그런데 문 목사 자네가 꼭 확실히 알고 지구로 돌아가야 할 게 있어."

"예, 아버지 일러주옵소서."

"안타깝게도 지옥이 이미 수용한계에 이르렀다는 거야. 지옥이 만원이란 말이지. 참으로 한심한 일이 아니냐. 이제 나도 인내에 한계를 느껴. 그래서 아들 예수와 고심 끝에 내린 결정이야. 그게 뭐냐 하면 문 목사, 마지막 심판의 날까지 천국의 입국 비자를 놓친 자들은 아예 지구에 그대로 남겨둘 것이야.”

이때 문 목사가 깜짝 놀라며 말했다.

“하나님, 지옥에 갈 자들을 지구에 그대로 남기시다니요? 도대체 그게 무슨 당치도 않으신 말씀이십니까? 아니 그러면 어느 누가 지옥을 두려워하겠습니까? 지금의 지구만으로도 천국에 버금가는 살기 좋은 낙원이 틀림없는데 말입니다.”

“하하하 문 목사야, 자네가 놀라는 것도 딴은 무리가 아니지. 자네 말과 같이 지구는 내가 창세에서부터 아담과 이브 그리고 그 후예들을 위해 낙원으로 설계하여 선물한 별이지. 지구는 그야말로 천국에 버금 가는 아름답고 살기 좋은 인간의 낙원임에 틀림없지.

그러나 문 목사, 놀라지 말라. 그래서 고심 끝에 내린 결정인데, 나는 그때엔 지구 자체를 하나의 거대한 지옥으로 바꿀 것이야. 너희 인간들이 잘 쓰는 상전벽해란 말도 초라한 비유가 되도록 낙원이 지옥으로, 지구 전체를 사하라 사막 보다 견디기 힘든 생지옥으로 바꿔버릴 거란 말이야.

더 뜨거워진 태양은 남북극 빙하와 만년설을 녹이는 데 그치지 않고, 아예 바닷물까지 한 방울 남김없이 말려버릴 것이야. 이후 나무 한 그루 풀 한 포기 없는 지구는 365일 내내 지진에 시달리고, 휘몰아치는 황사 폭풍에 눈코조차 뜰 수 없는 광경을 한번 상상이나 해봐.

문 목사, 이쯤이면 조금은 느낌이 오는가? 지옥이 이미 만원이니 어찌 달리 도리가 없는걸. 허허 참, 지옥의 분옥까지 생길 처지라니…"

하나님도 허탈하신지 지그시 눈을 감으신 뒤 말했다.

"문 목사야, 나는 지옥이 얼마나 고통스러운 곳인지를 여러 채널로 끊임없이 인간에게 경고를 해 왔었지. 그중 하나, 살아있는 인간으로 하여금 지옥을 직접 견학하게 한 뒤 지옥견문록을 작성하게 한 적도 있었지.

이탈리아의 단테란 자의 『신곡』이 바로 그것이야. 그런데도 인간들이 그 책을 아예 읽지도 않는다니 나만 민망하게 되었지만 말이야. 그러니 지구로 돌아가거든 이제라도 인간 모두가 그 책을 꼭 읽게 하여라. 그러면 죄 지을 마음이 오싹하니 사라져버릴 테니. 하하하 하하하 하하하 하하하…"

하나님의 웃음이 그칠 줄을 모르신다. 기쁨의 웃음이면 얼마나 좋으랴만.

"다시 말하지만 문 목사, 나는 이미 반포한 성경과 함께 그를 통하여, 지옥이 얼마나 고통스러운 곳인지 인간이 알게 하려 함이었지.

나는 그의 뛰어난 직설법적 문장력을 눈여겨 본 후, 그로 하여금 지옥을 사실 그대로 묘사토록 명하였지. 마침 그의 스승 베르길리우스란 자가 이미 지옥에 와 있어, 그에게 단테 그자를 지옥 구석구석까지 안내하게 하였지.

아! 그러고 보니 문 목사도 어렵사리 천국을 방문하였는데 이참에 자네도 지옥의 관문인 지옥전시관만이라도 한번 보고 가는 게 좋겠구나, 후일에 많은 참고가 될 것이니까."

하나님의 갑작스러운 제안에 문 목사가 두려운 나머지 망설이는 순간, 눈이 부리부리하고 험상궂게 생긴 한 사나이가 문 목사 앞에 번쩍 나타나서는 말한다.

"문 목사라 하였느냐? 나는 지옥관리관 CEO 악마 루시퍼이시다. 나의 존함을 들어는 보았느냐? 으으으핫핫핫…."

문 목사는 한순간 까무러친다. 이내 눈이야 뜨지만, 몸은 사시나무 떨듯, 오금조차 펴지 못하고는 새파랗게 질린다.

"그래 문 목사, 널 당장 지옥으로 보내자는 건 아니니, 겁부터 먹지 말고 귀담아들어. 그리고 들은 그대로 인간들에게 전하되, 제발 지옥으로 오지 않게 살라고 전해. 와도 너무 많이 와. 내가 귀찮아 못 살겠어. 으으으핫핫핫…."

"루루… 루시퍼님, 지금 너무 떨려서 무슨 말씀을 들었는지 잘 전할 수 있을지 모르겠습니다."

"잔말 말고 들어. 지옥에는 이 루시퍼님이 지휘 통제하는 고문 레시피, 지옥커리큘럼이란 게 있지. 인간의 사후 심판에서 지옥으로 떨어진 영혼은 바로 여기 지옥의 관문으로 와서는 먼저 얼렸다 지졌다 하는 방, 줄여서 얼지방이라 하는데 바로 이 얼지방에서 앞으로의 지옥생활에 관한 안내를 받게 되지.

그런데 가소롭게도 찜질방에 익숙한 어느 종족은 이 얼지방을 보는 순간 지옥도 별 게 아니라며 키득키득 웃고는, 어떤 영혼은 냉온의 차이가 적당하여 좋다 하고 또 어떤 영혼은 미지근하다며, 이왕 더 뜨겁고 더 차갑게 온도 차이를 벌려달라는 거야. 그게 건강에 좋다면서 말이야. 참 가관도 유분수이지.

하지만 이 얼지방은 준비체조의 방이라는 걸 몰라서이지. 본격적인 지옥은 바로 그다음 방부터야. 거기엔 너희 인간이 상상치도 못할 고문시설을 갖추고도 수시 또는 정기적으로 성능을 업그레이드하지. 그야말로 지옥서비스를 즐기는 데 추호의 부족함이나 소홀함이 없도록 대접하기에 만전을 기하지.

인간 세상의 뷔페식당처럼 고통이란 고통은 종류별로 맛깔스레 차려놓고는 원도 한도 없이 맛보도록 하지. 당연히 일별, 월별, 계절별로 연간 고문 식단표를 짜서 차례차례 방마다 세팅을 해두지. 때로는 진기한 특식 제공도 한단다. 이런 지옥종합커리큘럼 덕분에 영혼마다 사지가 뒤틀리는 사이 자신의 고음발성능력도 점차 발전하여 마침내 최고 발악하는 목소리의 주인공이 되지.

지옥의 유일한 휴일이라면 휴일이랄까, 매년 하루, 최고 발악 고수들의 콘서트가 열리는 날이 있지. 휴식은 무슨 휴식, 지옥의 모든 영혼들은 그들의 발악 비명에 휴식은커녕 스스로가 더 독한 발악, 발광을 하고 말지.

아마 지옥의 방음벽을 열면 지구에서도 지옥영혼들의 그 대단한 합창발악 비명을 스테레오로 들을 수 있을 거야. 이런 최상의 서비스를 제공하기 위해서 고문레시피 연구실의 R&D(연구개발비) 예산만 해도 매년 엄청나단다.

요사이 인간 세상에서는 바둑시합에서까지 AI(인공지능)란 말을 쓰기 시작하던데 그 말은 이미 오래전부터 이 지옥에서 쓰던 말이야. 그러니까 지옥에서의 AI는 영혼의 생각이나 감정까지도 독심술과 같은 직관력으로 읽어내어 고문의 강도를 극한에 이르기까지 자유자재로 시스템을 작동하지.

인간이 언제 지옥의 기술까지 베껴갔는지 영특하기가 대단한데, 문제는 죄짓기를 밥 먹듯 하니 그게 골치야. 매년 주인이신 하나님에게 지옥의 수용한계를 아뢰기가 영 죽을 맛이야. 더 이상 지옥을 늘이려면 천국의 그린벨트까지 침범해야 할 판이야. 그래 어디 들을 만하냐? 으으으 핫핫핫…."

"아. 예 아니, 루시퍼님 듣기 너무 고통스러워 그만 듣고 싶어요. 제발…."

"으으으핫핫핫 내가 괜히 물어는 봤지만, 지옥에서는 듣고 싶다, 안 듣고 싶다 그런 대답은 필요 없어. 그냥 들리는 대로 듣는 거지. 이제 알았어? 여기가 어딘 줄 알고 감히…."

루시퍼의 눈과 마주친 문 목사, 가까스로 정신을 차린다.

"이렇게 돌아가며 풀코스의 서비스를 받아야 1회의 커리큘럼이 끝나는데, 이 1회의 편성시간표가 정히 24시간 분량이니 생각해봐. 단 한숨의 휴식도 없이 다시 다음 커리큘럼을 만나게 되는 거지. 그러니 지옥의 체감 하루는 지구의 몇십 년일 수도 있어.

바로 이렇게 영원한 고문서비스를 즐기도록 편성한 고문시간표가 바로 나의 자랑스러운 지옥커리큘럼이지. 너희 인간세상의 학교에서는 배운 커리큘럼대로 평가시험이라 하여, 그 성과를 평가도 하지만 지옥에서는 그럴 필요가 없지. 잘 배우고 못 배우고가 없어, 쉽게 말해 그냥 당하고만 있으면 되니까. 그 나머지는 다 AI 인공지능프로그램이 알아서 해주니까.

어때 문 목사, 다음에 우리 정식으로 만날까? 으으으으으 핫핫핫핫핫….”

“아아아 루시퍼님 싫….”

말을 마무리도 못 한 채 문 목사는 까무러친다. 겨우 눈을 떴을 때는 언제 사라졌는지 루시퍼의 모습은 보이지 않았다.

그런데 하나님도 문 목사에게 완전 반말을 하지는 않으시는데, 루시퍼는 대놓고 반말이라 아주 불쾌해하고 분해하고 있으니 하나님이 달래주시듯 한마디 하신다.

“문 목사, 루시퍼는 지옥에 들끓는 악마들을 다스려야 하는 악마 중의 악마가 아니냐? 나와 예수를 제외하고는 말투가 아예 저러하니 네가 이해를 하려무나.”

그러시고는 아까 못 다 하신 말씀을 이어가신다.

“그 단테라는 자 왈, 그의 첫사랑 베아트리체가 이미 죽어 혹시 지옥에 오지는 않았는지 눈여겨보았단다. 그런데 다행히 보이지 않는다며, 그렇다면 천국으로 간 게 틀림없으니 천국 견학도 허락해 달라 졸라대는 거야. 남자에게 첫사랑이란 영원히 아름다운 것이지, 암. 그래서 이왕 안 될 것도 없으니 그자의 연인이라던 베아트리체를 불러 그의 천국 견학도 안내하게 하였단다.

지금 인간들은 아예 책 읽기마저 싫어하고는 엉뚱한 잡기 놀음에만 빠져있다니, 굳이 『신곡』의 「천국편」까지 읽어보라 하지는 않겠어. 천국은 상상만으로도 좋은 곳이고 와 보면 알 테니까 말이야.

자네도 방금 루시퍼의 지옥 소개를 들어 알겠지만, 지옥을 와 본 후에야 다시는 못 올 곳임을 깨달아서는 때는 이미 늦은 거야. 구제방법이 아예 나에게조차 없거든. 죽은 자를 심판하는 천국법은 완벽한 일사부재리 원칙에다 인간세상처럼 감형이니 대통령특별사면이니 하는 그런 법률용어조차가 없단 말이야.

그러니 인간들이 어떤 일이 있어도 이 「지옥편」만은 한 사람도 빠짐없이 읽어야 할 것이야. 그러고도 지옥을 선택한다면 할 수 없지. 그땐 저 지옥의 악마 루시퍼도 그자의 독성을 감당할 차비를 하겠지.

어디 잘 들었느냐 문 목사? 그래 내 말을 명심하고 인간을 설득하게나. 하늘의 심판이 끝내 필요 없게 되면 문 목사나, 나나, 또 나의 사랑하는 아들 예수는 물론, 이미 천국에 와 살면서 후손을 위해 기도하는 천국 백성 모두에게 얼마나 기쁜 일이 되겠나. 그래서 문 목사 자네 뜻을 관철할 시간을 충분히 줄 터이니 나와의 약속을 꼭 이루게나."

이렇게 하나님도 흔쾌히 예수 재림을 미루시겠다는 약속과 함께 문 목사의 요구사항을 모두 수용해주셨다는 것이다.

"'저는 하나님의 말씀으로 선한 인간세상을 만들어 내겠습니

다. 혹여 여의치 않을 때는 물리적 방법이라도 병행하여 인간 심
성을 기필코 개조하겠나이다.' 하고는 개조라는 물리적 초강력
극약처방의 제시를 통하여 하나님의 마음을 얻을 수 있었지요.
하나님께서도 이런 강력처방을 동원해서라도 인간 스스로가 자
정의 모습을 보이기를 은근히 기대를 하고 계시는 것 같았어요."

이처럼 '하나님 알현기'에 한없이 두려운 지옥이야기를 실으
며, 자신의 위상 또한 하늘에다 비유하기를 잊지 않는 그였다.

이후 그의 설교에서는 온갖 공포재료를 섞어 신도들에게 불
안과 두려움을 배불리 먹이고는, 인간개조 수술의 칼을 바로 자
신이 하사받았다며 선전광고에 열을 올리는 것이었다. 섶을 지
고 불구덩이로 돌진하는 모습이다.

북한의 핵실험 핵보유가 이 시대 최대의 위험으로 알고 있는
인간에게, 어쩌면 핵과는 비교할 수 없는 하늘의 재앙을 부를
반역이 바로 문 목사의 교회와 연구실에서 자행되고 있었다.

걸핏하면 하늘을 내세워 미몽에 잠긴 인간들을 그가 마음대
로 주무르려 한다. 그의 심령 그의 몸에는 이미 이단을 넘어 배
교의 씨앗이 잉태하여 만삭이 되어간다.

그는 진정 배교의 출산을 하려는가? 달이 차면 출산은 막을
수가 없는 것인가?

창조 부실론

    문 목사는 젊은 날 심령이 건강할 때도 인간의 질병과 죄악의 고통을 하나님에게 탓을 한 적도 있었다. 그러나 이는 절대자에게 드리는 구원의 소망일 뿐, 전혀 불경스러운 마음에서는 아니었다. 하물며 그때의 작은 불평이 배교의 싹이 될 줄이야 어디 상상이나 하였겠는가?

    몸이 아파하는 사람을 보면 그저 인지상정으로 자신의 측은지심을 하나님께 하소연하는, 어쩌면 하나님 아버지께 불쌍한 인간이 할 수 있는 애교나 투정 정도로 비칠 일이었다.

    그러나 작은 종기 하나가 악성종양이 되듯 생각이 곧 마음이요, 마음이 곧 행동이니, 그때 그 배교의 씨가 자라 이미 만삭이다. 마스터플랜이 완성되면 그의 가면 속 진면목을 적나라하게 드러낼 것이다.

말이 씨가 되고는 정녕 걱정이 현실이 되고 있다. 그의 일상에서 두려운 징조가 일고 있는 것이다.

문 목사는 구입한 지 얼마 되지 않은 컴퓨터가 인터넷이 되지 않아 속을 끓이다 A/S를 신청하였다. 출장 나온 기사는 본체의 결함으로 하자가 중대하다며 수리 대신 바로 교체를 받을 수 있게 도와주었다.

그런 일이 있은 후, 새로 교체한 컴퓨터와 첫 하루를 열고 있었다. 평안한 마음에 차 한 잔의 여유로, 콧노래도 불러가며 컴퓨터의 부팅을 기다린다.

그런데, 그러던 그가 갑자기 감전이 되었는지 무슨 충격을 받았는지, 두 손으로 얼굴을 감싸고는 고통스러운 표정이다. 바짝 얼어서는 부르르 떨며 같은 말을 반복하여 중얼댄다.

"창세의 하자! 하나님의 실수! 창세의 하자! 하나님의 실수!…"

수없이 같은 말을 중얼대더니 맥없이 연구실 바닥에 벌렁 나뒹군다. 발작인지 신음 소리를 내며 몸을 뒤틀고 있다. 갑자기 뇌전증의 경련을 일으키는 모습이다.

순간, 마른하늘에 해가 사라지더니 뇌성벽력이 깜깜한 하늘을 가른다. 땅은 지진으로 수많은 사람들이 무너지는 건물에

깔리며, 벌어진 땅속으로 파묻히는 환란에 휩싸인다. 문 목사는 일순간 정신을 잃는다. 그의 착란이었다.

이윽고 정신이 돌아온 후에도 문 목사는 멍하니 앉아 있을 뿐, 창백한 얼굴에 눈은 풀려 꼭 실성한 사람 같다.

방금 그는 엊그제 고장 났던 컴퓨터를 떠올리며, 갑자기 하나님의 창세역사를 하자 있는 역사라 중얼거리지 않았던가? '창세의 하자', 그가 병들었다 한들 주워 담아 될 말은 아니다. 그가 목사라서가 아니라, 믿지 않는 사람도 차마 입으로 뱉을 말은 아닌 것이다.

신성불가침이요, 절대권능의 하나님 창세역사에 어디 감히 흠집을 내려 하다니. 술에 진담이라는데 병이 잠재의식을 불렀을지도, 그러니 잠재의식은 곧 본심이라 하여 다르겠는가?

그는 힘없이 일어나 마시던 커피 잔에 손이 가지만 커피를 쏟고 만다. 온몸을 부들부들 떨고 있었던 것이다. 창백한 얼굴로 컴퓨터 앞에 앉더니 다시 중얼댄다.

"오늘날 인간의 타락이 이토록 극에 달한 것은 창조과정에 어떤 실수가 있었던 게 분명해. 인간의 죄악상이 후천적 요인이라면 자식을 잘못 기른 인간의 탓이겠지만, 심신의 선천적 결함 때문이라면 이는 바로 하나님의 탓인 거야.

지금껏 범죄예방을 위해 가정이나 학교, 종교, 사회나 국가가 얼마나 애써왔는가? 나라마다 백방의 정책을 동원하였음에도, 인간이 인간으로 하여 평안한 날이 없었으니 말이야.

교육이나 종교의 부드러운 손길도, 법과 교도소의 따끔한 채찍도 모두 다 한계요, 무용지물이 아닌가?

이는 틀림없이 우리 인간의 신체나 정신 내부에 근본적인 하자가 박혀있다는 증거야. 그러지 않고서야 어찌 백약이 무효로, 인간이 이토록 흉포해질 수 있단 말인가? 창세의 하자, 하나님의 실수야.

그러니 이 하자의 근본적 리콜 수리 없이 인간의 정책만으로는 백약이 무효인 거야. 맞아! 인간의 두뇌가 때로는 오작동 되게 신체 어딘가에 불량부품이 결합된 거야. 하드 결함으로 교체된 내 컴퓨터처럼, 인간 창조과정에 하자가 끼었던 거야."

어쭙잖은 어지럼증이 급기야 지랄병이 된다더니, 하드 불량이라는 컴퓨터의 고장 하나가 하나님에게까지 기어코 모반의 빌미가 되고 있었다. 먹구름이 몰려오고 있음이다.

'그래도 지구는 돈다.'던 갈릴레이의 외침보다 훨씬 합당하고도 이유 있는 모반의 빌미로 등장한 하나님의 '창세부실론'은 참으로 그만의 위대한 발견이었다.

이렇게 하여, 그야말로 그의 위대한 발견 '창세부실론'은 그의 소망 '믿음천국' 건설의 당당한 명분이 되고 있었다.

모반의 역사

　삼라만상 창조물 가운데 마지막으로 하나님이 당신의 형상을 닮은 최고 걸작을 만드셨다며, 기뻐하신 게 바로 인간창조라 하지 않으셨던가?

　그런데 문 목사는 바로 이 창세의 첫걸음에서부터 하나님을 걸고넘어지고 있다. 참으로 고약하다. 무엇보다 하나님이 가장 기뻐하셨다는 인간창조, 이 인간을 들추면서 위대하신 창세역사를 부실하자덩이로 폄하고 평가절하를 하는 것이다.

　"인간은 꽤나 치밀하지 못한 하자덩이요, 부실덩이로 창조된 것임이 틀림없어. 그 하자와 부실들은 인간의 육체에서는 물론 심성 곧 정신면에서도 수없이 발견되고 있어. 이제 하나님이 그간 인간을 다그치고 옥죌 때마다 내세운 '원죄'는 앞으로 인간심신의 하자를 제대로 리콜수리나 리모델링한 후에 물어도 물어야 맞는 것이지요."라고, 이젠 하나님의 창조역사를 두고 아예 원인무효를 주장하는 것이다.

어디 원인무효라니? 인간을 창조 이전으로 돌려놓으란 말인가? 억지 심보라 한들 참으로 기가 차고 억장이 무너질 뿐이다.

요즘 설교는 더욱 자극적인 향신료를 가미하고 있다. 그는 약하디 약한 인간의 심성을 이용, 이를 자극하는 방법으로 하나님과는 적당히 각을 세우는 논리전개로 한 몫 재미를 보고 있다.

그의 설교가 절정에 달할 시간이면 신도들은 소금 맞은 미꾸라지가 되어 온몸이 화끈거리는 듯 몸을 비틀기도 하고, 팔딱팔딱거리기도 하고, 허우적거리기도 하며, 서로 끌어안고 울기도 한다. 덕분에 교회당 안은 한동안 아수라장이 된다. 그래도 다행인 것은 언제나 질서는 있었다.

그는 고생스럽던 개척교회 시절부터 훤칠한 인물에다 남녀노소를 막론하고 살갑게 파고드는 친화력으로, 그의 복음전도 사역은 해가 갈수록 하나님을 기쁘게 해드렸다. 게다가 열정과 정성이 담긴 자세하며 매콤 새콤 달콤, 감칠맛 나게 빚어내는 비빔밥 설교에서 그는 바로 예수님이 된다.

또한 설교는 신도들의 혼들의자다. 신도들은 그의 혼들의자에 앉아 그가 혼들어주는 설교에서 늘 평화와 안정을 얻는다.

그는 또한 효자손이다. 신도들의 마음 가려운 곳을 마치 한 몸인 듯 알아내어 시원하게 긁어주고 어루만져주니, 그들에게 교회는 천국이요, 그가 곧 구세주이다.

교회가 이렇게 역할만 한다면 인간 미래가 얼마나 축복이겠는가? 정감을 담아 풀어헤쳐가는 그의 설교나 대화는 목마른 자에게는 한 대접 생명수요, 배고픈 자에게는 한 끼 거뜬한 식사였다.

그런데 어느 사이, 요즘 강대상에 선 문 목사는 꼭 싸움꾼 같다. 표현이 거칠고 시비조로 나온다. 그런데도 문 목사를 추종하는 신도들에게는 평소 하나님에게 대들 듯하는 그의 설교조차도 신선한 충격이다. 신도들 모두는 문 목사가 여태 만난 어느 목사와도 비교조차 할 수 없는 신령하신 성령님이시란다. 자신들의 답답한 가슴에는 그들만의 등록상표 문 목사표 청량제만 듣는단다. 이미 중독이 되어 그들은 늘 문 목사표 청량제만 찾고 있었다.

문 목사 그는 틀림없이 하늘이 내리신 분으로, 인간적인 너무나 인간적인 '작은 하나님 아버지'라며 온 날을 경외감에 빠져 임마누엘, 할렐루야만 외친다. 세상은 요지경이란 말이 딱 맞을 뿐이다. 혹세무민도 이만저만이 아니다.

요즘 설교 역시도 성경말씀보다는 세상 이야기나 인간 잔혹사로 주제를 짜고 있었다. 단독범행이거나 가정폭력 등 소규모의 인간 잔혹사야 다 들출 수도 없는 일, 그의 메모리 한편에는 큼직하고도 끔찍한 인간 잔혹사로 도배되어, 다음 설교 메뉴로 차례를 기다리고 있었다. 그 배경과 과정, 피해와 후유증, 결과와 대처방안 등에 대해 상세히 정리하여 그 의도를 쉽게 짐작할 수가 있었다.

인간 역사에 끼어있는 잔혹한 사건들이 이토록 자주, 이토록 엄청난 규모로 또한 이토록 잔인하게, 인간이 인간을 어떻게 이토록 괴롭히고 살았는지를 고발하는 그 심정이 한편 눈물겨운 대목이었다. 하지만, 이 모두 하나님의 인간 '창세부실론'을 부각시키려는 의도임에야…

인간역사 구석구석에는 슬픔과 분노가 주된 메뉴처럼 빠지는 날이 없었지만, 그런데도 후대에서는 그저 그랬나 보다 할 뿐 곧 또 잊어버리는 것이다. 그런데 막상 그의 설교 자료를 접한 나는 만감이 교차하고 치까지 떨렸다. 차마 인간임이 자랑스럽기는커녕 부끄럽다는 생각에 신열이 나고 몸은 무거워졌다. 학창시절 그저 변죽만 달달 외던 그 역사와는 너무도 딴판이다.

문 목사는 오늘도 설교를 인간잔혹사로 시작하고 있다.

"중세 당시, 백인 아이들은 흑인은 자신들의 노예의 용도로만 태어나는 줄 알았답니다. 그리고 백색끼리만 뭉쳐 살아야 한다는 백호주의, 백 퍼센트 백인 우월주의 미국을 만들자는 KKK단, 화약고가 된 중동 등, 인종과 종교차별 속에 인간 살육의 광란은 여태 끝이 없지요. 1, 2차 세계대전과 아우슈비츠의 유대인 독가스 학살, 만주 일본군의 생체실험과 종군위안부의 인권 말살, 우리의 6.25 전쟁 그리고 IS의 테러와 이에 따른 보복폭격 등은 기억 그 자체만으로도 슬프고 괴롭습니다.

인간이 공동체를 이루지 않고 차라리 가족 단위로 뿔뿔이 흩어져 살았다면 이토록 처참하고도 방대한 살육의 역사는 일어나지 않았을 것입니다. 그러나 혼자이기에는 너무도 연약하기에 인간이 군집사회를 이룬 게 무슨 잘못이겠습니까? 그런데 여기에 지도자가 나타나면서부터 문제는 달라지지요.

군집에는 자연히 지도자가 생겨나고, 지도자는 결국 지배자가 되어 그 집단 위에 군림하게 되지요. 또한 지배자가 되고도 자신의 확실한 안위를 위해서는 세력 확장과 그에 따르는 독재가 필연이었지요. 그러고도 그 세력 그대로를 세습으로 잇게 하여야만 그나마 안심이었으니, 피지배 계층은 끝없는 수탈과 함께 지배자의 야욕의 그늘에서 온갖 수단으로 쓰이다 토사구팽(兎死狗烹)으로 끝내 폐기 처분되지요.

성도 여러분, 사실 이따위의 역사 이야기는 우리를 화만 나게 합니다. 오늘은 잘못된 인간 역사를 잊지 말자는 의미에서 사회적 동물이라는 말이 안고 있는 기막힌 모순을 잠시 음미했을 뿐입니다. 그러니 우리의 건강을 위해서라도 이쯤에서 분노의 기억일랑 접읍시다.

남은 시간은 사회적 동물이란 허울 좋은 올가미에 걸려 억울하게 죽어간 원혼들을 위해 묵상하며, 하나님이시여 그들의 신원을 말끔히 해주십사 하고 기도나 드립시다. 그리고 각자의 기도제목을 붙들고 하나님이 귀가 아프시도록 힘찬 통성기도로 심령이 툭 트일 때까지, 이 교회가 차고 넘치도록 하나님께는 영광을 성도들에는 축복의 기도를 드립시다."

가축은 잡아먹기 위해 기르듯, 흑인 아기는 백인의 노예가 되기 위해 태어나는 줄 알았다는 설교의 첫머리부터가 가슴이 미어지게 한다. 인간은 사회적 동물이기에 그래서 집단으로 떼죽음을 당한다고? 참 인간 사회제도가 모순투성이다. 이러한 문제 역시도 하나님의 통찰력 부족의 탓이라며 '창세부실론'에 한 조항을 더하는 그였다.

그는 설교에서 하나님에게 불평의 심통이 크게 일 때는 '창조부실론' 앞에 '총체적'이란 수식어를 붙이기도 하였다. '총체적 창세부실론', 하나님도 참 머쓱하실 것 같다.

이날 예배는 시종이 따로 없었다. 점심을 거른 예배는 밤이 이슥도록 식음을 전폐한 채, 그들의 통성기도는 교회 천정을 넘어 하늘에 닿고 있었다.

인간 리모델링 I

오늘도 문 목사는 만당한 신도들 앞에 섰다. 그는 줄곧 긴장의 강도를 높여 왔다. 설교마다 중간중간 적당한 간격으로 폭죽을 터뜨리듯 거칠고 자극적인 내용들을 늘려오고 있다.

그는 오늘부터 더욱 고강도의 처방으로 신도들을 몰아볼 심산이다. 그간 '창세부실론'을 발견하고 '믿음천국'의 골격을 꿰맞추기까지 자기 딴엔 목회자로서 많은 고뇌도 있었다. 하나님과 대적한다는 게 얼마나 두려운 일인지를 몸소 체험한 지난 세월이었으니까.

그러나 그는 용케도, 두려움의 강도만큼 비례하여 스스로의 담력을 키우는 데 탁월한 적응력의 뱃심도 생겼다. 이제 하나님의 실수를 찾아내어 정리하고, 이를 자신의 '믿음천국' 건설의 명분으로 삼을 그의 야심을 강도 7쯤의 지진파로 보여주며 신도들의 반향을 점검하려는 것이다.

언젠가 강도 10 이상의 지진으로 세상을 흔들 그는, 우선 오늘은 소형 원폭실험을 하듯 그날을 향한 일종의 모의실험을 벌일 심산이다.

그간 새 기운은 차곡차곡 들여쌓고, 낡고 묵은 찌꺼기는 말끔히 내보내는 왕성한 신진대사로 키우고 다진, 그의 야망의 온실 문을 이제 슬쩍 열어 보이려는 것이다. 아직은 활짝 문을 열어 깊은 속내까지 보여 줄 심산이기보다는, 살짝 변죽만 울려 자신의 존재감에 신선도를 높이려는 속셈이다.

그의 거대한 야망을 보일 듯 말 듯 가린 여인의 나신 같은, 아직은 희미한 실루엣으로 살짝 눈요기나 맛보기를 시킬 셈이다. 어쩌면 곧 무서운 대재앙이 닥치리라 알려주는 어떤 자연의 전조처럼, 충격의 완충재나 예방 백신으로 활용하려는 일종의 사전 충격요법인 것이다.

이제 브레이크조차 없는 그의 야망의 전차는 서서히 플랫폼을 벗어난다. 그 밝던 분위기의 교회당은 심산유곡의 암자처럼 적막이 흐른다. 설교를 듣던 신도들은 말씀의 목줄에 걸려 호흡마저 힘들다. 놓치면 죽을세라 꽉 붙던 정신줄마저 금세 마취제에 취한 듯 몽롱하다. 집단으로 만취하고 집단으로 인사불성이다. 고양이 앞의 쥐라더니 어물거리다 멀뚱하니 넋이 간다. 잔뜩 허기진 심성의 그들은 몸도 마음도 가눌 수 없는 핏빛 심연에 빠져든다. 진도 7 정도의 지진파조차도 경험이 없는 신도들인 것이다.

정신을 차릴수록 벌렁대는 심장 속으로 스멀스멀 파고드는 공포, 이 무섬증은 시간이 흘러 해결될 문제는 아닌가 보다. 모두에게 시간이 흐를수록 두려움은 더해 간다.

그러나 사실 그가 획책하고 있는 최상급의 공포는 아직 부화 중에 있다. 그가 그 악마의 알을 품고는 때를 기다리고 있는 것이다. 오직 자신만이 그때를 알 뿐, 히로시마에 원자폭탄이 떨어지고서야 세상이 그 비밀을 알았듯이, 그가 움켜쥔 음모의 공포들은 단지 터뜨리는 그날에만 세상이 알게 될 뿐이다.

다음은 오늘 그가 상추쌈을 싸듯 슬쩍 공포의 쌈을 싸 신도들에게 맛보기로 먹여준 설교의 요약이다. 그가 정리한 '창세부실론'의 총론은 이제 각론으로까지 완성되었나 보다.

'믿음천국'의 시민권자가 되기 위한 길, 그 충격을 완화한다며 내놓은 진도 7의 강력 백신이다. 예방약 치고는 이 정도로도 몸살을 앓지 않고 배기겠는가?

하나님이 인간에게 주신 역사 가운데는 하자나 실수도 여럿 끼어 있다. 그중 가장 큰 실수는 인간의 다인종화이다. 왜 다인종이 문제인지는 삼척동자도 그 답을 안다. 이미 하나님께서도 이 실수를 인정하셨다며, 자신이 앞으로 세상 70억 인간을 '단일인종'화 한단다. 또한 '단일인종'화와 함께 종교도 '단일종교'화, 언어도 '단일언어'화, 지도자도 '단일지도자' 화한단다. 그는 '단일인종'화의 구체적 방안에 대하여는 설명이 좀 길어야 한다며, 먼저 '단일종교', '단일언어', '단일지도자' 방안부터 제시하고 있다.

"'단일종교'화는 진정한 참신을 아는 데서부터이지요."라며 첫 운을 떼고는 말한다.

"그간 미혹에 젖은 인간들이 벌인 종교 간 불화의 종식은 오직 '단일종교'화만이 근본 처방일 뿐입니다. 하늘에는 하나의 태양, 우리의 심령에는 오직 창조주 하나님만이 계실 뿐입니다. 그런데 참신을 알지 못하는 인간의 미몽, 이의 타파가 시급한데 불행히도 인간의 지혜마저 한계이니 어쩝니까? 그러나 너무 슬퍼 마세요. 내가 그 유일한 희망이요, 길을 찾았으니까요. 그러니 성도 여러분은 마음이야 달고 안달이 나겠지만 나를 믿고 조금만 기다리세요. 종교의 바탕이 평화인데도 평화는커녕 전쟁으로 날이 샌 종교역사, 이를 두고 여태 하나님이 참으신 것은 먼 길을 돌아 시간이 걸리더라도 인간이 스스로 참 지혜를 깨닫기를 바라신 것이지요. 참으시는 하나님, 그런데 이제는 하나님도 참으시기 싫으신가 봅니다. 저에게 말씀하시기를 '문 목사를 통하여 나의 답답함을 풀겠노라'고 하시는 것입니다."

이어 '단일언어'화에 대해서도 소신을 밝히고 있다.

"'단일언어'화는 그간 하나님이 펴신 인간 다언어 계획에 대한 강한 불만의 표시요, 따라 강력한 수정요청인 것이지요. 본래 하나님의 인간 다언어 계획은 바벨탑을 쌓아 하나님의 권능에 도전하는 인간에게 내린 일종의 벌이었지요. 하나님은 인간의 언어를 갈래짓고 흩어놓아 인간 서로간의 소통과 단합을 적당한 선까지만 허락한 셈이지요. 그런데 이 다언어화는 인간에게 온갖 비극의 원인이 되고 말았다는 것입니다. 피부색이 다른 데다 언어까지 다르니 인류는 한 아버지의 핏줄임을 누군들 믿으려 들었겠습니까? 끝내 싸우고 원수가 되는 역사를 살아야만 했지요. 지금도 힘센 종족의 언어를 배우지 않으면 도태되는 젊음이, 오늘의 이 안타까운 사태는 하나님 창세역사의 하자 중 중대한 실착임이 명백해지고 있지요. 나는 앞으로 한국어와 한글을 표준어 표준문자로 삼아 온 인류가 한목소리로 믿음과 사랑과 평화를 노래하게 할 것입니다. 그리하여 그간의 불통, 불행의 인간 역사를 깨끗하게 마감하게 할 것입니다."

그는 목이 마른지 물 한 컵을 벌컥벌컥 들이키더니 다시 얘기를 계속한다.

"'단일지도자'화 방안에 관하여는 내가 이미 앞에서 밝힌 바가 있었지요. 잠시 기억을 되살려드리면, 앞으로 나 문 목사가 메시아의 권능으로 저 힘센 백인종을 포함한 온 인류를 부드럽고 포근하게 감싸 안아 인간 심성이 하나님을 닮는 성화를 이끌겠다고 한 그 약속 말입니다. 다들 기억이 나시죠? 아, 이제 기억이 나신다고요? 예 좋습니다. 이는 곧 인간의 지도자는 하나님 아래 오직 문 목사 나 한 사람만으로도 족하다는 것이지요."

그는 묵상기도를 하는지 잠시 뜸을 들이고는 드디어 그를 그토록 오래 고심의 정점에 머무르게 한 '단일인종화' 방안에 대해 포성을 이어 간다.

"하나님은 창세 당시에는 종의 개념이 없이 인간을 내셨다지만, 지금에 보면 엄청 다양한 인종으로 창조를 하신 것이지요. 이로 하여 인간 역사는 인종 간의 불화를 넘어 전쟁, 테러, 인종청소라는 떼 살육을 불렀고, 이는 다시 빈곤과 질병, 인간혐오증의 고통으로 이어지게 하였지요. 힘에서 밀린 종족들은 인류역사 내내 감당하기 힘든 아비규환 속에 살아야 했지요. 그들의 삶이란 게 하나님이 그렇게도 내세우시는 사랑도 평화도 아닌 지옥 그 자체일 뿐이었죠. 흔히들 죄를 지으면 죽어 지옥에 간다지만, 이승이 바로 지옥인데 무슨 짓을 해 겁이 나겠느냐고 말입니다."

문 목사는 '단일인종'화 방안에 대해서는 더욱 열을 올리는데, 그의 '믿음천국' 건설계획 중 고심의 흔적이 진하게 스민 방안이었던 만큼 설명 또한 너무 길어 이후의 내용은 그 요지만을 소개한다.

그는 '믿음천국'이 건설되면 통합 단일인종이 완성될 때까지 결혼은 같은 인종끼리는 불가하단다. 무엇보다 백인은 유색인종하고만 결혼이 허락되고, 이후 2대에 걸친 뒤에도 계속 백인 아이가 나올 때에는 그 아이는 아예 출생을 허락하지 않는다는 등 끔찍한 인종정리 방안이 담겨있었다.

사실 나는 그의 단일인종화란 정확히 말해 인간잡종화라 표현하는 게 맞겠다는 생각이다. 아니 더 정확하게는 인종개념 자체를 없애는, 백인종, 흑인종, 황인종 등 색깔이 떠오르거나 묻어나지 않는 인간, 그냥 인간이란 개념만이 존재할 뿐인 의미라 들린다. 굳이 이의를 달지 않는 건 그 말이 그 말이라 싶어서이다.

이 초강제적 결혼정책은 인류의 피부색과 골격과 신장과 체중 등이 평준화를 이룰 때까지 유효하단다. 식재료가 믹스기에 갈리고 섞여 그 원형을 알 수 없게 되듯 말이다. 뭐니 해도 세상에 흰색부터 지워간단다. 이를 백인종의 역차별이라 할지 모르나 그는 결코 차별이 아닌, 대통합을 위한 아름다운 섞임, 화합의 첫걸음이 될 것이란다.

그런데 그렇게 '단일인종'화가 쉽겠는가? 그의 말처럼 어떻게 든 '단일인종'화를 이룬다면 그의 카리스마에 눌려서라도 '단일 종교'화와 '단일언어'화는 그다지 어렵지 않을지도 모르겠다는 생각이 들기도 하지만 말이다.

혹 마음에 드는 인종만 남기고 나머지 인종들은 모조리 이 땅에서 쓸어 없애버린단 말인가? 만에 하나 그 목적이야 이해할 수 있다 하더라도 그 수단이 참으로 두렵고도 무섭지 아니 한 가? 그의 이야기는 너무 황당하여 듣고 있기조차 거북하지만, 분명 심상찮은 구석이 있는 것이다.

지구상 가장 강력한 세력 중의 하나인 백인종의 집단반발을 어떻게 잠재울지는 극비사항이다. 아직은 그만이 알고 그만이 그 길을 열어가고 있다는 것과, 그 길이 이미 상당한 진척을 보이고 있다는 사실이다. 이야기를 처음 듣는 사람들은 그냥 코웃음이나 비웃음거리로 치부하겠지만, 결코 그렇지만은 않은 데 심각성이 있는 것이다.

물론 혹시라도 그가 북한과 손잡고 핵폭탄과 같은 물리적 수단으로 그의 길을 열겠다는 그런 어리석은 생각을 하겠는가? 그럼 도대체 그 길은 무엇인가? 고민을 거듭하는 나의 레이더에 희미하게나마 포착되는 정보가 있었다.

바로 햇살같이 광대하고 포근한 그리고 불기둥 같은 강렬한 카리스마, 곧 성령의 기적을 함께 동원한단다. 그리하여 세상 인간 누구 하나도 꼼짝하지 못하게 할 하나의 그물에다 가둔다는 것이다.

'광대하고 포근한 햇살'이라니, 어느 분의 그 햇볕정책이 떠오르지만, 결코 그런 정도의 햇살로써 풀릴 문제는 아닐진대…. 단지 그 기적을 어떻게 만들어 낼 것인지가 아직은 확연히 드러나지 않고 있을 뿐이다.

아무튼 그의 말을 죄다 무시하지 않는 한 그리고, 나의 레이더가 완전 오작동이거나 고물이 아닌 이상 분명 두려운 역사가 다가오고 있음이다.

그의 말대로 인간의 심성이 진정 하나님을 닮았다면, 아무리 인종이 다양하고 피부색이 다르다 한들 어떻게 그런 인간참상의 역사를 살았겠는가 싶다. 나도 그의 설교에 빠지다가 식욕이 동했는지 그의 말의 성찬에 침을 흘리고는, 어느 사이 나도 그의 식탁에 둘러앉는 것이었다.

그의 심중에는 무엇이 들었는지 아직도 그의 불평불만은 계속되고 있다. 이번에는 인간 정신세계와 심령을 들추며 하나님에게 대들고 있다.

인간을 영장이라 함은 바로 인간의 심성과 두뇌가 다른 동물과는 달리 특별한 능력이 있음을 이르는 말이 아닌가? 육신의 힘만으로는 작은 야생동물 하나에도 미치지 못한다. 그러나 오직 두뇌 하나로 세상을 지배하고 먹이사슬의 정점에 서있는 것이다.

현대에 이르러는 더욱 이 지능을 끌어올리기에 혈안이다. 주 인간지능도 모자라 보조지능 AI(인공지능)까지 개발해 보태고 있는 것이다. 심지어 어느 바둑대회에서 인공지능의 가상기사가 인간 프로기사를 이긴 사건은 인간 스스로를 경악케 하고도 남는다. 주 두뇌를 능가하는 부 두뇌 또한 인간이 만든 것이기 때문이다.

이렇게 발달한 인간 두뇌가 앞으로 인간의 행복을 위해 어떻게 힘을 발휘할지는 기대하는 바가 크다. 그런데 문제는 인간사의 끊임없는 불행 또한 이 좋은 두뇌와 못된 심성 때문이라니, 바로 이 두뇌와 심성이 때로는 큰 화근인 것이다.

그러니 '단일인종'화, 즉 인간 외형만 균등화한다고 문제가 해결되는 것은 아닌 것이다. 동족 간에 심지어 형제자매 간에도 원수를 삼는 데는 인간외형만으로는 따져 될 문제는 결코 아닌 것을 말이다.

그러나 문 목사는 먼저 일차로 외형, 흔히 말하는 하드웨어부터 평준화 체계를 갖춘 후, 소프트웨어 즉 두뇌와 심성체계도 표준화하여 인간 죄악과의 한계를 확실히 하겠다는 것이다.

인간역사에는 후대에게 감사할 역사를 전하기는커녕 분노를 전하는 역사가 부지기수이다. 그중에서도 아프리카의 수많은 흑인들이 겪은 노예역사는 더욱 분을 삭일 수 없게 한다.

흑인의 두뇌가 다른 인종에 뒤질 리가 없고, 그들의 심성은 오히려 더 곱고 유순하였을 것이다. 왜냐하면 그들의 생활환경은 기후가 대체로 덥거나 따뜻하여 자연환경이 주는 혜택만으로도 삶이 행복한 그들이었기 때문이다. 자연 그대로가 천국인 것이다. 의식주를 비롯하여 삶을 건사하기에 그리 신경을 써야 할 문제가 적었으니, 마음이 더욱 여유롭고 순박할 것임은 자연적 이치이다.

반대로, 자연환경이 거칠고 추운 지방의 인간들은 그들 나름대로 살아갈 방안을 내내 강구하여야만 하였다. 때로는 살아남기 위해 남의 것을 뺏고, 그것을 지켜야만 했다.

자연히 이러한 적자생존의 과정에서 흔히 그들이 내세우는 문명, 무엇보다 사냥에서 시작된 무기제조 기술이 발달하게 되었다. 그러고는 바로 이 무기를 앞세워 자연의 혜택만으로도 행복해하는 인종을 노예로 삼아 가축처럼 부려먹었다.

이런 따위에 맛을 들인 중세기 당시 유럽 백인들은 다른 세계의 인종을 자신들의 부를 위한 식민지로 노예로 끝없이 영역을 넓혀간다.

뭐, 해가 지지 않는 나라라고? 어느 나라는 자랑스럽게 말하지만 인간탐욕의 부끄러운 단면일 뿐이다. 주인 없는 땅을 주운 듯 말하는 그들은 그럼 그 땅의 원주민은 인간이 아니더란 말인가? 아메리카 건국에 희생된 인디언 또한 인간이 아니더란 말인가?

이럴 때에 신을 대신한다는 교황마저 국왕과 영주들과 함께 그들의 탐욕을 즐겼으니, 그 어디에도 하나님의 섭리는 없는 것이었다. 그러고도 더욱 악랄하게, 영주들은 자기네들끼리의 세 확장을 위해 더욱 식민축재 경쟁을 벌였다.

그들의 심성과 두뇌에 꽉 차 있는 것은 오직 사치한 생활을 보장할 수단 강구에 집착해 있을 뿐이었다. 큰 선박과 총칼이 있으니 그들이 쉽게 찾아낸 삶의 방식은 식민지 수탈이었다. 뜻이 있는 곳에 길이 있다며, 유럽에는 수탈과 관련한 산업이 발달하게 된다. 그것이 바로 그들이 자랑하는 산업혁명이다.

기세등등해진 그들은 지금껏 해오던 금은 다이아몬드와 같은 보석 수탈에 더욱 열을 올리게 됨은 물론, 이어 사치와 향락을 영구히 보장해줄 새로운 축재의 길도 찾았다. 목면과 사탕이다. 이것들이 더 큰 축재의 수단임을 알고는 목화, 사탕수수의 재배와 운반에 더욱 혈안이 된다. 바로 이 과정에서 절대적으로 필요한 것이 노동력이요, 이 노동력을 바로 흑인으로 채운 것이다.

아프리카의 평화로운 마을, 가족의 평온한 한때를 즐기고 있는 가정에 느닷없는 난입자, 총칼을 들이대고는 아녀자는 물론 심지어 젖먹이까지도 잡아간다. 가축 기르듯 키워 훗날 제값 받고 팔겠다며 말이다.

차라리 그때 죽지 못한 것이 철천지한이 되지만, 그들은 수만 리 뱃길을 몸 한번 뒤척일 공간도 없는 배 밑창에 묶이고 갇힌다. 어디 가까운 곳에 팔려간다 해도 최소 수십 일을 파도에다, 무엇보다 외로움과 절망의 공포에 떨어야만 했다. 멀고도 먼 어느 낯선 곳에 도착하는 사이 이미 반은 죽어갔다. 살아남는 게 치욕일 뿐, 낙인까지 찍혀서는 인간은 어디 가고 한 마리의 노예 가축으로 남는다.

당시에는 노예사냥꾼이 따로 있고, 실어 나르는 노예무역상이 따로 있었다. 그들은 그야말로 거죽만 인간일 뿐 인간이 아니었다. 흑인노예들이 차라리 짐승처럼 희로애락의 감정이 없었다면 모를까… 아니 유럽인의 두뇌와 감성에 조금도 뒤질 리도, 또한 고향의 자연 환경만으로도 충분히 행복해 하던 그들이 아니었던가? 애오라지 하나님의 섭리대로 순박하였고, 그러기에 인간 애정의 감성도 풍부하였으리라.

오직 생활을 자연력에만 의지하고 평화만을 사랑했던, 그래서 강력한 무기가 없었다는 이유로 상상도 못 한 이 방에서 짐승보다 못한 노예가 되다니⋯. 이런 생각을 하다 보면 나부터가 열이 받쳐 죽을 노릇이다.

문 목사는 핏대를 올리며 그때 어찌 하나님은 잠자코 계실 수가 있었냐고 따지지 않을 수가 없단다. 그의 말끝마다 나도 모르게 박수가 나올 판이다.

일반적으로 노예 하면 미국을 떠올리지만, 당시 미국에서 부리던 노예는 전 세계 흑인 노예의 5%밖에 되지 않았다니⋯. 그는 이 무자비하고 잔인한 인간역사 앞에 차라리 침을 뱉고 싶을 뿐이란다. 지금이라도 소급하여 당시 노예로 축재한 인간들을 부관참시라도 해야 마땅하다 핏대를 세우는 것이다.

그의 여러 불평을 듣고 있는 동안, 나의 짧은 지식에도 불의와 탐욕의 본보기 난징조약(남경조약)이 떠오른다.

일찍이 영국인은 중국(청나라)의 차와 도자기 그리고 비단으로 사치를 즐겼다. 당연히 많은 사치자금이 필요했다. 다행이랄까, 당시 영국은 산업혁명으로 면직물이 넘쳐났고, 이를 식민지인 인도에 팔아 사치에 필요한 자금은 쉽게 마련할 수가 있었다.

그런데 문제는 가난한 인도인들이 어떻게 지속적으로 자기네의 면직물을 구매할 수 있게 할지가 관건이었다. 이때 기발하고도 지독한 묘안을 짜낸다. 이미 설립해 둔 동인도회사를 통해, 당시 인도에 엄청나게 재배되던 아편을 거대시장 중국으로 밀수출하게 인도인들을 부추긴다.

이렇게 하여 인도인들이 아편을 팔아 번 돈은 다시 면직물 값으로 끊임없이 영국으로 들어오게 한 것이다. 이런 판국이니 중국의 입장에서는 영국으로 차 비단 도자기를 팔아 번 돈은 자신들은 아편쟁이가 되어가면서까지 그 돈을 영국으로 되돌려 준 꼴이 되고 만 것이다.

바로 영국, 중국, 인도의 삼각무역, 세계 무역 역사를 빛낸 영국의 기막힌 아이디어였던 것이다.

영국의 사치를 도우려 아편 중독의 나라가 되어야 했던 중국, 어찌 분통이 터지지 않을 수가 있겠는가? 뒤늦게 놀란 중국은 관리 린쩌쉬(임칙서)로 하여금 아편을 몰수하여 불태운다.

이런 상황에서도 영국은 적반하장으로 중국에다 선전포고까지 하는데, 이름하여 아편전쟁이다. 그런데 또 안타까운 것은 화약을 세계최초로 발명하고도 중국은 영국 화포에 처참히 깨어지고는 항복, 굴욕의 난징조약으로 홍콩까지 할양해 내주고 만다. 여태 콧대 높던 아시아의 맹주 중국의 참담한 수모의 역사이다.

아편전쟁은 바로 신사의 나라라는 영국의 민낯이요, 힘이 곧 정의임을 보여주는 본보기이다. 물론 당시 일본이나 우리나라인들 백인의 무력 앞에는 존재조차 부끄러운 시대였음은 두말할 나위도 없다. 또한 이후 메이지유신(명치유신)을 일으켜 서양을 배운 일본의 재빠른 개화와 일본이 제국주의로의 변신하는 과정에서 그 희생양이 된 조선의 역사는 차라리 지우고 싶을 뿐이다. 문소영의『못난 조선』을 세세히 읽지 않아도 이미 우리가 아는 것만큼으로도 조선 후기역사는 만고에 부끄러울 뿐이다.

문 목사는 이런 인간의 과거사를 돌아보면 미래를 예상할 수 있다며, 오늘을 놓치면 다시는 반성의 기회조차 오지 않는단다. 그는 일차로 인간 외형을 표준화한 다음, 인간 내부의 정신과 심성을 제대로 작동케 수리를 하려 한단다.

그리하여 단일피부, 단일종교, 단일언어, 단일지도자로 하나된 세계인이 저마다 원하는 지역에서 원하는 문화와 문명을 즐기게 한단다. 그러면서도 자신들의 지역 문화만 고집하지 않고, 서로의 문화를 공유하는 다문화, 공존의 참세상 '믿음천국'을 열 것이란다.

지금까지 얘기를 듣던 신도들은 그의 마스터플랜의 부스러기에 불과한 이 일단의 맛보기 주술만으로도 사시나무 떨 듯하다, 울며 자지러지고 '임마누엘! 작은 하나님 아버지'만 외쳐 부르고 있다.

이 정도의 설교만으로도 만당한 신도들은 하나같이 오금조차 펼 수가 없나 보다. 한 방의 원폭 같은 폭발력으로 단일인종, 단일언어, 단일종교, 단일지도자로 세상을 한 솥, 한 식솥, 한 식탁에 둘러앉히겠다는 그 생각 하나만으로도, 신도들은 소금에 절인 듯 납작 엎드릴 뿐이다.

하지만 사실 지금까지의 설교는 맛보기에 불과하다. 권투선수의 실전 경험을 위한 스파링 훈련 같다고나 할까? 신도들에게는 필승의 입맛을 돋울 애피타이저의 상차림일 뿐이다. 그래도 이만한 충격의 펀치이면 모두는 두 눈에 불꽃이 번쩍 튀고 골이 흔들거렸을 것이다. USB를 통해 한 발 비켜 바라보는 나까지도 몸서리치게 했으니까.

물론 문 목사는 이곳에 모인 신도들만 납작 엎드렸다고, 그침 없는 성공을 믿지는 않는다. 단지 지금 엎드린 신도들을 통하여 다가올 자신의 세계화 계획에도 성공의 가능성을 엿볼 뿐이다. 그러기에 오늘의 상황을 예의주시하며 그 가능성을 느긋이 즐기고 있는 것이다.

그의 말처럼 지구의 다양한 인종을 붕어빵처럼 크기나 때깔을 균일하게 리모델링해 내려면, 세계 70억 모두를 단 한 번에

유도의 한판승처럼 땅바닥에 패대기 쳐야 한다. 그냥 넘어뜨리는 정도로는 자칫 판정에 시비가 붙을 수 있기 때문이다. 폭풍토네이도가 휩쓸 듯, 서 있는 것은 결코 그 어떤 것도 용서할 수 없다.

도미노가 넘어지듯 차례차례가 아니라, 한밤중 암흑의 정전처럼 세상 모두를 순간의 한 방에 덮쳐야 한다. 그야말로 한 방에…. 바로 이 점이 일차적 난관이다. 하지만 그는 자신에 찬 모습이다. 자신의 능력으로 모자라면 하나님이 도와주실 것이니까.

반역의 길에서도 그는 하나님과의 화해를 위한 핫라인만은 언제나 손닿을 곳에 설치되어 있다며 큰 소리이다.

나는 여태 문 목사가 실성한 듯 아니면 아예 작심한 듯, 하나님의 창세역사를 그토록 불경한 태도로 폄훼하는 데는 고개를 절레절레 흔들었다. 그런데 지금은 그의 체면술 같은 설교에 걸려서인지, 어느 사이 고개를 끄덕이고 있는 것이다.

아마도 '창세부실론'은 하나님을 배반하려는 반역의 작태에서는 아닐 것이라며, 그를 한번 믿고 싶은 일말의 신뢰가 내 속에서 자꾸만 부스럭대고 있기 때문이다.

그렇다면 정말 다행이다. 그러나 그렇다 하더라도, 그의 지금까지의 불평이나 주장이 하나님의 신뢰를 받을 만한 논거인지 아니면, 내가 또 그의 주술 같은 설교에 홀려들고 함몰된 결과 인지는 당장은 어리둥절하여 나도 잘 모르겠다.

어쨌든 그의 주장을 듣노라니 하나님께 대드는 그의 직선적 인 언어태도는 불손방자하기 짝이 없다. 그렇다고 유치하고 망 나니짓으로만 볼 수 없는 어떤 강한 끌림이 나를 에워싸는 것이 다.

목표를 향한 수단과 방법에는 누구에게나 견해차는 있기 마 련, 그의 이념대로의 '믿음천국'이라면 그가 아니라 그 누군든 도탄에 빠진 인류를 구원해선 안 될 것도 없다. 단지 그가 먼저 그 길을 찾고 열어가는 선구자일 뿐이다.

죄악으로 사위어 가는 인류에게 어떤 극약처방인들 시급하 다는 생각, 나는 요즘 그의 편을 들지 않고는 못 배길 심정이 되 고 있다.

이처럼 그의 '창세부실론'은 선한 백성의 나라 '믿음천국'의 명 분으로 삼을 그의 고심의 방책이요, 하나님으로부터 '믿음천국' 건국의 결재를 얻기 위한 그의 결연한 자세의 표방이요, 배수진 의 작전이다.

그의 말대로라면 하나님은 문 목사만이 인간을 선으로 개조 해 낼 능력이 있다며 자신만을 믿겠다고 하지 않으셨는가? 그러 기에 그는 지금 무엇보다 그의 권능을 하나님에 필적하도록 끌어울릴 방안 마련에 필사적으로 매달리고 혼신을 다해 달릴 뿐이다.

그리하여 억센 백인들부터 완력이 아닌 그의 사랑의 용광로, 뜨거운 가슴으로 안고 녹여 그들을 순종으로 이끌어낼 계산이다.

이처럼 그는 모름지기 지략을 모아 예수의 기적에 필적하는, 70억 인류를 뒤덮을 그의 불기둥 같은 카리스마를 위해 불철주야 실험실에서 야심을 달구고 담금질을 하였다. 그의 최후의 한판승은 바로 이 불기둥 같은 카리스마에서 나올 것임이라, 그는 지금 그 길을 향해 혼신을 다하는 것이다.

아, 그리고 보니 지금껏 궁금하던 연구실 연못의 개구리 가족과 30미터 깊이의 수영장의 정체가 나의 레이더에 희미하게 포착되기 시작한다. 아직은 구체적 식별은 어렵지만, 놓쳐서는 안 될 중요 표적임에 틀림없어 보인다. 당장 레이더 출력을 맥시멈으로 높여야겠다.

인간 리모델링 Ⅱ

문 목사는 다시 신도들을 공포로 몰아갈 차비이다. 목표 지향의 문 목사, 외길 주로에 들어선 그에게 사망의 권세 그 두 번째 망령이 부화를 하려는 것이다. 그의 뇌리에는 하나님의 또 하나의 실수가 에덴동산 불의의 뱀처럼 똬리를 틀고는 혀를 날름거린다. 아, 그런데 이번에는 그의 표정이 종전과는 사뭇 다르다.

앞서 '창세부실론'의 그 첫 번째, '다인종 하자'를 들출 때에는 이마에 주름 가득 불평만 쏟았었다. 그런데 이번 '창세부실론'의 두 번째 하자에서는 하나님에게 날 선 공격은 하면서도, 한편 하나님이 자신을 크게 쓰시기 위한 계획된 실수의 은사로 받아들이는 것이다. 그 근거로,

"문 목사야, 자네는 곧 요셉과 같은 꿈의 기회를 만나게 될 것

이니라. 기회를 잘 살려 죄악의 도탄에 빠진 저 불쌍한 인간들을 구원하여라. 너마저 구원에 실패하면 인간 구원의 문은 영영 닫히고 말 것이니, 너의 소명이 막중하니라."라고 밤마다 꿈으로 자신을 일깨우신단다.

오늘도 강대상에 선 그는 득의만만에다 얼굴은 광채를 띠는 듯하다. 그는 하나님의 두 번째 하자에 대한 공격을 통하여 온 세상을 휩쓸고도 남을 카리스마를 분출해 낼 태세이다. 그리고는 다시 이 카리스마를 촘촘히 가로로도 깔고 세로로도 엮어 70억 인류를 일망타진할 그물을 짤 것이다. 일망타진, 그야말로 70억 인류를 한 그물에다…?

궁금증을 더할수록 돌아오는 건 두려움이다. 이제 정말 끝을 보려는지 드디어 그 두 번째 '창세하자', 하나님의 또 하나의 실수를 선언할 그의 입술이 잔뜩 젖어 있다.

"창조주 하나님께서 인간을 창조하실 때, 당신의 형상에다 만물영장의 지위까지 주시고는 크게 기뻐하셨습니다. 그러나 이 좁은 지구에서 그것도 땅바닥에 붙은 채 숨을 헐떡이며 살도록, 부실하기 그지없는 인간신체를 설계하신 데는 참으로 유감일 뿐입니다. 인간신체와 정신 구석구석이 온통 허약 부실 덩어리니, 낳아주신 은혜를 고마워하기에 앞서 불평부터 나오는 것입니다. 이따위 장애투성이를 뭘 하려 낳으셨냐고 말입니다."

드디어 하나님의 두 번째 실수를 향한 포화에 불이 붙었다.

"하나님은 그때 왜 그리하셨을까요? 드넓은 바닷속은 내버려
두고 손바닥 같은 땅 위에서만 올챙이 떼같이 오글거리며 살도
록, 어찌 인간 호흡을 허파라는 기관으로만 숨 쉬게 한 것일까
요? 이는 하등동물에게는 몰라도 만물영장 지위의 인간품격에
는 참으로 어울리지 않는 것입니다.

어쩌다 장난이나 실수로 잠시만 호흡이 끊기기라도 하면 기
다린 듯 죽음이 달려드니, 만물의 영장으로 세워주신 이 인간이
하루살이에게도 조롱을 당할 판국입니다. 뭐 다른 신체 기관들
에도 불만이야 많지만, 무엇보다 인간의 호흡기관인 허파를 생
각하면 곧장 허파가 뒤집히는 열을 받습니다. 너무나 단순 조잡
하고 허술한 호흡기를, 그것도 애기 장난감 고무풍선을 달듯 대
충 뚝딱 달아주신 것입니다.

세상 온갖 역경을 극복하고 또한 드넓은 바다 밑도 지배하며
살아야 할 영장 인간에게, 이토록 불량한 심폐기관이라니요. 도
무지 납득할 수가 없는 것입니다. 단순히 허파 하나로만 숨 쉬
게 한 것과 그나마 부실하기 짝이 없는 허파의 심폐 능력은, 하
나님의 작품치고는 아무 볼품이 없습니다. 절대 권능의 하나님
에게서 어디 장인정신이라고는 좀체 찾을 수가 없습니다. 이는

인간을 만물의 영장이라 불러주시며 세상을 마음껏 지배하라 하신 그 말씀이, 속임의 당의정을 입힌 듯 진정성이 없어 보이는 것입니다."

이렇게 또 한 번, 하나님도 놀라 기겁을 하실 '창세부실론'에 망언의 무게를 더하는 것이었다. 하지만 이번 '창세부실론'의 제2 탄, 인간호흡기 허파에 대한 그의 불평불만은, 진도 9나 10의 지진파의 강도에는 영 미치지 못한다는 느낌이다. 단지 뜬금없이 웬 '허파부실론'정도로 느껴질 뿐이다.

그러나 이는 순진무구의 아기처럼 그 누구도, 이 '허파부실론'이 앞으로 세상을 뒤집을 음모의 명분이요, 빌미가 될 것을 까맣게 모르기 때문이다.

나는 불현듯 옛날 그의 연구실 연못의 개구리 가족이 떠올랐다. 뭔가 이번 그의 불평과는 분명 어떤 연관이 있다는 생각이 들면서 말이다.

나는 '허파부실론'의 정체가 과연 무엇인지 희미하나마 그 정보를 입수하고는, 어떤 심상찮은 수작이 불원간에 들이닥치겠다는 불길한 생각에 휩싸이고는 며칠을 몸살을 앓았다. 그런데도 그의 설교는 나더러 허튼 생각일랑 말고 듣기나 하라는 듯 계속 내 귀를 파고들고 있었다.

"우리 인간은 생활 속에서 어떤 물품을 사용하다 그 기능은 물론 무엇인가가 마음에 들지 않으면, 지체 없이 개선 개량하는 노력을 기울입니다. 예를 들어 우리의 먹거리나 동식물의 품종만 봐도 인간 욕구에 맞는 새 품종 개발에 얼마나 많은 성과가 있었느냐 말입니다. 버러지 같은 인간도 이러한데 절대 권능의 하나님이시야 오죽 쉬운 일이겠습니까?

그러나 복잡다기한 인간 신체에 관하여는 오직 하나님의 전유물이라며, 어디 칼 한번 대기조차 삼가는 인간인 것입니다.

예부터 '신체발부 수지부모 불감훼상 효지시야'라 하여 털 하나 마음대로 뽑고 귀걸이 귓구멍 하나 뚫는 것도 불효라 여겼지요. 작은 털 하나도 부모, 곧 하나님으로부터 받은 것이라서 말입니다.

인간 생명의 생살여탈권, 삶을 주고 빼앗는 권리는 인간주치의 하나님의 절대권이시니, 일마다 인간은 오직 하늘에만 매달려 빌 뿐이었습니다.

그러다가 하도 답답한 나머지 목마른 자 우물 파듯, 생로병사의 문제를 인간 스스로 해결하려는 시도를 하였습니다. 그러나 그 진척이 여태 아기 걸음마 수준임을 하나님도 아시지 않습니까? 그런데도 하나님은 너희에게 영장의 지위를 주었으니 너희 몸은 너희가 알아 챙겨라, 발뺌이시거나 수수방관을 하고 계신 것입니다.

인내에 지친 인간은 신체설계도의 비밀을 풀기 위한 비상 책으로 천문학적 예산과 인력을 투입하여 인간게놈프로젝트(인간 유전체의 모든 염기서열을 해석) 연구계획을 수립하였지요.

장장 15년의 연구 끝에 30억에 이르는 인간 유전체의 염기서열을 밝히는 성과를 거두기는 하였습니다. 그러나 이는 한 발짝의 진전일 뿐, 앞으로 마무리해야 할 그 30억 데이터의 해석은 여전히 끝이 보이지 않으니 이 일을 어쩝니까. 그러니 위급한 생명을 구할 신체부품은 하 시절에 얻을 수 있단 말입니까.

얼마 전에는 크리스퍼라는 유전자 교정기술로 유전병 교정 실험의 성공이라는 소식을 듣기도 하였고, 이 크리스퍼를 적용해 선천성 심장질환의 치료 길도 열었다 좋아했습니다. 인간배아에서 돌연변이를 교정하여 유전질환 예방의 길을 열었다는 소식도 알고 있습니다.

또한 유전자 편집기를 발명하여 종전의 크리스퍼보다 더 정교한 유전자 교정의 길을 열었다며 우렁찬 박수 소리도 있었습니다. 그러나 이 모두는 격려의 박수 소리요, 희미한 가능성의 확인일 뿐, 당장 인간의 소망성취에는 여전히 아득할 뿐입니다.

심신의 작은 부속의 고장 하나가 멀쩡하던 인간을 인간신체 폐기물 처리장으로 덜컹 실려 가게 합니다. 재활용 재생의 기회마저 박탈당하고는 폐기처분, 그 억울함만이라도 면케 해달라는 인간의 이 소박한 소망마저 요원의 세월에게나 물어보랍니다. 한때 무슨 배아줄기세포의 배양 성공이니 하며 환자맞춤 치료의 길을 연 듯 야단이었지만, 그게 하나님 보시기에도 여전히 어린애 장난 같은 유치한 짓거리가 아닙니까? 이러하기에 줄곧 인간은 오직 하나님 전에 SOS를 보내며 머리를 조아려 왔습니다.

눈을 못 보면 흰 지팡이가 고작이요, 다리가 잘리면 의족은 사치, 목발이 고작일 뿐, 삶의 질이야 팽개쳐질 수밖에 달리 도리가 없습니다. 하찮은 도마뱀도 잘린 꼬리가 재생되게 하시면서 어찌 인간에겐 이리도 무정하신지요? 생떼같이 팔팔하고 멀쩡하던 몸이 장기 하나의 고장으로 그 몸을 몽땅 죽게 하고는 불태워 흩어버리게 하는 데는, 인간이 진정 하나님의 진품이기는 한지 의심을 아니 할 수가 없는 것입니다. 하나님, 인간이 만들어 쓰는 물품들을 보십시오. 인간은 웬만한 물품들은 그 중요 부품을 미리 갖추고는 일회성으로 쓰다 버리지는 않게 합니다.

그래서인지 요즘 부쩍 이런 생각을 자주 합니다. 하나님의 인간창조라는 것도 하나님이 손수 창조하심이 아니라 아마 마귀가 저들이 부려먹을 하인을 만들려다 실패하여 버린 것을 하나님이 불쌍하다 주워 오신 것은 아닐까, 의심인지 농담인지를 할

지경에 이르렀습니다. 인간 세상에서도 흔히 다리 밑에서 주워 왔다는 말이 예부터 전해오는 걸 보면, 이 말이 그때 하늘에서 흘러나왔을지도 모른다는 생각이 들게 하는 것입니다.

이래저래 생각할수록 하나님이 원망스럽기만 합니다. 만약 그러하시더라도 낳은 정보다 기른 정이 크다는 말처럼, 하나님이 여태 인간을 돌보아 주셨으니 기른 정은 있을 것이지요. 어디 장수의 복을 달라는 소망이야 죄 많은 주제에 과분하다는 염치 정도는 갖고 있습니다. 그러기에 단지 죽을 때까지만이라도 병 없는 심신으로 리콜 수리를 해달라고, 인간은 옛 조상 때부터 손바닥이 다 닳도록 빌어 왔습니다. 그런데도 여태 이 작은 소망마저 외면이시니, 때로는 원망에다 분통이 터지는 것입니다."

이처럼 하늘을 향해 애원을 넘은 독설로 거품을 문 그의 입술은 오늘도 닫힐 줄을 모른다.

그런데 이때 놀랍게도 그의 설교는 나까지 찝쩍여서는 그의 불평이 나의 불평으로 번져나게 하는 게 아닌가. 까맣게 잊고 있던 나의 기억 하나를 불쑥 불러내게 하는 것이었다. 나의 부모님의 고향 어느 가정사로, 늘 걱정이시던 부모님에게 끝내 충격을 안겼던 어느 시골 가정의 사연이다. 어둡고 굴곡진 부모님 세대의 시대상 하나가 내 기억 줄에 매달려 있었던 것이다.

그것은 팔순이 가까운 할머니가 자신의 딸과 두 손자를 독살하고 자신도 목매 자살한 사건이다. 사실 그 가정은 매년 나의 부모님이 작으나마 경제적 도움을 주고 있었기에 더욱 안타까운 기억으로 남아있다.

  당시 사고 소식을 접하고 부모님은 마지막 그 할머니를 만났을 때 사고를 감지할 수 있는 어떤 불길한 느낌이 스쳤지만, 설마 그토록 사랑하는 가족에게 그런 충격적인 일을 저지를 줄로는 미처 깨닫지 못하셨다며 못내 애통해하시던 기억이다.

  부모님 고향의 팔순이 가까운 어느 노파는 당시로서는 드물게 장수하신 할머니지만 자신은 업보가 많아 죽지도 못한다며, 살아있다는 게 큰 형벌이란다. 이 말을 늘 버릇처럼 뇌까리긴 하지만, 딸린 가족 돌보기에 언제나 극성스러울 만치 지극정성을 다하더란다. 마지막 만나던 날 나의 부모님에게는 여태껏 나라님보다 잘 돌보아준 은혜를 어찌할까 보냐며, 눈물로 감사해하던 모습이 너무도 생생하단다. 아마 이미 그때 어떤 모진 마음을 먹은 것이 분명하다며, 사고 후 안타까워하시며 들려주신 부모님의 전언이었다.

  그 할머니의 딸은 자신의 처지로는 결혼은 언감생심, 심한 소아마비로 그래도 지난해까지는 용변 정도는 제 발로 다녔단다. 그런데 그해 환갑의 나이에 중풍이 와 아예 꼼짝도 못 하게 되었다는 얘기는 듣기조차 괴로운 다음 이야기의 시작일 뿐이다.

그 노파에게는 더욱 한스러운 가족이 있었다. 불구의 손자, 손녀가 더 있는 것이다. 그런데 그 손자를 거둘 아비 어미는 이들 불구자식 둘을 낳고는 행방불명이었다. 먼저 며느리가 몰래 집을 나갔고, 아내를 찾겠다며 나간 아들마저 20년이 넘도록 소식이 없다. 물론 두 손자가 몸이라도 정상이라면 할머니는 힘들어도 손자들 거두는 재미로 그런대로 버틸 수가 있을, 지금도 우리 사회에 조금은 흔히 볼 수 있는 또 하나의 가정일 따름이다.

그러나 이들 손자 손녀는 무슨 병인지 당시로써는 그 원인도 모른 채, 나이 스물이 되도록 한 번이라도 일어서 걷기는커녕 앉아본 적도, 말 한마디 뱉어본 적도 없었다. 첫 손자에 이어 연년생으로 태어난 손녀, 이들 둘 다 평생 누워 살아야만 하는 질병을 안고 태어날 때, 그 부모는 나 몰라라 도망을 친 것이다. 할머니는 하늘이 무너지는 절망에도 당시는 젊음에다 숙명으로 알고 버티었다. 옆에는 또 하나의 병신 딸을 데리고 말이다.

그런데 문제는 세월이다. 나이가 들며 누워있는 손자들의 몸통은 정상아처럼 자라 무거워 가는데, 할머니는 연로한 나이에다 영양실조에 제 몸 하나 가누기도 힘들다. 손자들을 먹이고 대소변 받아내는 일만으로도 벅찰 수밖에 없었다.

그 귀한 손자 손녀가 둘 다 평생 한 번 서 볼 수도 없다는 암담한 현실 앞에 사실 힘이 있은들 어찌 힘이 나겠는가? 그런데 이제 딸마저 중풍에 사경이니, 서기는커녕 길 수 있는 사람마저 이 할머니 한 사람뿐이니 또 어쩌랴. 당시는 국가도 이웃도 제 살기에 힘겨운데, 누가 있어 이들을 돌볼 겨를이 없던 때였다.

더욱 고약한 것은 손녀부터 초경이 시작되었다는 것이다. 이어 손자도 남자의 기능은 정상으로 성장하는지, 어쩌다 목욕을 시키다 보면 할머니가 민망하기 짝이 없다. 할머니는 그놈의 성기를 하늘로 곧추세우고는 헤벌쭉 웃고 좋아하는 손자의 모습을 보는 게 죽기보다 싫다는 것이다.

집안의 대가 끊어진다는 생각에 조상님께는 큰 죄인인데, 아무 역할도 못 하는 몸에 오직 건강해 보이는 것은 남자 그것뿐이니 더욱 미치도록 괴로운 일이다.

병신 손자의 아무 쓸모 없는 사타구니 주위를 닦아주며, 차라리 그것마저 병신이라면 미련조차 없을 거라 통곡하는, 할머니의 한마디는 처절한 메아리로 남는다는 것이다.

그렇게 겉으로는 멀쩡한 남성을 가진 손자를 두고도 집안 대를 끊어야 하는 일이, 이제 죽음을 앞둔 할머니에게는 무엇보다 받아들이기 힘든 고통이었음이 틀림없다며, 귀가 후 고향 소식을 전해주시던 부모님의 한숨이 채 가신 지도 얼마 되지 않던

날 날아든 비보의 기억이었다.

참으로 애달프다. 인간에게 신체적 질병만이 고통스럽다면 그래도 조금은 참으련만, 더 골치 아픈 정신질환까지 가가호호 집집을 심방 중이라니 이 일을 또 어쩐단 말이냐?

앞앞이 말 못하고 어디다 하소연할 데도 없어, 터져나는 신음마저 골방에다 숨겨 사는 그 고통을 하늘이여 아시는지? 그래서 한편, 문 목사가 앞서 하나님에게 해대던 불평을 이들 가정이 듣는다면 체증이 내리듯 속이야 엄청 후련하겠다 싶다.

그래서인지 나도 모르게 또 망동의 한마디를 하고 있는 것이었다.

"창세기 하늘에서 벌인 또 하나의 실수라며 불평하는 게 문 목사의 괜한 트집만은 아닌 것이야. 달리 보면 그의 탁월한 통찰력이랄까 감각을 보는 것 같아. 와, 대단하다는 생각이 든다. 신도들이 신으로 받들 만큼 그의 꽉 찬 내공을 보여주는 '창조 부실론'의 대발견이 아니냐?"

경망스럽게도 무심코 내가 중얼거린 말이다. 요즘 나는 나도 모르게 문 목사의 언행에 맞장구를 치는 나를 종종 발견한다.

USB를 통한 간접의 만남이지만, 정신병색이 짙은 문 목사와의 만남이 아예 나의 일상이 되고 보니, 내가 그의 정신세계에야금야금 함몰되고 잠식을 당하는지 자주 떠오르는 걱정이다. 결코 그럴 일은 없을지라도 요즘 나의 정서 불안중인지, 무슨 마음의 병이라도 옮아오지는 않을까 염려가 되는 마음 말이다. 어지럼증이 지랄병이 된다는 불유쾌한 속담이 다시 켕겨온다.

문 목사는 '창세부실론'의 근거를 우리 생활 속에서도 쉽게 찾아볼 수 있다며, 항간에 회자되는 존엄사니 웰다잉이니 호스피스니 하는 말을 들을 때도 그는 하나님의 부실창조를 떠올리며 독한 몸살을 앓는다.

불만을 찾으려면 한이 없겠지만 그래도 만물영장의 지위만이라도 그게 어딘데, 이에 만족하지 못하는 그는 이토록 하나님과 대적하기에 배수진을 치고 있다.

나는 한 마리의 미꾸라지로 인해 온 세상 웅덩이가 흐려지고, 그리하여 끝내 이 웅덩이들마저 메워질 심판이 앞당겨질까 한편 두렵기도 하다. 그러하니 불화의 씨를 마구 뿌려대는 저 문 목사가 때로는 하나님보다 무섭게도 보이는 것이다.

그런데 놀라움의 연속이다. 이번에는 문 목사의 가슴 아픈 과거사 하나가 나를 찾고 있었다. 지금껏 하나님과 대적하지 않을 수 없었던 그만의 이유, 원망의 역사로 남아 그를 괴롭히는 이유 있는 반항의 씨앗을 발견한 것이다.

그에게는 하나님께 어떻게라도 불평을 해대야만 조금의 위안이라도 될, 참으로 안타까운 사연 하나가 그의 가슴에 옹이로 박혀있었다. 세상에 이유 없는 반항은 없다는 말을 증명하려는 듯 말이다.

그의 USB 구석진 곳에 두꺼운 먼지에 싸여 자칫 놓칠 뻔한, 그러나 우연히 찾고 보니 내 마음이 더없이 시리고 알싸한 그런 사연이었다. 비록 애달픈 이야기일지라도 USB의 많은 사연 중, 모처럼 인간 생로병사의 애증이 순수하고도 담백한 인간미를 간직한 채 누군가가 어서 찾아주기를 기다렸다는 듯 나를 맞고 있었다.

여태 비난과 지탄의 대상이었던 문 목사가 동정과 위로의 처지로, 그러나 더없이 해맑은 젊은이의 모습으로 서 있었다. 그의 일기장이 종이였다면 꼬깃꼬깃 페이지마다 세월에 삭아 누렇게 변색이 되었을 듯도 한, 애련에 물든 메모리 한 페이지가 있었던 것이다.

그 옛날, 그는 자신의 첫사랑을 물에서 잃었다. 이른 봄이면 매화꽃을 그렇게도 좋아하였고, 초여름이면 그 열매 매실까지 유달리 좋아하던 그녀였다. 새콤한 청매실은 물론 노랗게 농익은 황매실도 좋아하였다. 오래 인연을 맺어온 매실 밭주인은 언제나 가장 큰 나무 몇 그루는 그녀를 위해 매실이 노랗게 잘 익도록 기다렸다 연락을 하곤 하였다.

그녀는 봄이라 부르기에는 이른 날에도 남녘에 매화의 화신이 전해오면, 기다렸다는 듯 휴가를 내 함께 봄맞이를 가잔다. 그러고는 매실이 탐스레 익을 무렵이면, 이번에는 매화꽃 향기를 닮은 그 샛노란 황매실을 따러 가잔다.

그들이 즐겨 찾던 매화동산 아래로는 개울 같은 작은 강이 흐른다. 조각을 한 듯 아름다운 절벽 바위 아래에는 조금 넓은 소가 바닥이 드러나도록 맑고 깨끗하여, 그녀가 찾기를 즐기던 곳이었다.

문 목사가 잠시 버너에 불을 붙이는 사이, 그녀는 매실을 씻으러 소로 내려갔다. 매실을 씻던 중 하나가 물에 떠내려간다. 아, 놓칠세라 손을 뻗은 게 화근이었다. 소는 그녀를 당기듯 물속으로 끌어들이고, 결국 그녀를 소에 묻어야만 했던 슬픈 추억의 매실이다. 지금도 그를 숨 막히게 하는 아물지 않은 상처, 슬픔의 매화요, 회한의 매실이다. 그때 주위 사람들이 달려와 제법 빠른 시간에 그녀를 건졌지만, 끝내 소생시키지 못한 아픈 기억이다.

당시 새파랗게 젊은 문 목사, 그는 물속에서 단 몇 분도 견디지 못하는 인간의 심폐능력에 땅을 치고 울면서도 하늘에 원망을 던질 줄은 몰랐다. 그는 참으로 선한 하나님의 백성이었다.

접시 물 같은 개울물에 빠져 허우적거리다 죽는, 인간의 슬픈 자화상을 혼자 통탄해 온 지 까마득하다. 그래서인지 그는 오래전부터 이 문제, 바로 인간이 물속에서도 물고기처럼 숨을 쉬고 살 수 있는 심폐기관을 인간의 새로운 신체기관으로 생성할 방안을 찾게 된다. 이름하여 〈인간피부호흡〉이다. 그의 아픈 과거사는 바로 그때 이 멋진 연구 과제를 그에게 부여하고 있었던 것이다.

슬픈 죽음에서 떠오른 〈인간피부호흡〉, 물론 동기나 목적으로 보아 인류공영을 위해 참으로 가치 있는 연구 과제임은 두말할 나위가 없다. 그러나 이는 후일 그의 '믿음천국' 건설의 핵심적 수단이 되고는 '한반도 대운하호' 침몰이라는 가혹한 화를 부를 줄이야… 역사는 절대 미리 알리는 적이 없다.

아직은 세세한 설명일랑 조금 미루려 하지만, 우선 그는 이 〈인간피부호흡〉이라는 놀라운 신체기관을 창조하여, 부실하기 짝이 없는 인간허파의 대체재 또는 보완재로 삼으려는 것이다.

당시의 그를 지금의 입장에서 보면, 범죄로 찌든 인류역사 앞에서 그의 인류구원의 소망은 지나칠 만큼이었고, 이때쯤 이러한 그에게 찾아든 병마는 그를 과대망상의 길로 나서게 하였다.

사실 이런 상황에서도, 다행히 〈인간피부호흡〉의 연구가 성공하여 순기능을 한다면야 이는 문 목사의 소망을 넘어온 인류의 축복이요 횡재임이 틀림없다. 그러나 달리 역기능의 작동이 벌어지지는 않을까, 심히 나를 안달케도 하는 것이었다.

〈인간피부호흡〉, 나는 놀랍고도 충격적인 그의 비밀을 알게 되면서 자칫 하나님의 노여움을 살까, 이후 닥칠 앞날이 두려워 늘 해오던 일상마저도 손에 잡히지 않았다. 〈인간피부호흡〉, 그 이름만으로도 나 혼자 알기에는 너무도 벅찰 뿐, 달리 남에게 알리기에는 천기누설이 될까 두렵기도, 가슴에 무거운 쇳덩이를 단 심정이었다. 가만히 있어도 식은땀이 흐르고 밤이면 가위눌리는 악몽에 시달려야 했다.

그는 그의 첫 여인을 물에서 잃은 후 언젠가부터, 인간이 물과 뭍을 넘나들며 어디서나 자연스레 살 수 있는 호흡기관 연구에 착상을 하게 된다.

그런데 안타깝게도 그의 이 같은 순수한 동기마저 끝내 때가 묻고 말았으니, 그때 무심코 던진 나의 그 천기누설이란 한마디가 입방정을 불렀을까 마음이 켕긴다.

〈인간피부호흡〉, 참 가치 있고 아름다운 연구를 거듭하는 사이 언젠가부터 실로 무서운 야심이 움트기 시작한 것이다. 그야말로 가공할 임팩트의 프로젝트, '믿음천국'을 이끌 〈인간피부호흡〉이 그 흉조의 그림자를 드리우고 만다.

오직 그의 전부였던 여인, 그 연인의 죽음에서도 순수하고 담백한 남자로 하나님을 찬미하던 그는 어디 흠잡을 데 하나 없는 성령 충만한 젊은이였다. 그런데도 어쩌랴, 끝내 그 애증의 익사 사고는 이토록 무서운 야심의 단초가 되고 말았으니.

　　그는 '믿음천국'의 기초설계 때부터 연구실 내에 유리 연못을 만들고는 물고기를 비롯하여 올챙이와 개구리 두꺼비 등을 길러, 이를 이용한 실험연구에 몰두하게 된다. 〈인간피부호흡〉, 이유를 모르는 사람들은 웬 피부호흡이냐 하겠지만, 물은 인간 생존의 필수불가결의 물질이지만 때로는 인간을 질식시켜 수없이 죽게 하는 흉기이기도 하다. 무엇보다 지표의 대부분을 덮어 차지하고는 좀체 인간의 접근조차 싫은 듯하니 이 무슨 횡포인가? 인간역사 장구한 세월을 인간은 그저 짝사랑일 뿐, 강이나 바다의 마음속 깊이 다가가기엔 너무나 먼 당신이었다.

　　생명수라며 고맙게만 여기는 물이 곧 흉기가 된다는 사실에 문 목사는 더없이 놀란 것이다. 연간 물로 하여 죽어가는 인간이 얼마나 많은지, 이때 물은 분명 흉기이다. 더욱 문제는 이 흉기가 도처에 널려있고, 그 크기와 위력마저 하늘 아래 가장 넓고 무서우니 말이다.

　　상상조차 두려운 하나님의 심판 중에는 유황불로 태워버린 도시 소돔과 고모라, 베스비우스 화산재로 묻어버린 도시 폼페이가 있다. 그런데 이들 심판에 사용하신 수단은 불이었다. 물론 불도 무섭지만 운 좋은 사람에겐 피할 곳이라도 있다.

그러나 노아 방주의 심판은 어떠한가? 세상을 온통 물로써 가득 채워 덮어버리니 독 안에 든 쥐는 한 방에 끝이었다. 하나님의 선택을 받지 못한 생명체는 모조리 그 목숨을 내놓아야 했다. 이처럼 숨을 곳도 비켜날 곳도 없는 완벽한 덫이 곧 물이다.

지금도 하늘은 여전히 무섭고 포악하다. 음흉하게도 구름방축에 흉기를 숨기고는 천둥 불꽃놀이로 인간을 홀린다. 홀려 든 인간을 이내 홍수에 가두고는 지푸라기 인간들을 떼거리로 물 먹여 죽인다.

물은 분명 흉기이다. 조그마한 칼이 사람을 죽게 해도 흉기이거늘, 하물며 수많은 사람을 죽이는 데야 응당 흉기이고 말고. 그 어디에 있었다는 고문용 욕조 물도 흉기에 포함하여 마땅하다. 물에 대한 공포는 작은 웅덩이에서 시작하여 끝 간 데 없는 바다에서 절정을 이루고 있다.

훨씬 뒤의 일이기는 하지만, 문 목사의 일기장에는 일본 후쿠시마의 쓰나미 사태와 우리나라 세월호 침몰 사고 때에는 〈인간피부호흡〉의 준비가 늦은 데 대한 자책감으로 엄청 괴로워하고 있었다. 그때 〈인간피부호흡〉을 준비하였더라면 지금쯤 모두는 당시 죽음의 순간을 오히려 스릴 넘치는 경험담으로 풀어

헤치고는, 자신을 떠올리며 고마워할 텐데 하며 못내 안타까워
하는 모습도 보였다.

　문 목사는 세월이 흐를수록 옛 기억에 분통이 터졌다. 바로
이 분통에서의 발상, 땅 위에서는 하나님이 태초에 달아주신 허
파로 폐호흡을 하고, 물속에서는 인간 자신의 피부를 통하여 물
에 녹아 있는 용존산소를 흡수 호흡하는 〈인간피부호흡〉을 착
안한다.

　〈인간피부호흡〉, 그는 앞에서 보았듯 하나님의 창세역사의
하자라며 인간심신의 문제점을 조목조목 들추었었다. 그런 그
때 이미 그는 또 하나의 창조의 신이 되고자 신의 길에 들어서
려던 것이다. 그가 신이 되려는 명분은 〈인간피부호흡〉 창조라
는 그야말로 창조주 권능의 영역에 들어서려기에 이에 맞춰 자
신의 신격화 역시도 어쩌면 당연하다 여겼을 것 같기도 하다.

　〈인간피부호흡〉… 겉보기에는 태연한 척 보이지만, 이제 그
의 속마음은 사생결단으로 매달릴 과업이 되었다. 그는 물고기
의 아가미 호흡은 물론 양서류인 개구리 두꺼비의 허파호흡과
피부호흡의 기능을 그대로, 인간의 피부에다 이들의 DNA 기능
을 인간 체세포와 결합하려는 연구를 극비리에 한다. 또한 중남
미나 아프리카 등의 고지대에 진화의 흔적 없이, 원시모습 그대

로 서식하고 있는 두꺼비와 덩치 큰 황소개구리도 실험재료로
삼고 있다.

　그는 실험에서 수많은 시행착오와 실패를 거듭했다. 어찌 쉽
겠는가? 지금은 개구리의 난자와 정자를 수정시킨 4일째 되는
배아에서 줄기세포를 채취하여 배양하고, 자신의 피부세포를 떼
어 유전자 정보를 가진 핵을 분리한 뒤, 그리고 공여받은 개구
리 난자의 핵을 제거하고 여기에 분리해 낸 자신의 핵을 집어넣
어 배양하여, 자기와 똑같은 유전자 정보를 가진 배아줄기세포
를 얻을 수 있다는 가설 아래 연구를 진행하고 있는 것이다.

　이렇게 하여 배아줄기세포를 자신의 피부에 분화시킬 수 있
다면 자신에게는 지금껏 없던, 아니 인간 어느 누구도 하나님으
로부터 부여받지 못한 〈피부호흡인간〉이 창조 탄생되는 것이
다.

　이는 그야말로 제2의 창조로, 인간역사 미증유의 위업이다. 이
는 보통 예사로운 쾌거가 아님이다. 인간이 바다를 흙 마당처럼
마음대로 이용할 길을 여는 것이니, 지금껏 그 어떤 지적 재산권
보다 인간에게 유용, 유익하다 할 것이다. 기껏 해녀나 잠수부
스쿠버다이버만의 일시적 제한적 공간이던 바닷속을, 인간 누구
나 마음껏 향유할 수 있게 된다니 상상만으로도 즐겁고 행복한
일이다. 인간 삶의 대전환, 문명문화의 대변환이 눈앞이다.

이제 그의 집념 어린 연구는 상당한 성과를 이룬 듯하다. '믿음천국', 처음에는 어쩌다 이름만 지어보았을 뿐, 사막에 기둥 하나 꽂고는 집 짓는다 들먹거린 꼴이었다. 그러나 지금 그의 '믿음천국'의 건설계획서에는 설계도와 시방서는 물론, 잘 설정된 건국강령까지 첨부하여 이제나저제나 공표의 날만 기다리고 있다.

헤아릴 수도 없는 실패를 거듭하며 좌절과 포기의 갈등 속에서도 기도에 또 기도로 버티며, 끝내 양서류의 호흡기관을 인간이 차용할 수 있는 길을 연 것이다.

이게 진정 사실이라면 그가 평소 내세우던 자칭 '야훼'니 '작은 하나님 아버지'임이 영 거짓은 아닌 것이다. 아니 거짓이 아닐 것이라는 정도가 아니라, 그가 인간으로 화신한 하나님이시거나 다시 오신 예수님이실지도 모를 일이다.

한편 나의 이런 생각은 무리가 있다는 걸 알면서도, 나는 그의 연구 목적과 목표에서 참으로 흥미진지하고 가치 있는 인류의 새로운 도전을 보았다. 그 발상만으로도 너무나 인간적이라는 어떤 카타르시스와 함께, 그래서 성공하여 문 목사의 소망인 인류의 삶이 풍요롭고 윤택해져 범죄가 발붙일 수 없는 세상으로 벌써 내가 이사를 가는 듯 착각에 빠지기도 하였다.

제2창세의 임상실험 Ⅰ

그의 말대로라면, 이런 성과 속에 이젠 정원에 조성한 수영장도 제 역할 제 기능을 하게 되었다. 얼마 전까지는 그의 연구실 목욕탕에 물을 채워 한껏 웅크려 잠기는 방법으로, 그의 초기 실험결과를 임상 테스트하였다. 그러나 이제부터는 정원 한쪽, 그 용도가 궁금하던 수영장이 본격 제 역할을 한다.

여태 정체불명이요, 용도불명이던 30미터 깊이의 그 수영장이 그야말로 새 세상을 열 교두보가 되려는 것이다.

사실 인간에게 그 유용성의 가치로 따진다면 현대 과학문명의 집대성이요, 총아라 할 우주탐험은 물론, 다른 그 어떤 과학기술도 이 〈인간피부호흡〉의 실험성공에다 비교조차 되겠는가? 〈인간피부호흡〉! 아직은 미완이지만, 이 〈인간피부호흡〉의 세상이 열리기만 한다면 한마디로 인류는 횡재를 만나게 된다.

강물은 물론 저 오대양 바닷속을 물고기처럼 자유롭게 유영하는 인간세상을 한번 상상이라도 해보자. 그 흔한 익사니 하는 인간의 약점을 원천 봉쇄하여 좋고, 바닷속을 운동장이나 공원 삼아 인간의 유희를 즐길 공간을 넓혀 좋다.

무엇보다 좋은 건, 그야말로 인간의 삶의 터전을 땅에서부터 바닷속으로 넓히는 것이니, 바로 이 지구가 서너 배 이상 커지는 셈이 되는 것이다. 그래 맞다. 꼭 우주 정복부터가 아니라 지구의 바닷속부터 친인간의 공간으로 만들어야 순서란 말이 맞아 보인다.

그야말로 제2창세의 둥지가 될 그의 연구실에는, 그는 물론 온 인류에게 환희의 선물이 될 〈인간피부호흡〉이 영글고 있다.

여기까지 숨 가쁘게 달려오면서 나는 USB의 깊은 동굴에서 진로가 막히거나 방향을 잃고는 낯선 길목에서 아까운 시간만 날리던 기억도 새롭다. 그러나 이제는 카메라 앞에 선 전라의 모델을 대하듯, 대운하호 침몰사건의 전모가 그의 일거수일투족의 궤적과 함께 내 눈에 선하다. 목적 동기 과정 관련자 그리고 결과 등등, 그의 거사 시나리오가 바로 내 손 안에 있는 것이다.

지금에서 보면, 나나 세상 사람 누구든 이미 침몰된 대운하호는 문 목사에 의해 계획적 침몰사건임을 모르는 사람은 없을 것이다. 이미 사법당국이 사건을 그렇게 정리를 하였고 내 판단

또한 그러함을 인정하지 않았는가?

그러나 사법당국의 그 '계획적'이란 말은 아직도 나를 제외한 다른 모든 사람에게는 그저 추상어일 뿐, 그러니까 사법당국 관계자까지도 막연한 표현의 우를 범하고 있는 셈이다.

왜냐하면, 그 사건이 문 목사의 계획적 범행이라 할 때 그 '계획적'에는, 범행 동기 목적, 수단 방법 범행과정 등등이 제대로 입증되어 있어야 하는 것이다. 그냥 계획적이라 함은 그래서 추상적일 뿐, 무책임한 표현이다. 단언컨대 이는 후일 언젠가 나를 통하여서만 그 추상성을 벗을 수 있을 뿐이다.

그러나 아직 나도 알 수가 없는, 그런데 세상 어느 누구도 궁금해 하지도 않는, 그래서 내가 더욱 궁금해지는 게 하나 있다. 바로 그가 1년이나 지난 지금껏 물속에서 살아있느냐 하는 것이다. 믿음천국의 교두보, 그를 신으로 세워줄 '인간피부호흡'이 문제없이 제대로 기능하고 있는지가 궁금하여 견딜 수가 없다.

언젠가 선박이 인양되는 날 그가 살아있다면 그는 문 목사가 아니라 하나님의 이름으로 이 세상 구원자로 오시는 것이다. 어서 선박인양을 서둘러야 한다. 인류 구원자 메시아가 선박창살에 갇힌 지 벌써 1년이다. 그런데 그곳이 수심 300미터라니 정말 걱정이다.

또한 걱정인 것은, 사고 후 1년이 흐른 지금까지 대운하호 침몰사건과 관련한 여론의 향방과 파문은 여전히 증폭만 거듭될 뿐 좀체 수그러들지를 않는다.

대한민국, 북한, 중국, 일본 동북아 4국은 자국의 국가원수를 포함한 정계, 재계, 학계 연예계 등 범국가적 동량들이 한꺼번에 유고를 당하였으니, 그 엄청난 인적공백을 메울 일부터가 나라마다 여전히 내홍의 몸살을 앓게 한다.

난마로 얽힌 사고후유증으로 희생자 수습 방안조차 후순위로 밀려나니 유가족의 원성은 세상을 뒤흔든다. 고소 고발은 물론 온갖 유언비어 속에 내 편이 아니면 모두가 적이다. 나라 안은 안대로 밖은 밖대로, 사건의 배후관계 규명과 사고 수습 등 모든 과정 절차마다 견해와 이해가 뒤엉기어 있다. UN 등 세계의 기구들이 나서 보지만, 분란만 더할 뿐이다.

끝없는 파열음에 세계가 경악하고 사람마다 안색이 누렇게 떠 있다. 밖의 세 나라의 민심은 당장 포탄부터 날리란다. 한반도가 그야말로 위기이다.

이런 아비규환 속에서도 나의 대운하호 침몰사건의 실체탐구는 마무리에까지 왔다. 요즘 생각으로는 천사형수님에 대한 나의 도리이기도 한 본 작업을 끝내고는 무엇보다 세상 상처를 치유하는 일부터 나서야겠다는 마음이다.

그러나 매우 조심스럽다. 지금의 분위기라면 밝힌 실체를 손

에 쥐고서도, 문 목사를 두둔한다는 느낌의 어떤 말 한마디로
도 먼저 나부터 흉흉한 민심 파고에 휘둘릴 것이 뻔하다. 내가
밝힌 실체란 것도 지금의 그들 앞엔 불난 집에 부채질이요, 기
름 붓는 짓거리에 다름 아닐 것이기 때문이다.

사고 당사자의 나라마다 이해관계자들은 호미에서 다시 가래
로도 막지 못할 극한 불신으로 갈라서 있다. 그러하니 지금 나
는 사실을 밝히며 나름대로 죽을 고생을 다하고도, 보람은커녕
마음은 영 개운치가 않다.

그리 길지 않는 세월인데도 내가 어디 종신형 수인의 심정 같
다. 사고 수습은 갈수록 꼬여 가고, 오늘따라 멍한 나는 마무리
펜마저 놓은 채, 대양 한복판 태풍의 눈에 갇힌 난파선에 앉아
있다. 마음 같아서는 어떻게든 하루빨리 지옥 같은 이 USB 감
방에서 탈출하고 싶다. 오늘따라 애들 생각 집안 걱정에 마음이
단다. 몸이 휴식을 달라는 적신호인가 보다.

요즘 나는 부쩍 이런 따위의 사설과 푸념을 쏟아내고는, 다
시 이런 나의 푸념에 내가 화들짝 놀라기도 한다. 오늘따라 눈
꺼풀이 무겁고 심한 이물감에 눈을 비비다 우연히 거울 앞에 섰
다. 참 오랜만의 내 모습이다. 순간 마주 선 어느 홀아비인가 때
꾼한 눈에 덥수룩한 수염까지 몰골이 꾀죄죄하다.

내 모습에 놀라는 순간 슬그머니 화가 난다. 갑자기 아내가

수상해진다. 옛날에는 내 치장에 더 신경을 써주던 아내였는데…. 어찌 이 모양에 이르도록 잔소리든 뭐든 아무 관심이 없었을까? 바가지를 깨어버렸나, 한마디 잔소리도 없었다. 그냥 지적만 해줘도 될 것을…. 영 궁금하다. 아무리 자기 몰골은 자기 책임이겠지만 말이다.

요즘 아침저녁 커피 손님이 있다며 아침식사도 거르고는 자기 화장하기에 바쁜 아내의 모습이 아직도 안방 거울에 남은 듯하다. 젊은 세대와 어울리더니 어디 날 뒷방 늙은이 취급을 해…. 묘한 기분으로 내몰린다. 그사이 관심이 없어진 아내에게 갑자기 별별 생각을 끌어 붙이고 있다.

이왕 이참에 전화로라도 한마디 해야겠다 싶다. 하지만 별수 없어 내 나름의 화의 수위를 낮추고는, 문자로 그것도 완곡히 기분을 전한다. 그런데 즉각 반응이 왔다.

아휴 그런 기분이었어요? 어쩌나, 미안해요. 늘 잘 챙겨드려야 하는데. 앞으론 더욱 관심을 보일게요. 나 바쁘단 핑계로 당신을 믿고는 그만… 화 푸세요. 사실 난 요즘 당신의 숨은 그 야성미를 발견하고는 은근히 그 모습을 좋아하고 있었어요. 말 않고 즐기기만 해 미안해요. 후후후… 당신은 어떻게 해 있어도 멋져요. 여보 ♡♡♡, 힘내세요. 나의 영원한 호프 최진식 탐정님. 후후후…

아내도 날 탐정이란다. 그리고 뭐 야성미? 나는 그만 웃고 말 았다 미안한 마음과 함께. 사실 난 이런 불평을 문자로 보내고 는 '내가 혹 의처증?' 하고는 겁이 났다. 그러나 아내의 댓글에 금방 맘이 풀리는 걸 보니 걱정할 정도는 아닌가 보다.

나는 아내에게 항의성 문자를 보낼 때까지 별별 억측을 하고 있었다. 심지어 읽기조차 찜찜하던 김동인의 감자의 한 페이지 를 떠올리고 있었으니….

유교의 가품으로 그 찌든 가난조차 이겨내던 복녀가 어느 날, 호구지책의 매음을 알게 되고 점차 버릇처럼 매음에 나서더 니, 드디어 본격적으로 왕 서방과 다목적의 매음을 즐기고는 끝 내 파멸하는, 그 이야기가 떠오르는 데는 정신이 바짝 들었다. 내가 이 얄궂은 탐정의 일로 퇴직까지 하고 나니 나를 먹여 살 리기 위해 돈 벌러 나간 아내이다. 그러니 내 아내가 복녀의 처 지일 수도 있다는 생각에 소름마저 끼치는 것이었다. 정말 의심 은 크기 전에 풀든지 잘라야 할 것이다.

몇 마디 수신 문자에 안심과 신뢰를 회복하면서도, 형광 빛보 다 여린 아내를 태양광 아래에다 그대로 노출시켜 돈 벌어오라 떠다민 내가 어쩜 저 복녀의 남편보다 더 지질한 건 아닐까 싶 다.

하늘은 늘 그곳에 있다는 고정관념처럼 늘 내 옆에 있을 거라 잊고 있는 아내란 존재, 그러면서도 의심까지라니…. 오늘은 새삼 그 존재와 가치가 나를 에워싼다. 그래 아내가 귀가하면 기쁘게 해줘야지.

여태 문 목사의 궤적을 쫓으며 그를 한순간이라도 놓치면 무슨 큰일이 날 것처럼 하던 내가 갑자기 가족생각에 빠진다. 아내도 아내지만 애들한테도 미안해지더니 울컥 눈물이 난다. 오래도록 소중한 것들을 잊고 있었다. 다 미안하다. 오늘부터라도 식구 한 사람 한 사람 귀가할 때마다 조금은 오래도록 반가움을 나눠야겠다. 참 오랜만에 제정신이 든다.

아, 그러려면 지금은 어서 또 USB 속으로 들어가야 한다. 예상보다 빨리 먹구름이 몰려오는 심각한 상황이 감지되고 있기 때문이다.

〈인간피부호흡〉 그간 문 목사가 이룬 성과는 뭇 인간에게는 횡재요, 영장 인간으로서는 더없이 기분 좋은 승리이다. 그런데 웬걸, 횡재와 기쁨을 누리기에 앞서 먼저 재앙부터 맞아야 한단다. 흔히 세상에서 말하는 큰일 앞에 닥치는 어떤 액땜 같은 것 말이다.

정말 이를 수가! 〈인간피부호흡〉, 축복의 단맛을 맛보기도 전에 먼저 재앙의 쓴맛부터 보라니, 간이 철렁 떨어진다. 참 이런 낭패가 없다.

그런데 이 낭패라는 조어(造語)가 지금 나의 상황과 너무도 흡사하여 더욱 기막히다.

전설의 동물인 낭과 패는 늘 붙어있어야 한다지 않던가? 낭은 용맹하나 뒷다리가 없고 패는 꾀는 많으나 앞다리가 없다 했다. 그러니 둘이 하나가 되어야만 꾀와 용맹도 소용이 있는 것이다. 그러니 둘이 떨어지면 낭패라며 생겨난 이 낭패가 참으로 기막히지 않은가?

그간 '믿음천국' 건설이니 '화목제'니 〈인간피부호흡〉이니 하는 말만으로도 나는 가슴을 졸여야 했다. 이 말들을 종합하면 곧 대운하호 침몰로 귀결되는 것이 아니냐? 여태 걱정의 끈을 놓을 수가 없었지만, 막상 저주가 임박하다니 간이 철렁 떨어진다. 그야말로 낭패다.

하나님 창세에 버금할 역사, 〈인간피부호흡〉이 제대로 숨 쉬고 기능하기 위해서는 제사의식을 성대히 치러야 한다는데, 그런데 문제는 제물이다. 인간의 피와 살을 정성껏 바쳐야 하는, 그것도 다다익선, 그 수가 많으면 많을수록 좋다지 않은가?

마치 대음악회를 화려한 서곡으로 열어젖히듯, 〈인간피부호흡〉의 장도를 위해 먼저 인간의 피와 살로 화목제를 올려 하나님의 축복의 길을 틔우겠단다.

†

대운하호와 함께 살아 펄떡이는 인간 생명을 하늘에 바침으로써, 지난 인간의 악행에 대한 처절한 회개의 징표를 하나님께 드림이요, 전쟁과 살육으로 원통히 죽어간 원혼에 대한 진혼제를 드리는 의미이기도 하단다.

또한 참으로 무모하고 두려운 이야기이지만, 문 목사에 의하면 지금껏 우리가 누리고 있는 세상은 하나님의 창세완성의 세상이 아니란다. 자신의 〈인간피부호흡〉으로 '믿음천국'의 개국에 이르러서야, 비로소 하나님의 '창세완성'의 날이 되는 것이란다.

그의 머리에는, 계획대로의 침몰 후에도 다시 대운하호의 인양이 성공하여야만 자신도 살아 세상으로 돌아올 요량이 있다. 그러기에 이번 한반도 대운하 개통기념 4국 선상정상회담 일을 D데이로 잡은 데는 그만의 예리한 계산이 깔린 것이다. 세상의 온 눈과 귀를 때릴 충격효과는 물론, 무엇보다 4국의 국가원수와 삼천의 희생자가 탄 선박을 인양하지 않을 일은 결코 없을 것임을 확신하기 때문이다.

이런 일련의 상황을 염두에 두며 문 목사는 나중에 오해의 소지를 없애기 위해 자신이 갇힌 선실에는 한 방울의 공기도 없음은 물론, 선박침몰 과정에서 무거운 집기 등으로 출입문이 가로막혀 끝내 탈출불가의 상황이었음을 필요하다면 입증할 방안도 마련하고 있었다. 자신은 가급적 물속에 오래 살아있어야 하고 또 나중에 사람들은 살아있으면서 왜 일찍 헤엄쳐 빠져나오지 않았느냐 의심의 눈초리를 보낼 수도 있기 때문이다. 물론 이미 신이 되어 돌아온 그에게 그따위 의혹이야 무슨 의미가 있을 것인가마는.

그는 무엇보다 물속에서도 얼마든지 살 수 있는 권능의 능력자임을 만천하에 보여야 하기에 식량, 음용수, 보온, 수압, 조명 문제 등등 상당 기간 물속의 생존대책도 엄밀히 마련하고 있었다. 심지어 장기 체류에 대비 통발 등 어구도 챙겨 식량 확보에도 만전을 기하고 있었다.

참으로 치밀하기도 하거니와 그만큼 피부호흡에 대한 믿음, 살아 돌아온다는 확신이 없이는 불가한 처신이다. 얻기도 전에 전부를 잃을지도 모르는 모험, 그러나 위험이 크면 클수록 문 목사의 생환, '부활기적'의 효과 또한 극대화될 것을 믿기 때문임은 두말할 나위가 없다.

대운하호를 인양하는 바로 그날 세계의 눈과 카메라가 인양되는 대운하호에 집중한다. 물론 생존자를 일찍이 포기한 인양작업, 먼저 4국 정상들의 싸늘한 주검과 3천의 시신이 확인될 것이다. 그런데 이때 느닷없는 생존자의 소식, 세상은 이 믿기지 않는 사실에 발칵 소동이 날 것이며, 그가 바로 문 목사임을 만천하가 목도하게 된다. 다시 이는 자연스레 예수부활의 기적으로 승화되고, 자신은 아침 찬란한 일출처럼 온 세상에 우뚝 솟아오를 것이라 확신함이다.

문 목사 그가 획책하고 있는 일련의 음모는 바로 예수의 죽음부활 그 자체이다. 십자가 죽음부활 같은 유사기적의 권능으로 세상을 발칵 뒤집을 심산이다. 그러니 그의 기적은 오직 〈인간피부호흡〉에 달려있다. 완벽한 '피부호흡'만이 권능을 쌓아 그를 우뚝 세울 것이다.

아무튼 그는 〈인간피부호흡〉을 통하여 화목제와 '믿음천국' 개국의 역사를 무사히 거침으로써, 비로소 미숙한 인간이 성숙한 영장의 반열로 재탄생한다고 주장한다. 자식 된 인간으로서는 하나님 아버지께 첫 효도를 드림이요, 하나님으로서는 비로소 '창세완성'이란다.

그의 권능으로 정화된 '믿음천국'은 범죄가 사라지고 아니, 사라지고가 아니라 범죄란 말은 이제 고어사전에나 있을 뿐 평화와 복락만이 인류의 몫이다. 이로써 산적한 인간문제를 인간 스스로가 해결함이니, 영장의 자녀로 이 땅에 내신 하나님 아버지의 근심을 덜어드림이다. 곧 효도이다. 비로소 하나님의 창세의 뜻, 영장으로서의 인간이 완성되는 순간이다. 하늘과 땅에 겹경사이다.

제2창세의 임상실험 II

　〈인간피부호흡〉, 처음에는 연구 성과가 나지 않는다고 심히
괴로워하던 문 목사였다. 그러나 결코 실망하지는 않았다.

　젊은 날 연인 앞에 못할 약속이 없듯이, 하늘의 별도 따 줄
듯 외친 그 한마디 〈인간피부호흡〉, 그러나 결코 냉철한 현실적
약속은 아니었다. 단지 지워지지 않는 그리움, 그 주체할 수 없
는 상실감에서 폭발한 가슴말일 뿐이었다.

　분명 〈인간피부호흡〉은 자신의 능력과는 무관한 것이다. 소
망하는 목표와 자신의 능력과의 괴리를 그인들 몰랐을 리도 없
었을 것이다. 이는 물론 그가 정상일 때의 이야기이다.

　전대미문의 〈인간피부호흡〉, 이에 관한 선행연구는 있을 리
가 만무하고, 그러니 전문가도 있을 리가 없다. 그가 꼭 그 길을
고집한다면 능력자 하나님이 대신해 주시지 않는 한, 오직 자신

의 인내와 끈기만이 길일뿐이다. 물론 조금이라도 관련이 있는 자료나 문헌이 있다면 밤을 밝혀 공부도 하고, 또 얼마만이라도 도움이 될 만한 전문가를 찾아 나서기도 하였다.

그는 목사의 직분이지만 이제 '믿음천국'만이 구도의 목표요, 어느 사이 〈인간피부호흡〉만이 그가 걸을 순례의 길이 되고 말았다. 젊은 날 순백의 영혼으로 무릎 꿇어 낮아지기만을 기도하던 그가, 이제는 '믿음천국'과 〈인간피부호흡〉만이 그의 신앙이요, 푯대가 되었다. 어떤 날은 몇 끼씩 식음도 거른 채 실험연구에 몰두하였다. 그러니 시간이 흐를수록 마음은 초조해지고 몸은 허약해 갔다.

그럼에도 불구하고 단지 더딜 뿐이라며, 창조주 하나님에 버금할 자신의 신격화를 〈인간피부호흡〉이 열어줄 것이라 확신하고 있다. 그만큼 〈인간피부호흡〉은 자신의 권능의 상징이요, 트레이드마크로, 이미 하나님의 인 치심을 받았다는 그의 철석같은 신념이요, 유일한 희망봉이다.

그런데도 그의 속마음은 이 길이 너무 멀고 진척이 멈춘 듯 더디기만 하니, 심신은 닳고 닳아 이제 끈기도 바닥이다. 몸과 마음이 피폐해져 간다. 무엇보다 이 일만은 어떤 경우에도 극비여야 하고 또한 속 시원히 남의 자문을 구할 수도 없으니, 자신이 벌려놓고도 고립무원의 외로움에 한없이 떨고 있는 것이다.

〈인간피부호흡〉의 성공은 인류 역사상 그 어떤 발명이나 발견보다 유익한 공적이 될 것이지만, 문제는 능력이요, 현실적 결과물이다. 그러니 티끌 같은 그의 능력 앞에 먼저 찾아드는 것은 마음과 정신에 스며드는 병마이다. 이런 상황이 길어지고 깊어질수록 배신의 주로에 선 그도 기댈 곳은 하나님뿐이니 스스로 모순의 길을 헤매고 있음이다.

"하나님 아버지! 응답하소서. 인간세상을 이토록 아름답게 여사, 그리울 게 하나 없이 부요와 평강을 누리게 하시는 아버지! 그런데 어떻게 된 영문인지 인간들은 끝없는 탐욕으로 배를 들이밀며, 늘 부족하다는 타령만 합니다. 아니 이젠 타령을 넘어 이웃 땅과 백성과 터전을 빼앗고, 인류와 이웃을 파괴하고 지구를 병들게 하며 서로를 죽이고는 두고두고 원수를 삼습니다. 이 탐욕 이 죄악을 어찌 감당해야 하옵니까?

하나님 아버지, 이제 약속하신 '믿음천국'의 옥새를 하사하소서. 비리, 부정, 기아, 질병, 살인, 테러의 공포가 여전히 기승을 부립니다. 나라마다 인종마다 종교마다 함량미달의 지도자로 하여 전쟁의 공포가 사라지지 않습니다. 세상이 그저 무서울 뿐입니다. 오래도록 방치된 인간의 포악성에는 이제는 강력한 원인요법만이 처방일 뿐입니다. 지금껏 처치하던 온갖 대중요법은 이제 그 내성으로 치료에 한계를 하나님도 보시고 계시지 않습니까? 부디 인간죄악 근치의 특효처방을 내려주소서.

참으시는 하나님 아버지, 사랑과 긍휼로 참고 참으신 그간의 분노를 이제는 더 이상 숨기지 마시고 저를 사용하여 화를 푸소서. 어쩜 아버지는 참으실지라도 이제 저는 참을 수가 없습니다. 저가 나서렵니다. 저를 도구로 사용하소서. 선한 자식 된 저로서는 인간으로 하여 아버지를 더 이상 욕되게 할 수는 없습니다. 오직 아버지에게는 영광만이 합당할 뿐입니다.

아버지, 다시 한 번 무릎 꿇어 간구하나이다. 인간의 회개를 무작정 기다릴 수는 없습니다. 이제 저가 나섭니다. 저를 마지막으로 사용하소서. 그간의 약속대로 아버지를 대신할 권능의 카리스마를 주옵소서. 폐호흡에 더하여 〈인간피부호흡〉의 마지막 고비를 넘게 하소서. 그 길을 통하여 지옥에 떨어질 인간들을 회개로 인도하여, 이 지구를 태초에 아버지가 뜻하신 인간낙원으로 완성하여 바치겠나이다."

그의 기도에서처럼 아직은 〈인간피부호흡〉이 성공 선언의 단계까지는 아니지만, 곧 성공을 확신하는 분위기가 감지되는 가운데, 그의 노련한 기획연출의 능력으로 벌써 한마당 잔치계획까지 내놓고 있다. 그 요지만 간추려보면 다음과 같다.

제목 : 한반도 대운하 준공, 대운하물길개통 및 믿음천국 개
　　　국 축하화목제
일시 : 한반도 대운하 개통 일 및 다음 날 새벽
장소 : 한반도 대운하 물길과 남해 일원
중요 이벤트 : 출연진 3000(동북아 4국 정상 포함)을 대운하호와
　　　　　　함께 남해를 통해 하늘에 바치는 화목제 의식
이벤트의 목적 : ….

이벤트의 목적은 비어 있지만, 사실 이 연출계획은 겉모습일
뿐, 예수부활 기적과 같은 유사기적의 효과를 통하여 문 목사의
권능을 창조주의 반열에 올리려는데 있음은 이미 여러 번 관찰
된 바이다. 그로 하여금 단일인종, 단일종교, 단일언어, 단일지
도자의 믿음천국 강령을 만천하에 선포할 또 한 분의 창세주, 신
의 등극의 길을 열기 위함이다.

　그럼 앞에서 잠시 건너뛰었던 본 사건의 줄기를 다시 이어,
문 목사의 그간의 행적을 살펴보자.
　문 목사는 머잖은 한반도 대운하 준공을 바라보며 앞으로 펼
쳐질 크루즈관광선 사업에 초미의 관심을 보인다. 사업권을 따
내는 일이 문 목사의 발등의 불이 되고 있다. 이 사업권은 황금
알을 낳을 것이라며 내로라하는 재벌그룹마다 뛰어들어 경쟁이

치열하니 더욱 그러하다.

문 목사에게는 황금알 사업권도 중요하지만, 앞의 잔치계획에서 본 바와 같이 이미 그 물길의 사용권 확보를 전제로, 투입될 선박을 '대운하호'라 이름까지 명명하여 거사계획을 짰듯이, 이 사업이야말로 '믿음천국'으로 가는 직통 나들목임을 일찍이 계산하고 있었던 터이다. 어떤 희생을 치르더라도 기필코 따내야 할 사업이다. 참으로 바쁘다.

뇌출혈 환자에게 골든타임의 응급처치처럼, 그의 길은 지름길을 뚫어 제때에 에너지를 공급하지 못하고서는 그의 '믿음천국' 건설을 위한 용광로는 결코 달굴 수가 없다. 더욱이 이 사업권의 주변에는 그야말로 부정과 비리와 향응의 야합이 도사리고 있어, 그들 무리와 공생을 도모하지 않고서는 하나님을 대신하겠다는 그의 야망도 자칫 물거품이 되기 십상이다.

그러니 나름의 숭고한 목적을 앞두고는 그도 어쩔 수가 없다. 비록 추잡한 모리배인들 초록은 동색의 보호색을 띠고는, 동지요 혈맹으로 진군가를 앞장서 부르지 않을 수가 없다. 자칫 '믿음천국'의 골든타임을 놓치는 경우는 상상에서조차 있어서는 안 되니까. 그는 누구 못지않게 영악하다. 그러기에 정상적인 일은 정상적으로 풀고, 뚫어야만 풀릴 일은 또 그렇게 뚫어서 풀고 있다.

철조망을 통과하려면 밑으로 기는 방법 위로 타고 넘는 방법 폭파하는 방법이 있다던 군 시절 각개전투 훈련이 떠오른다. 그래 넘을 길에 철조망이 있다면 상황에 맞는 방법을 강구해야 하는 것이다. 그는 어떤 대목에서는 떼도둑처럼 몰래 모여 모의를 해야 했고, 또 그 모의를 도와줄 또 다른 도둑의 연줄을 찾아야 했다. 그러면서도 점조직으로 파고들어 음모의 흔적을 남기지 않아야 했다.

게다가 문 목사의 말인즉 늘 하나님께는 영광이지만, 행동은 하늘 대적의 '믿음천국'이 아닌가? 그럼에도 이 엄청난 음모를 홀로 총괄해야 하니 어찌 몸도 심령도 고단치 않겠는가? 이런 가운데서도 다행인 것은, 〈인간피부호흡〉이 성공의 문턱을 넘는 사이, 그 외의 분야에서도 심복 수하들의 임무수행 또한 완벽하다. 일정에 차질이 없도록 큰아들을 통한 관리감독과 보고체계 역시 잘 가동되고 있었다.

물론 〈인간피부호흡〉의 연구만은 아무런 뒤탈이 없게 늘 혼자여야 한다. 그러기에 그는 알을 품은 암탉처럼 연구실을 떠날 줄을 모른다. 모성애는 죽음마저 초월하듯 그의 인류구원을 향한 집념은 비장함을 넘어, 혹 재림의 예수 그리스도이거나 인간으로 화신한 하나님이 아니실까, 놀랍게도 이런 상상조차 들게 한다. 물론 둘 다 아님이다. 그의 집념이 단단해질수록 허물어져가는 것도 있다. 이제 뭔가 알아들을 수도 없는 혼잣말로 중얼대는 버릇이 심상찮아 보인다. 병들어 간다는 것은 그가 분명 예수그리스도도 하나님도 아님이다.

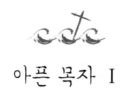

아픈 목자 I

　이러한 증상이 계속되던 지난해 이른 봄이었다. 그는 정원을
가득 채우고도 실험실까지 배어드는 매화의 향기를 느꼈는지
고개를 돌려 정원 쪽을 물끄러미 바라본다. 해마다 그렇게 좋아
라고 반기던 그 매향이다.

　그런데 이상하다. 권태증에 노곤해진 어느 부부 사이처럼, 이
제는 눈까풀마저 반쯤 닫은 채 매화를 바라보기조차 시들해 하
는 것이다. 어디 짧은 감탄사도 반가움도 그리움도 이미 바래이
고 후줄근한 추억일 뿐, 잊었는지 귀찮은지 통 반응이 없다. 매
화가 꽃망울을 터뜨리면 열일을 제쳐놓고 정원으로 달려나가던
그가 아니던가? 물론 지난해 이맘때만 해도 한걸음에 달려나가
던 그였다. 그러던 그가 한 해 사이에 딴사람이 되어 있다.

　그가 변하지 않았다면 오늘 매향을 느끼는 순간, 그는 대자연의 섭리에 먼저 하나님을 찬양하고, 매섭도록 찬 날을 이긴 꽃잎에 애정 어린 입맞춤도 보냈을 것이다. 코를 벌렁대며 매향에 취하고는 서럽도록 그리운 옛 여인을 어떻게도 잊을 수가 없노라 그 이름을 목 놓아 불러댔을 것이다.

앞서의 얘기처럼 아련한 그때, 첫사랑 그녀는 매화를 무척이나 좋아했다. 남녘에 꽃소식이 들려오면 봄을 찾아 나서자며 앞장서 휴가를 챙기던 그녀였다. 언제 어디서든 그녀와의 만남은 한 그루 화사한 매화와의 만남이요, 휴가가 끝난 뒤에도 지워지지 않는 매향으로 그의 곁을 지켰다.

매화 밭을 거닐며 홍에 취하면 문 목사가 시인 김용택의 「봄날」을 읊조린다.

나 찾다가

텃밭에

흙 묻은 호미만 있거든

예쁜 여자랑 손잡고

섬진강 봄물 따라

매화꽃 보러 간 줄 알아라.

그의 부드러운 듯 섹시한 듯 감미로운 낭송에는 어김없이 뒤

따르는 그녀의 눈물이 있었다. 그의 시낭송의 능력인지 그녀의
감성의 능력인지, 아마도 잘 맞는 너무도 잘 맞는, 그들만의 궁
합의 능력이리라. 그녀도 질세라 이어 매화를 노래한다.

매화에 봄 사랑이 알큰하게 펴난다
알큰한 그 숨결로 남은 눈을 녹이며
더 더는 못 견디어 하늘에 뺨을 부빈다
시악씨야 하늘도 님도 네가 더 그립단다
매화보다 더 알큰히 한번 나와 보아라

매화향기에서는 가신 님 그린 내음새
매화향기에서는 오신 님 그린 내음새
갔다가 오시는 님 더욱 그린 내음새
시악씨야 하늘도 님도 네가 더 그립단다
매화보다 더 알큰히 한번 나와 보아라.

미당 서정주의 시를 그녀의 떨림이 독특한 음색으로, 낭랑히
남자의 가슴을 적신다. 그러나 다 전설같이 흘러간 회억일 뿐이
다. 올해는 매화나무마저 아픈 주인을 걱정하는지 기가 죽은 듯
하다. 하지만 곧 다시 원기를 회복, 겨울로 언 우리의 마음을 따

뜻이 녹여줄 것이다. 예부터 매화는 인정을 좋아하고는 돌담장
마을을 끼고돌며, 한해의 첫 냄새를 인간에게 전해주지 않던가?
나는 매화를 그토록 좋아했다는 문 목사의 첫 연인을 매화여인
이라 이름하고는 얼굴을 아는 듯 가끔 떠올리기도 한다.

오늘은 은은한 매향 때문인지 매화여인 옆에는 젊은 문 목사
도 따랐다. 그들이 거니는 매화동산은 젊은 두 남녀의 정념을
부추기고 꼬드길 준비가 끝나있다. 맞잡은 손에 이중창으로 봄
의 왈츠가 흐르면, 매화동산은 그들만의 꿈의 궁전이 된다. 겉
으로는 키득키득 수줍음을 타던 사내도 여인도, 이때쯤엔 호호
하하 앙큼하기 짝이 없다. 여인이 한 마리 나비 되어 팔랑팔랑
춤을 추면, 사내도 덩달아 어깨가 근질근질 날개가 돋는다. 종
일 한 쌍의 나비는 매화 동산을 넘어 장다리 꽃밭에도 기웃기웃
인사를 한다.

그런데 갑자기 내 눈이 이상하다. 조금 전까지 그 화사하던
매화 동산도 한 쌍의 나비도 오간 데가 없다. 아무도 살지 않는
흉가에 내가 갇힌 듯 적막하고 을씨년스럽다. 화사하던 매화동
산은 어디 가고 기괴한 기운만 감도는 굿마당이 되어있다. 매화
나무 둥치마다 새끼 꼰 금줄이 내걸리고 가지마다 울긋불긋 오
색천이 너울거린다. 서낭당인지 굿당인지 도무지 음산하다.

괴이한 고요가 흐르는 사이 굿마당으로 하얀 나비 하나가 나풀나풀 날아드는데, 이어 여러 고수들이 저마다 악기를 치며 뒤따르고 있다. 앗, 그런데 다시 또 내 눈이 이상하다. 초봄부터 웬 아지랑인가 했더니 순간, 안개가 몰려들고 다시 흩어지는 사이로 나비는 위엄마저 갖춘 무녀로 변신한다. 스물을 갓 넘겼을까 앳되도록 젊은 여인이다. 뽀송한 솜털 수밀도(복숭아) 빛 살갗에 반듯한 이목구비가 살짝 눌러쓴 고깔 속에서도 빛난다. 가냘픈 허리를 살짝 드러낸 치마저고리를 하얗게 차렸는데 매화문양이 은은한 듯 선명하다.

이 매화문양의 무녀는 영매의 신령을 접한 듯, 고수들이 두들기는 장단에 맞춰 굿춤 한판을 거방지게 펼친다. 굿마당은 춤과 장단과 노래와 주술이 한데 어울려 흥취가 한껏 돋워진다. 온 시선이 매화문양 무녀에게 쏠린다. 양손에는 칼과 요령을 바꿔가며 덩실덩실 춤을 춘다.

이어 어디 이산가족을 찾으려나, 누군가를 부르기 시작한다. 점차 춤사위가 빨라지더니 주술도 호흡도 무섭도록 거칠어져 간다. 휘이익, 휘파람 섞인 목소리는 숨이 넘어갈 듯하다. 이윽고 멀리 누군가가 보이나 보다, 어서 달려오라 닦달이다.

아, 그런데 매화문양 무녀가 불러대는 그 이름은 놀랍게도 문 목사였다. 드디어 문 목사가 도착하였는지, 귀에 익은 음성이

들린다. 그녀가 내는 목소리인데 영판 문 목사의 음성이다. 나는 문 목사 형의 목소리에도 온몸은 얼음으로 굳어있어, 반가우니 어쩌니 어디 반응을 할 수가 없다.

그런데 다음이 더욱 이상하다. 50년 만의 상봉, 그야말로 반가움은 탄성으로 터지고 북받치는 그리움은 차라리 울음으로 이어져야 할 순간이다. 그런데 그 어디에도 반가움의 탄성도 그리움의 곡성도 없다. 귀를 찌르듯 여인의 앙칼진 목소리만 허공을 가르고 메아리칠 뿐이다. 나는 얼어 굳은 귀를 쫑긋 세우고는 한 마디인들 놓칠세라 긴장하고 있다.

"문 목사, 당신은 나 말곤 어떤 여자도 없겠다던 그 맹세를 어찌하였나요? 중천금의 약속이라 힘주던 그 맹세를 명색이 사내놈이 어찌 그리 헌신짝처럼 버렸나요? 석 삼 년은 고사하고 한 삼 년만 참았어도 내 어찌 당신을 그리도 저주하였을까요? 아니한 삼 년은커녕 석 달도 못 참아 딴 년을 꿰차고는 좋아라고 입이 벌쭉, 꽃다운 이 내 나이 죽음조차 서러운데 배신까지 당하다니. 나는 차마 분하고 억울하여 저승에도 못 들고는 반백 년을 구천에서 당신 오기만을 기다렸소."

50년 만의 항의? 아니 복수? 참으로 기가 차다. 무당으로 화신한 여인은 문 목사의 그 사랑맹세가 어찌 된 거냐며 다그치고또 다그치질 않는가? 한참 후에야 후들후들 떨리는 목소리로 문 목사가 겨우 뱉은 말 또한 기가 차다.

"죽을 짓을 했어요. 그렇지만 새 여자와는 세월만 50년, 그저 남남처럼 살았어요. 그러니 용서하구려."

무조건 잘못했다 싹싹 비는 문 목사다. 그 새 여자란 바로 천사형수님이 아닌가? 같은 남자로서 참으로 한심하고 괘씸하기 짝이 없다.

그 옛 연인이란 여인도 이상한 건 마찬가지다. 제 못 먹을 밥에 재를 뿌려도 유분수이지, 죽은 혼령이 50년이 지난 옛 사내에게 어째 새장가를 갔냐며 강짜샘을 부리다니. 하도 어처구니가 없어 하는 말이지만 저승에는 소멸시효도 없나 보다.

여인의 한이란 바로 이런가? 그러기에 오뉴월에도 서리가 내리게 하는가? 말로만 듣던 귀신 씨 나락 까먹는 소리를 여기서도 다 듣는다. 저승의 죽은 자가 이승의 산 자보다 우선이니 말이다. 인간이 개입된 곳에는 이승도 저승도 참 문제가 많다 싶다.

답답한 가슴에 놀라 깨어보니 별 희한한 꿈이었다. 얼마나 생생한지 정신이 얼얼하다.

그런데 다시 놀랍다. 꿈은 나의 잠재적 근심까지 꿰뚫고 있었나 보다. 백주에 가위눌린 꿈에 진절머리를 쳤지만, 나는 깜짝 꿈을 통해 그 숱한 세월의 의문, 문 목사와 천사형수 사이의 그

애달던 얼음부부의 비사를 드디어 알고 만 것이다. 개꿈만을 꾸던 나에게도 오늘의 꿈은 참 신통하다.

내가 어찌 이런 꿈을 꾸었는지 심 봉사가 눈을 뜨듯, 그 불가해의 의문이 일순간에 딱 풀린 것이다. 매화여인의 심령술로 내가 그녀의 빙의를 맞았는지, 아니면 나의 도플갱어(혼령)가 그들 혼령과 대화를 나눴는지? 아무럼 꿈은 복잡한 준비도 절차도 요구사항도 없이 그 해묵은 숙제 하나를 대뜸 풀어주었으니 신통하고 고마울 뿐이다. 어디 제 혼백을 보게 되면 시들시들 죽어가게 된다는데, 걱정이야 되면서 말이다.

그러나저러나 나의 20년의 의문, 문 목사와 형수님 사이의 그 찜찜하던 비밀이 백주의 꿈 한편에 영락없이 풀렸으니, 이만하면 오늘 일과는 꽤 괜찮은 편이다. 뉴턴의 만유인력은 사과가 떨어지는 단순한 일상에서 깨달았다 하던가? 그런데 나는 심령술의 도움에다 꿈속 브리핑까지 듣고서야 비로소 문 목사 부부의 그 내홍의 단초를 알게 되었으니, 평범함과 비범함의 차이가 새삼스럽다.

꿈 같은 첫사랑 그 매화여인이, 내가 그토록 좋아하는 천사 형수를 장장 50년이나 헌신짝 대접을 받게 한 바로 문제의 장본인이었다. 문 목사의 가슴에다 그녀만을 인식할 아이콘을 심고도 모자라, 나 외는 안 된다며 빗장에 대못까지 박아서는 홀홀 떠나버린 여인임이 틀림없었다.

그런데 영구 미제로만 여기던 50년 난제가 풀리는 순간, 나의 가슴팍엔 허탈감만 파고든다. 맥이 풀린다. 아아 문 목사 형님, 그 첫사랑의 응어리가 어찌 그리도 단단하더란 말씀이요? 생각할수록 답답하고 우울해집니다. 첫 여인에 대한 바위 같은 미련이야 뭇 사내들의 그 잘난 의리라 치부한다 하더라도, 어디 이쯤이면 거머리같이 질기고도 독한 악연이 아닌가? 무섭고도 징그럽기만 하다.

50년의 집착증! 생각할수록 문 목사의 인생사가 애달프다. 불가사의의 50년, 어찌 새 여인을 아내로 맞고도 떠나버린 옛 여인을 잊지 못한 그 집착에, 정작 50년의 아내를 울린 남자가 문 목사다. 이제야 천사형수님의 자갈길 인생 여로가 제대로 보인다. 어찌 그 자갈길을 대충이라도 포장해 볼 기회조차 사라진 뒤에야 말이다.

나는 오늘 생각지도 못한 꿈에서 강신을 부르는 영매의 심령술, 그 목소리와 몸짓을 선명히도 보았다. 평소 미신적인 사고라며 애써 멀리하던 그 세계로 꿈이 나를 초대한 것이다. 어쩌면 내 마음에도 무속의 세계가 살아 숨 쉬고 있음을 알리려는 일종의 빙의 손짓일까? 뭔가 찜찜하기도 하지만 한편 신비한 경험을 맛보았다.

내가 예수를 믿고는 사라진 현상이 오늘 슬그머니 되살아난 것이다. 어쩌면 지금껏 나는 미신이나 무속과 관련하여는 애써 금기시하면서도 그 마음이 완전 자유롭지는 못했나 보다.

옛날 정초에 어머니가 점을 보신 얘기를 슬쩍 흘리시면 듣지 않겠다며 펄쩍 뛰면서도 내심 궁금해하던 기억도 있다. 까마귀를 싫어할 이유가 없는데도 까마귀 소리가 영판 흉한 일을 몰고 올 듯 싫어지기도 한다. 나의 이런 심리는 내가 은연중에도 미신이나 샤먼에서 여전히 발을 빼지 못하고 있다는 방증이 아닐까? 어릴 때 어른들이 경험담이라 들려주던 도깨비 이야기나, 이웃에서 벌이는 굿의 기억도 생생하다. 그때는 어떤 이해도 없이 도깨비 얘기는 그저 무서워서 좋았고, 굿은 벌어지는 굿판의 행위 예술 그 자체만으로도 재미있었을 뿐이었다.

그러나 또한, 나이가 들면서 무조건 금기시하던 그 미신이나 무속행위에 대한 인식에도 변화가 있는 것이다. 미신이란 것도 그 뿌리는 오늘날 큰 세력을 형성한 여느 종교와 사실 다름없는, 나약한 인간이 절대자에게 의지하려는 본능의 소산임에는 하등의 다를 바가 없다는 생각 말이다.

혼령, 심령, 무당, 박수, 영매, 점, 굿 등의 그 어떤 샤머니즘, 애니미즘, 토테미즘인들 무릇 인간 삶의 한 영역이다. 그러니 그

잘난 현대과학이란 이름으로 그 미신이라는 것들을 가치 없는 폐기의 산물로 치부해서는 안 되지 않겠는가? 인간의 사고는 언제나 과학적이어야만 하는가? 그래 그렇다 치자. 그렇다면 미신이라 배척당하는 그 관념의 세계 또한 우리 인간이 쌓고 이룩한 정신세계일진대 이를 섣불리 부정하려 들어서도 곤란할 것이다.

인간은 지금 더할 나위 없이 발달한 과학과 철학의 기반에서 살고 있다. 하지만 철학이나 과학만으로는 닿지 않는, 그러나 분명히 존재하는, 그래서 꼭 찾아야 할 가치나 명제가 있는 것이다. 인간은 여태 그 대명제의 세계를 향해 옛날이나 지금이나 항해를 계속하고 있다. 우리는 얼마 전까지 천둥번개 하나에도 숨어 떨어야 했다, 그러나 과학은 대번에 번개의 원리를 알려주었고 그 위험으로부터도 보호를 받게 해준다. 철학 역시도 인간이 지향할 길과 좌표를 더욱 분명히 제시해 주고 있다. 그런데도 과학과 철학이 미래 인간의 불안을 죄다 해결할 수가 없음은 여전하다.

주제넘고 건방진 말일지라도 철학은 말잔치 수사놀음에 그치고는 무슨 고고한 학문인 척 난해한 용어, 추상적 표현으로 정작 인간과는 유리되어 있다.

과학기술은 군사과학으로 전락하여 인간 살상반경 확대를 경쟁하듯 자랑하고, 게다가 재화생산의 시녀가 되고는 나라마다, 사람마다를 부의 축재 영리 다툼으로 내몬다. 과학기술이 오직 전쟁이나 인간 물질향유에만 그 존재이유가 있는 듯 정작 인간성 상실을 부추긴다. 우리가 인간답게 살고자 찾고 있는 대명제, 그 궁극에는 하나님이 계실 뿐이라는 사실만 안다면 일은 너무 간단한데도 말이다.

시간이 얼마나 흘렀을까, 한참을 멍한 뒤 정신을 차리니, 문 목사의 정원은 다시 활기를 찾아 있다. 정원은 봄을 타는 여인인가, 몸치장에 빠지고는 흐드러진 매화 송이마다 엷은 향수를 뿌린 듯하다. 잔설이 채 가시기도 전에 온갖 정원수와 화초들은 신춘 베스트드레스 상을 노리는 듯 저마다 패션 준비에 한창이다. 엊그제까지는 두꺼운 질감 어두운 톤이 대세더니, 어느 사이 가볍고 화사한 톤으로 색상 트렌드가 바뀌었나 보다. 토색적인 분위기를 좋아하는 문 목사는 우리 꽃 우리 나무로 정원을 꾸몄는데, 유독 울타리에는 매화나무를 둘렀다. 향기가 좋아서도, 애틋한 사연이 있었어도 그러한가 보다.

고목 매화등걸에는 매화가 화사한데 밖은 여전히 쌀쌀하다. 문 목사는 매향에 놀라 잠시 고개를 든다. 하지만, '벌써 봄인가'

하고 중얼거리더니 이내 달력으로 눈이 간다. 아, 이제야 첫 여
인을 잊으려 하나 사람이 달라져 있다. 3월이 진행되고 있건만
벽의 달력은 아직도 2월이다. 멍히 달력에만 눈이 꽂힌 채 탄식
하듯, '시간이 없다, 시간이 없어.'라며 자리에 풀썩 주저앉는다.

　얼마 전 한반도 대운하 공사 진척도가 97%가 넘고 있다는
소식을 접한 뒤부터의 현상이다. 그러더니 잠시 후, 일과의 마감
기도조차 어찌 이상하다. 마리아 릴케의 시 「가을날」에다 자신
의 심정을 살짝 발라 기도를 한다.

　"오늘 실험은 대성공이옵니다.
　하나님 아버지,
　이제 며칠만 더 말미를 주세요.
　마지막 열매들이 영글도록 명하시어,
　그들에게 이틀만 더 남국의 따뜻한 날을 베푸시고,
　완성으로 이끄시어
　무거운 포도송이에 마지막 단맛을 넣어주십시오.
　이제 저의 실험도 애초 세웠던 가설과 딱 맞아떨어지는 결과
가 나왔습니다. 언제나 지혜와 명철을 주시어 성공으로 이끄시
니 감사하옵니다. 영원하신 나의 하나님 아버지 홀로 영광 받으
소서."

이내 환한 표정으로 마감기도를 마치고는 또 한참을 떠드는 것이었다. 그런데 기도의 마무리 예를 갖추지를 않았다. '우리 주 예수그리스도의 이름으로 기도드리옵니다. 아멘'이라고, 그가 늘 마무리하던 기본적인 기도의 예를 벗어난 것이다.

병인지 의도적인지는 알 수는 없지만, 좌우간 요즘은 매사에 허점을 보이고 있다. 그러다가 며칠 간격으로 그의 행동이나 실험하는 모습이 전과는 사뭇 달라지기를 반복한다.

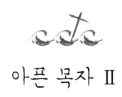

아픈 목자 Ⅱ

문 목사, 변덕이 잦아진 요 며칠 사이에는 실험에 임하는 자세가 다시 밝고 진지하다. 주일 대예배를 주관하듯 실험 시작기도에 임하는 자세부터 엄숙하고 단정하다. 무엇인가 자신으로 가득 찬 표정이다.

실험하는 손놀림, 몸놀림, 하나하나가 의식을 치르듯 반듯하다. 가운도 새것으로 갈아입어 차림이 말쑥하다. 손가락 빗으로만 빗어도 제대로 자리 잡는 그의 헤어스타일은 여전히 멋지다. 목욕을 제대로 하는지는 몰라도 덥수룩이 자란 수염마저 한 멋을 더하고 있다. 이날 시험은 애초에 자신이 수립한 절차와 순서대로 어김없이 재차 삼차, 반복 실험을 수행하고 있다.

개구리 난세포와 정세포의 수정 후 4일째의 배아에서 줄기세포를 채취, 배양하고 또한 자신의 배꼽 주위 피부세포를 떼어내어 세포핵을 분리한다. 이어 핵이 제거된 개구리 난자에 자신의 피부세포핵을 집어넣어 서로 거부반응이 없도록 배양하는, 자기와 똑같은 유전자 정보를 지닌 배아줄기세포를 얻는 실험이다.

생명체에서 체세포를 채취해 배양한 세포를 핵이 제거된 난자에 주입해 세포를 융합시켜 배양하면 정상적인 정자와 난자의 결합과 동일하게 세포가 2, 4, 8, 16, 32… 개의 기하급수적 분할과정을 거치게 된다. 이후 이렇게 분할된 난자를 자궁에 착상시켜 복제된 생명체가 태어나게 된다.

이때 수정한 지 14일이 되지 않은 배아는 척추, 내장 등 신체 기관의 생성이 시작되지 않은 채 무한 세포분열을 거듭한다. 14일이 지나면 척추로 자라는 원시선이 생기며 태아의 단계로 발전을 하게 된다. 바로 이런 이유로 인간 배아복제를 둘러싼 윤리문제는 세포 배양 기간 14일에 달려 있는 것이다.

여기서 특정 장기로 분화되기 전 14일까지의 배아기의 세포를 줄기세포라 하는데, 이 세포는 두뇌, 심장, 폐, 간, 신장, 혈액, 신경 등 인간의 온갖 장기와 신체 조직으로 발전하게 되어 이를 달리 '만능세포'라고도 부른다. 과학자들은 수정한 지 14일 미만의 배아는 아직은 인간 생명체라 볼 수 없다는 이유로 13일까지의 배아를 복제 대상으로 삼는다. 이때는 각종 신체기관이 아직 형성되기 전 단계라는 근거에서 윤리적으로 문제 될 게 없다는 입장에서이다.

그러나 종교계 등 반대론자들은 배아 자체도 생명이며, 이런 복제가 허용될 경우 결국 완전한 형태의 인간 복제로 귀결될 것이라 경고하며 반대하는 것이다. 일찍이 황우석 박사의 배아줄기세포 복제사건도 우리의 기억에 생생한데, 중국에서는 체세포핵치환(SCNT)기법을 통한 영장류 원숭이까지 복제를 하고는 『서유기』의 손오공이 현실이 되었다고 흥분하는데 과학윤리 문제가 더욱 걱정이다. 물론 문 목사의 경우는 개구리 알을 시료로 삼고 있으니, 굳이 윤리 문제와 연계해 생각할 일은 아닌 것이기도 하다.

그는 이번이야말로 성공의 마지막 확인절차라는 듯이 모든 시료들을 꼼꼼히 챙겨 시간에 맞춰 인큐베이터에 넣기도, 다시 옆 배양실에는 2차 과정의 시료와 배양액을 넣는다. 그의 표정만으로는 수행해야 할 모든 복잡한 과정과 절차가 순조로운 듯하다.

그는 인큐베이터의 배양시간을 어떤 곳은 96시간(4일)에서부터 또 다른 배양기에는 336시간(14일)으로 시간을 조정하여 입력한다. 그러고는 '이번이 마지막 실험이 되게 하소서'라며, 무슨 의미인지는 몰라도 조금은 야릇한 표정에 짤막한 기도와 함께 배양실 문을 닫는다.

96시간에서 336시간, 숫자에서 보듯 그는 최소 나흘에서 열나흘간은 휴식으로 기운을 회복하여도 좋으련만 아예 그럴 생각은 없나 보다. 이미 알을 품었으니 둥지를 떠날 수 없다는 듯 의연하다.

지성이면 감천이란 말이 그에게도 통할까? 악마도 제 새끼 보호본능은 끔찍할 것이지만, 문 목사는 배양실을 단단히 지킬 모양이다. 인큐베이터에 미숙아를 맡긴 어미마냥 불안·초조하여 배양실을 벗어날 수가 없나 보다. 동그마니 배양실에서 적어도 96시간은 내내 불침번을 설 심산인가 보다.

그런데 다음날은 또 어제와는 영 엉뚱하다. 실험실도 아닌 서재 소파에 비스듬히 기대앉아서는 실험절차 도식표에 따라, 실험의 모든 과정을 하나하나 성공이라 체크리스트에 체크를 해댄다. 어제 넣어둔 배양실의 시료, 자식같이 소중하다 할 그 시료가 어떻게 자라고 있는지에는 관심도 없는 듯 아예 잊은 듯하다.

아직 96시간은커녕 겨우 12시간 정도가 경과된 지금, 그는 일사천리로 체크리스트 종이에다 체크하는 것으로 모든 실험절차를 끝낸다. 그리고는 이를 하늘과 세상에 고하기라도 하듯 부동자세로 고개를 들어 대성일갈한다. 번갯불에 콩을 구워 먹는다더니, 종이 몇 장을 넘기고는 시험 끝이란다. 의사봉을 세

번 두드리는 시늉을 하며, 이로써 〈인간피부호흡〉 기관생성에 관한 연구를 완벽히 성공적으로 종료한단다. 드디어 '믿음천국'으로 가는 최고 준령을 넘었다는 선언이다.

"하나님이시여 감사하옵니다. 인간 심령을 회복하라 하신 소명에 따라 〈인간피부호흡〉의 길을 열어 경건히 예물로 바치나이다. 20년의 정성과 열정으로 가슴 터질 듯 황홀한 마음을 담아 드립니다. 열납하시고 홀로 영광 받으소서. 그간 지혜로 길을 열게 하시고 인내로 세월을 이기게 하신 하나님이시여, 저의 앞날에 축복을 더하여 주옵소서."

그러고는 몸을 180도 돌려 반대편을 굽어보는 자세로,

"세상 인간들이여 기뻐할지어다. 〈인간피부호흡〉을 들어는 보았느냐? 이는 바로 너희 인간세상의 평화와 번영을 영원히 보장할 나의 금석맹약이요 새 언약이니라. 이로써 나의 사랑이 너희에게 크나큰 구원의 은혜로 다가갈지어다."라며, 그는 작은 하나님이라도 된 듯 신성한 하나님의 언약궤를 자신의 것인 양 들먹거리며, 가당찮게도 한바탕 거드름으로 온갖 소란을 떤다.

급기야는 호흡기능을 생성시킬 줄기체세포 액이라며 자신의 몸통 여러 곳에다 주사기를 꽂는 시늉을 해댄다. 원맨쇼를 하듯 바늘 자국이 아프다며 상도 찌푸린다. 달력 날짜에 표를 하

더니 며칠 후 드디어, 그는 주사 맞은 체세포의 착상 결과를 확인한다며 목욕탕에 물을 채운다.

그런데 수도꼭지는 트는 시늉만 할 뿐, 물이라고는 한 방울도 없는 마른 탕에서 머리까지 잠기는 자세로 웅크려 반쯤 눕고는 입으로 물을 머금고 내뿜는 시늉을 수차례 반복한다. 이어 스마트폰의 스톱워치를 눌러 잠수시간을 재기 시작한다. 그러더니 이내 잠이 들고는 그간 부족했던 수면을 자연스레 보충한다. 오랜만에 꿀맛 같은 단잠을 즐긴 후 깨어서는 시계를 보며 말한다.

"가만있자, 그러니까 내가 물속에 4시간이나 있었잖아!"

눈이 휘둥그레지며 놀란 표정으로 가슴에 손을 얹고는, 심호흡과 함께 심장 박동도 점검해본다.

"전혀 숨이 가쁘지 않네. 와 놀랍구나, 놀라워. 그럼 나의 20년 피 말리던 연구가 이로써 완벽한 성공이잖아. 햐, 성공이다, 성공! 하나님 감사하옵니다. 감사하옵니다. 40년 세월 광야에서 방황하던 이스라엘 민족을 선지자 모세를 통해 약속의 땅 가나안으로 이끄시듯, 죄악으로 사위어 종말로 치닫는 인간에게 저 문 목사를 세워 마지막 인간구원의 보루로 삼으시려는 하나님 아버지의 뜻을 이제야 제대로 받들게 되었나이다. 그간 끝까지 저를 믿어 고비마다 지혜를 주시고 마디마다 인내를 주시어, 드디어 인간 악행을 뿌리 뽑으라 기적의 능력까지 주셨습니다. 저의 준비가 너무 늦어 송구스러울 뿐, 이 은혜를 어떻게 감사드려야 하올지… 할렐루야, 할렐루야 임마누엘 나의 하나님, 오늘의 이 기쁨 이 영광은 오직 아버지의 것이옵니다."라는 희열에 찬 그의 기도는 연구실을 채우고도 넘쳐 멀리멀리 퍼져나고 있었다. 분명 하늘에도 닿았을 것이다.

성공 〈인간피부호흡〉, 드디어 숨을 쉬다!
지금껏 살펴온 바와 같이 그가 가는 길은 분명 악마의 길이다. 그런데 나는 또 놀라고 있었다. 아니 단순히 놀라고 있다기보다 어떤 불가사의한 기운 속으로 내가 한없이 빨려들고 있다는 그런 느낌 말이다. USB 속의 문 목사와 마주해온 지금까지 벌써 수없이 느끼는 현상이다.

그의 얼굴은 홍분으로 붉어져 있기야 하지만, 무슨 저주를 부를 그런 악마의 표정은 어디에도 없다. 이때쯤이면 그의 눈길에서나 표정 어디에서든 잠시 잠깐이라도 음흉의 기운이 스칠 법도 한데 어디에도 찾거나 느낄 수가 없다.

잔인하지 않고서는 꿈꿀 수 없는 하늘과의 대적, 그 음모의 진행이 종착에 이른 지금, 그는 이미 성숙한 악마의 체취가 묻어나고 있어야 하는 것이다.

몰래 터지는 화산도 그 전조가 있다. 그렇다면 그의 잔악성도 이미 삐죽삐죽 새어나와 세상이 벌써 눈치를 채겠건만, 시간이 흐를수록 그는 득도한 도사의 표정이다.

하늘이 세 번 노래져야 아기를 볼 수 있다던가? 출산 산고의 사선을 넘나들면서도 끝내 한 아기의 어머니가 된 기쁨만이 오롯한 산모의 모습이다. 해산을 무사히 마친 여인이 안도와 기쁨으로 해죽이 웃고 있는, 그는 그저 행복만이 흐르는 산모의 표정일 뿐이다. 그럴수록 그가 어찌 수천의 생명을 앗을 악마의 길을 걷는지를 하나님은 알고 계실까? 그가 진정 악마라면 실험 성공이라 외쳐대는 그 얼굴에서 그가 아무리 숨기고 표정 관리를 한다 한들, 어느 한순간은 희미하게나마 악마의 그 야릇한 미소가 묻어날 것이 아닌가? 어찌 표정으로는 낌새조차 느낄 수가 없으니 말이다.

그런데도 분명한 것은, 이제 그는 이 〈인간피부호흡〉으로 삼천 여의 생명을 그의 야망의 제단에 제물로 바치리라는 것이다.

나는 여태 미혹과 두려움, 안타까움에서 늘 기도하는 마음으로 그의 행적을 좇았다. 먼저 그의 범행동기와 목적이 무엇보다 궁금하여 그 작은 USB 속을 얼마나 헤맸던가? 만에 하나 그가 이슬람 IS대원은 아닐까도 살펴보았으니까.

이제는 그의 범행목적은 물론 범행의 전 과정까지를 멍멍백백히 밝혔지만, 여기에 이르기까지 나는, 내가 그가 되어가며 그의 속에서 그를 알기 위해 그와 함께 호흡을 해야 했다. 또한 다양한 그의 모습 중 진정한 문 목사를 찾기 위해 전문가의 도움을 받아가며 분석도 하곤 하였다.

전문가들은 그를 유전, 기질, 환경, 정신질환 등 저마다 다양한 요인과 결부하여 분석을 하다가는 결국 복합적 요인이란 두루뭉술한 이름의 심리진단을 내놓고 있었다. 어떤 이는 풍차를 거인으로 착각하여 그 풍차와 맞서 싸우는 돈키호테에 비유하기도 하였다.

현실과는 너무나 동떨어진 이상주의자 돈키호테, 그는 가는 곳마다 현실세계와 충돌하며 통절한 패배를 맛보지만, 현실에 꿋꿋하게 맞서 저항하는 불굴의 의지를 보인다. 바로 이러한 정신, 소위 '키호티즘'의 돈키호테가 한반도에 문 목사로 태어난 것이라는 분석이었다.

이렇듯 여러 의견의 결론은 문 목사의 성장기의 환경, 젊은 날 연인을 잃은 충격, 교회 공금의 횡령, 범죄로 얼룩진 세상에 대한 목회자로서의 고뇌 등이 그의 키호티즘의 정신질환과 결합되니 지금껏 없던 돌연변이의 문 목사를 만들어낸 것이란다.

질소, 수소, 산소, 탄소가 저마다 고유의 원소로 존재할 때는 위험이라고는 전혀 없는 물질들이다. 그러나 이들이 서로 만나 화학적 결합을 이루면 트리니트로톨루엔, 즉 TNT라는 무서운

폭약으로 변한다. 이렇듯 그의 아름다운 인류애와 숭고한 종교
관이 불행히도 이상정신과 결합을 하니 그야말로 모순적 종교관
으로, 자가당착적 인류애로 변질되고는 '믿음천국', 인류구원이
라는 과대 망상적 광기를 부리게 된 것이다.

그런데 이쯤에서 나는 참으로 조심스러워지고 그래서 또한
돌아올 화살이 두렵지만, 그 어떤 비난을 감내하고서라도 문 목
사의 편에서 제대로 한번 그를 바라보고 싶다. 비록 그가 병자
일지라도 또한 모순적 가치관의 소유자라 할지라도, 그의 그 지
독한 인류애만은 그냥 간과해서는 안 되겠다는 생각이 시간이
흐를수록 문득문득 찾아들기 때문이다.

전쟁과 테러, 살육, 인종청소, 기아와 질병, 부정과 부패, 미움
과 질시 등으로 피폐한 인간세상을 어떡하든 구원해야 한다는
그 범죄의 동기만은, 온 세상 사람들에게 알려야 한다는 무거운
책임감이 나를 강하게 압박한다. 우리 인류 각자는 최소한의 자
책감만이라도 공유할 도리만은 가져야 한다는 마음이 시간이
흐를수록 절실할 뿐이다.

이대로 인간세상을 방치하다가는 70억 인류가 하나님의 심판
으로 다 죽고 말 것이라는 절박한 심정이 항상 그를 괴롭혔다.
그런 가운데 그의 소망, 70억 인류의 행복을 담보하기 위해서는
삼천 명쯤의 제물은 불가피한 희생으로 계산한 것이다.

이런 희생 위에 절대다수 70억 인류의 행복을 보장할 수만 있다면 이보다 남는 거래는 없겠다는 판단이었다. 수천 정도의 희생으로 하나님의 종말심판을 거두시게 할 수만 있다면 그나마 현명하고도 경제적이라는, 그래서 결코 못 할 흥정이 아니라는, 그야말로 인류구원의 벼랑에서 내린 절체절명의 결단이었다. 세상 구석구석 어떤 날은, 모질고도 독한 테러나 살인으로 소모되는 희생양이 수천을 넘는다. 여기에 비하면 그가 획책하는 죽음이야 비록 안타까울지라도 더없이 값진 죽음으로 인류구원의 살신성인이 아니냐? 언젠가 한번은 수용해야 할 인류의 인과응보로 보아 마땅할 것이다.

지금까지 호흡이 더욱 편안해진 피부호흡으로 흥분과 희열에 가득 찬 문 목사는 탕 밖으로 나와서는 수건으로 마른 몸을 젖은 양 열심히 닦아댄다. 몸통 부위마다 피부를 확대경으로 들여다보기도 하고 문질러도 본다. 입은 꽉 다물지도 않은 채 코를 막고는 다시 몸의 호흡 상태를 점검도 해본다. 그러고는 이내 피부호흡만으로도 완벽한 호흡을 확신한 듯하다.

정녕 얼마나 긴 세월을 애태워 실험하고 또 하나님께 매달려 왔던가? 그야말로 〈인간피부호흡〉만이 저 콧대 높은 백인종마저 무릎 꿇릴, 그 옛 모세의 지팡이로 홍해의 기적을 부를 권능의 지휘봉이 될 것이 아니던가?

이제 태산준령 같아만 보였던 그 야망의 고비를 넘고 있다. 하나님도 놀라실 인간의 피부호흡에 대해 다름도 아닌, 바로 자신의 몸이 그 성공을 입증하고 있는 것이다. 품질인증 마크인지 자신의 몸에 'Q 마크'를 그려 보이며, 피부호흡에 한량없는 신뢰를 보이는 것이다.

비로소 하나님에게 서원한, 범죄의 인간들을 순전한 하나님의 백성으로 바꿔놓겠다는 그 약속을 확실하게 지킬 수 있게 되었다. 호흡이 편안한 거울 속 자신의 해맑은 표정을 바라보는 스스로가 얼마나 대견스러운지, 좀처럼 거울 앞을 떠날 줄을 모른다. 그리고는 또 얼마 후, 이번에는 〈인간피부호흡〉과 수압과의 상관관계를 확인하기 위한 임상시험에 들어간다.

그는 앞으로 삼천의 제물을 실은 배와 함께 스스로도 바닷속으로 침몰할 것이다. 그리고도 권능의 '피부호흡'으로 거뜬히 살아 돌아와 온 세상을 발칵 뒤집고는, 이어 이를 '예수재림'으로 세상을 휘몰아서는 그의 꿈 '믿음천국'의 개국을 선포할 것이다.

그러니 이제 그는 얼마가 될지도 모르는 수중생활을 대비해야 한다. 바로 수십 미터 깊이의 수압과 〈인간피부호흡〉의 상호작용관계를 살펴보려는 것이다. 예술 장르에서 말하는 마무리 연습, 바로 리허설이다. 그 용도가 궁금하던 정원 옆 삼십 미터 깊이의 수영장이 바로 오늘을 기다려왔던 이유이기도 하다.

피부에 찰싹 달라붙지 않도록 통수성을 고려하면서도 보온성이 뛰어난 재질로 만든 옷으로 갈아입는다. 그리고 물에 녹아 허물거리거나 풀어지지 않도록 진공 팩에 1회 분량씩 수일 분의 식량도 챙긴다. 사탕 등 과자류와 말린 육포와 생수 그리고 얼마간의 채소와 과일주스는 물론 비타민도 들었다. 또한 수경 방수플래시도 미리 준비, 작동을 확인하고는 결연한 표정으로 수영장 깊이 입수를 하고 있다. 비서실에는 며칠 출장을 간다며 찾지를 말란다.

그런데 이 임상실험 역시 안타깝게도 수영장은 바닥조차 바짝 마른 상태인데, 자신은 수심 30미터에서 밤을 샐 요량인 것이다. 이왕 한꺼번에 실험을 끝낸다며 얼음까지 채워 영하에 가까운 수온으로 물 온도를 조절한다. 물론 이는 그의 상상으로 이뤄지는 일들이다. 그러고는 입수 후 얼마 있지도 않고는 덜렁 나와서는 며칠을 물속에서 지낸 양, 짐짓 거친 호흡을 하듯 하더니 이내 완벽한 성공이라며 또 한 번 사자후를 토한다. 이제 그간의 피로한 기색은 오간 데 없고, '믿음천국'건설의 완벽한 준비에 그의 결연한 표정만이 얼굴에 가득하다.

그의 최근 2개월 즉, 정원의 매화향기에 놀라 '시간이 없다'고 한탄을 한 이후로 그의 행적을 보면 사실 어떤 실험 하나도 제대로 한 것이 없다. 그냥 연구실 책상에 앉아서는 일정표만 뚫어지게 바라보다가, 어느새 자신의 머릿속 상상으로 실험의 모든 과정을 그가 추구하는 목표와 방향대로 끌고 가는 것이었다.

한편, 하는 짓이 안타깝다가도 더없이 불쌍할 뿐인 그이기도 하지만, 다가올 애먼 사람들이 당할 참상을 생각하면 또 얼마나 살 떨리게 하는 일인가? 그런데도 세상에 어떤 가혹한 고통을 안길지를 그는 아예 느낌조차 없는 듯하다. 단지 계획의 순조로운 진행을 하나님의 축복이라 찬양하며, 그 축복받은 자가 바로 자신임을 확신할 뿐이다.

또한 이런 그에게 부응하여, 도처에서 그를 돕는 심복들은 정말 믿을 만하였다. 입은 튼튼한 자물쇠로, 어떤 순간에도 반역 없는 믿음의 돌쇠로, 죽을 둥 살 둥 시키는 일에는 든든한 마당쇠로 만든 그의 용병술이 낳은 조직력이다. 수하들의 개인 능력은 별문제가 되지 않는다. 자신의 발군의 지혜를 빌려주면 그들은 하늘의 별도 따올 자들이다. 바로 문 목사 그의 타고난 범죄능력과 인재양성으로 이어지는 용병술이 오늘의 성공을 낳은 것이다. 그의 음모를 위한 악덕사업을 어디 하늘이 도왔을까만은 그는 위기를 기회로 삼는 데 천부적 능력이 있는 사람이었다.

그의 마당발로 깔아놓은 카펫에는 언제 어디서든 구급대로 달려오는 조력자가 있었다. 금융계 법조계 정관계 어디 아니 발이 뻗친 곳이 없었다.

그를 두둔해서가 아니라 사실 그가 처음부터 부정이나 비리에 가까운 사람은 아니었다.

여기서도 강조하지만, 무엇보다 그의 부정과 비리에 투입된 비용은 70억 인류의 미래행복의 개발비, 소위 회계학에서 이연자산이라 불리는 것으로 '믿음천국' 건설에 절대 회피할 수 없는 원가요소일 뿐이다.

119 구급대에도 응급구호가 늦어지는 불상사가 생기기도 하지만, 그가 조직한 그의 사설 구급대는 어느 하나 시간을 놓쳐 사망이나 혼수에 이르도록 직무를 유기하는 일은 없었다. 천우신조란 말이 있지만 이런 부도덕한 일에도 기적은 상시로 일어나고 있었으니, 이럴 때 천우신조란 참 얄궂은 말이기도 하다.

독수리가 참새를 잡지 않듯 그는 작은 먹을거리는 거들떠보지도 않았다. 그가 생애 처음 착복했던 30억은 서민이나 가계기업에서야 어디 쳐다볼 염치도 없는 거금이지만, 행세깨나 하는 기업의 재정에서는 보잘것없는 게 30억이다. 그러나 30억은 숫자일 뿐 운용하는 능력에 따라 동그라미는 얼마라도 덧붙일 수 있는 게 숫자의 매력이다. 게다가 향응 제공으로 돌아오는 덤까지, 이 모두가 그의 능력의 소산임에야….

처음 교회당을 헌당하고 남은 30억, 이 공금을 꿀꺽하고는 생애 처음으로 거금을 눈 뭉치처럼 조심스레 굴리던 기억이 새롭다. 당시 30억이면 웬만한 부도기업을 인수하기에는 애기 손의 과자 뺏어 먹기였다. 그리고 그 이후로부터가 더욱 재미있었다.

허기진 이리 떼의 틈바구니 먹이 쟁탈전에서 자금이 급할 때면 은행이 기다린 듯 달려와 주었다. 어쩌다 시끄러워지면 불을 꺼줄 곳은 도처에 있었다. 사방에서 달려오는 소방차 소리에 어디 감히 물고 늘어질 상대는 없었다. 제 딴엔 뒤가 든든하다느니 스스로가 악질이니 하며 한번 붙어보자는 자에게는 그 상대 체급에 맞는 소방차를 부르면 화재 진압은 식은 죽 먹기였다.

그사이 펀치력도 맷집도 좋아진 그는 이제 웬만하면 자력으로 KO승이거나 판정승을 이끌었다. 혹 애매한 라운드가 계속되어도 걱정할 건 없었다. 채점표는 이미 나와 있으니까. 영 불리할 때면 심판이 기막힌 RSC 승을 선언하며 게임은 조기 종료되었다. 법원에 가기도 전에 아예 검경에서 시비가 끝나기가 다반사다.

다만 관중의 야유가 조금은 불편할 뿐이지만, 이것 역시 귀만 닫으면 끝이었다. 간 크게 통 크게 일을 벌이고는 마구 치고 나가기만 하면 승리는 따 놓은 당상이었다. 어쩌다 문제가 생긴

들 작은 생채기처럼 그냥 팽개쳐 두어도 어느 사이 적당히 봉합되어 있었다. 이러한 처신에 대해서 그는 지금껏 벌인 비리, 부정 향응이야 다 불가피한 수단일 뿐, 그는 이 엄청난 빚을 30배, 60배, 아니 무한 배의 인류행복 기금으로 보상할 계산이다.

그가 하늘을 대신하여 부여받았다는 사명은 너무나 막중하다. 전쟁, 살육, 기아 질병이라는 인간사의 악순환 고리를 끊어야 한다. 당연히 이 길은 오직 완벽한 수단만이 그 대미의 완성을 보장할 뿐이다. 피부가 다르다, 종교가 다르다, 언어가 다르다며 서로 꺼리고 미워하다 끝내 죽이고 원수가 되는 인간 현실을, 닭 목을 비틀 듯 결판을 내야 한다. 그러기 위해서는 곤혹스럽고 정녕 내키지는 않지만, 얼마간의 부정 비리의 터널인들 그역시 통과하지 않을 수가 없다.

믿음천국을 위해 여태 그가 저지른 일련의 범죄는 이제 인류역사의 마지막 범죄로 기네스북에 기록될 것이다. 그러기에 이마지막 범죄만은 차라리 축제를 치르는 마음으로 저지를 것이라 보인다. 인류의 마지막 죄악을 그가 짓고 그가 쓸어안고 그가 마무리하겠다는 인간범죄세탁의 길, 그럼에도 그에게 꼭 욕을 해야 하겠다면 그나마 짧게, 그러고는 칭찬의 말도 잊지는 말아야 할 것이다.

인류의 앞날이 걸린 그 선한 목적을 위해 잠시 악의 수단인들 무조건 마다할 상황이 아니다. 비록 그 악의 수단으로 작지 않은 충격과 상처를 입는다 해도 전 인류의 행복에다 비길 수는 없는 일이다. 그야말로 불가피한 최소한의 희생이라 판단하며 용단을 내리지 않을 수가 없는, 그래서 꼭 극복해야 할 인간 애증의 역사이다.

인류구원이란 지고지순의 목표를 위해 구린내 나는 부정과 비리의 오물통에 발을 담가야 하는 자신이 화가 나지만, 어찌 오물을 덮어쓰지 않고도 오물장 청소가 가능하겠는가? 그의 이런 당당한 주장이 과연 하나님의 뜻인지는 그의 USB와 마주하는 동안만큼은 나도 통 갈피를 잡을 수가 없다.

나는 문 목사 한 사람의 행위 자체를 놓고도 피해자 측과 문 목사의 가족, 그리고 국가와 세계를 놓고 어느 쪽을 바라보느냐에 따라 극과 극의 심리 갈등을 느끼지 않을 수가 없다. 피해자 측과 문 목사 가족의 측면에서는 그는 몹쓸 인간임에 틀림없다. 그러나 국가나 세계, 즉 전 인류적 관점에서 바라본다면 그 평가는 사뭇 달라져야 할 것이다.

이상하리만치 문 목사의 관념이나 가치관이 나와도 넓은 공통분모를 형성하고 있다는 느낌이 그를 마주할수록 뚜렷해지니 어쩌랴! 이전엔 그를 그렇게도 미워했고 지금 또한 그가 세상에

둘도 없는 악한으로 밝혀졌는데도 말이다.

굳이 수학용어로 말한다면 그와 나 사이에는 교집합을 이루는 관념의 원소 또는 가치의 원소가 수없이 많음이다. 분명 우리는 남남이요, 서로의 아바타가 아닌데도 상당한 정도의 교집합을 넘어 상등, 즉 '둘은 같다'에 가깝다니 놀라지 않을 수가 없다. 이러하니 여태 그의 그 몹쓸 행위까지도 내가 동정에 빠지나 보다.

당장 발등의 불로 다가선 그의 범행 앞에서도, 그 동기와 목적은 인간구원의 숭고한 이념이요, 비록 그 수단이 가혹하다 하나 참세상 건설에 젯값이든 부담금이든 그 정도의 희생은 정말 최소한이라는 그의 주장에 이의를 달 수가 없는 심정이다.

이처럼 나는 처음엔 분노하다 점차 스르르 풀려버린 분노, 어떤 가식도 없이 적나라하게 보여주는 그의 내면 USB에서, 나의 이런 동조심리는 시간이 갈수록 더욱 굳어질 뿐이다.

게다가 믿음천국의 준비과정에서 '인간피부호흡'이라는 가치 측정불가의 새로운 인체 호흡기관을 창조하는데 감히 누가 그의 범죄만을 들추어 폄훼하리요.

사람에 따라서는 일의 마무리가 가까워오면 더욱 분발하여 조속히 매듭을 지은 후 쉬어도 쉬자는 자와, 나같이 이제 좀 쉬면서 해도 곧 끝일 테니 하고 마무리 단계에서 어정거리는 자도 있다. 여태 문 목사의 USB 동굴탐사에서 발도 빠지고 이마도 깨가며 죽을 둥 살 둥 이 동굴 저 동굴을 샅샅이 돌며 나름대로 소명에 충실하였는데 이제 좀 지치나 보다.

오늘은 왠지 컴퓨터가 싫어 커피를 세 잔이나 마셔가며 여유를 부렸다. 일에 빠지면 커피 마시기조차 잊는 나는 그래서 오늘밤은 또 잠이 늦을 것 같다. 폰을 보니 가족 카톡 방이 요란하다.

'너무 컴퓨터에만 매달리지 마세요. 간간이 휴식과 함께 냉장고에 준비된 먹을거리를 즐기세요. 오늘 커피숍엔 중년부부의 모습이 아름답다. 불현듯 우리도 한번 다정한 모습을 내보이고 싶어진다. 엄마 아빠 일하시는 모습은 공부하기에 한시도 게으를 수가 없게 한다. 한편 고맙기도 한편 따르기가 힘들다. 가족이 함께 외출도 하고 외식도 하고 싶어요. 오늘은 평창 동계올림픽 개막일, 바쁘시더라도 올림픽에 동참하세요. 봐주는 이 없는 올림픽은 안 된다. 아빠도 댓글 좀 다세요. 사랑해요.' 등등, 나의 폰에 흐르는 아내와 자식들의 애틋한 정감에 난 한동안 먹먹한 가슴으로 끝내 티슈를 뽑아야 했다.

나는 얼른 TV를 켰다. 하! 그런데 어찌 그리도 타이밍을 잘 맞췄는지? 평창 동계올림픽 개막식이 막 열리고 있었다. 사실 오래전부터 올림픽 개막에 기대가 컸었는데, 그사이 나의 일에만 빠져 개막식에 이르도록 올림픽은 나와는 상관이 없는 일처럼 살았다. '봐주는 이 없는 올림픽은 안 된다'는 자식들의 한마디가 제법이다. 그러게 말이다. 평양에서도 올림픽을 보러 온다고 야단이던데….

나는 올림픽 개막식에서부터 폐막식에 이르기까지 TV중계에 붙들려 버렸다. 최첨단 ICT 기술이 총동원된 개·폐막식은 나를 흥분시키기에 충분하였다. 5G 네트워크 기술, 가상현실(VR) 기술을 결합한 '올림픽 마스코트 수호랑과 드론 오륜기' 띄우기, '증강현실(AR)'을 활용한 '천상열차분야지도'는 바로 우리의 미래였다. 얼음과 눈 위에서 펼쳐지는 각종 경기는 하계올림픽과는 또 다른 맛이었다. 어느 경기장이든 현대기술을 깔고는 있지만, 분위기는 우리 동네 겨울 모습 그대로였다. 그 속에서 달리고 부딪고 그려내는 모든 장면에서는 나도 같이 젊어지고 있었다. 안티에이징, 사실 어느 제약사가 있어 이보다 더 젊어지는 약을 만들어 낼까?

한편, 세계 최강의 상징 미국 대통령 트럼프, 그의 보좌관의 이름이든, 딸의 이름으로든 이방카의 방한과 북한 권력자의 여동생과 김영철이 등장하고, 현송월의 삼지연관현악단의 공연 등에서는 사뭇 긴장되는 바가 컸다. 손님이냐 적이냐, 남남갈등이 고조되는 상황, 이쪽저쪽 다 주장이 맞아 보인다. 그러니 어쩌라? 이럴 땐 정부의 판단에 맡길 수밖에 달리 도리가 없다. 평화, 속셈이야 어떻든 올림픽 정신에 동참하겠다는 그들에 나는 당분간 색안경을 벗어야 했다. 사실 북쪽의 그들은 우리 수도를 불바다로 만들겠다는 사람들이다. 눈에 불이 났지만 참아야 했다. 자유와 평화가 넘실대는 평창올림픽이 그들을 개과천선으로 이끌기를 기대하면서. 어쨌든 북한은 새길로 나서지 않고서는 핵 보유도 무용지물이 될 테니까 말이다.

세계를 으르렁대게 만드는 핵의 보유, 북한은 자기네의 살길이라지만 나머지 인류에겐 그야말로 위험천만이다. 가까이 있는 우리야 살아도 불안하여 죽을 맛이다. 원자력 발전, 핵의 평화적 이용마저도 두려워하는데 노골적으로 핵무기를 만들다니… 핵 폐기, 그렇다면 이참에 북한의 핵 포기는 물론이요, 세계 핵 보유국 모두는 동시에 지구상의 모든 핵무기 폐기를 선언, 실천하는 것이 또한 순리요 도리이다. 이에 불응한다면 나라마다 세계 '핵무기 폐기' 촛불집회를 벌이자 외치고 싶다.

그런데 올림픽이 진행되는 사이 문득문득 문 목사가 생각났다. 귀빈석에 거드름을 떨며 앉은 세계의 지도자들이 인류의 평화를 지켜낼 것 같지가 않아서이다. 그들이 나누는 대화는 전쟁에다 평화라는 얄팍한 당의정을 입힌 듯하니, 금방 당의정은 녹아내리고 곧 전쟁이 터져날 것 같기만 하다. 평화를 외치는 세계의 지도자, 그들의 내민 얼굴에는 평화는 사탕발림, 전쟁이 넘실 댔다. 그러니 나는 차라리 문 목사의 혁명이 지금 이 땅에 더없 이 절실하다는 생각에 내내 안절부절못하고 있었다.

어제는 커피를 걱정한 것과는 달리 자정이 넘기도 전에 나도 몰래 잠이 든 덕분에 오늘은 일찍 깼다. 그런데 이른 아침부터 나를 경악게 하는 또 하나의 문 목사가 기다리고 있지 않은가. 양파처럼 까고 까도 또 깔게 남은 그의 USB, 참 대단하다. 늘 이번으로 끝이겠지 하는데 끝이 아니다. 그의 히든카드인 듯 파 일을 여는 손이 떨려온다. 참으로 대담하고도 엉뚱한 문 목사의 모습이 나를 또 발칵 뒤집히게 한다.

그의 USB 동굴 탐사는 이미 종료 단계에 접어든 지금, 그러 나 추수가 끝난 밭에도 이삭이 남듯 혹시 USB에 빠뜨린 이면 동굴이 남았을까 마지막 확인 정찰을 하고 있었다. 이사를 떠나 기 전 집 안 구석구석을 살피듯 말이다. 아니나 다를까 이삭이 여기저기 흩어져 있었다. 어떤 것은 이삭이 아니라 다발 채 남 아 나의 허술한 단면을 지적하고 있었다. 그런데 사진 파일 하나 가 파랗게 질린 모습을 하고는 숨어있질 않는가? 마치 천기의 비 밀을 품고는 누설이 두려운 듯 말이다. 하마터면 놓칠 뻔한 파일 에서 진짜 종말을 당겨 부를 괴이하고도 광기 어린 문 목사의 사진이었다.

나는 여태까지 그의 행동이나 태도가 하나님께 대적하는 엄중한 대목에서도 동정과 동조로 내심 그를 지지하고 있었다. 그가 하나님을 심히 불평할 때도 하나님의 조속한 도움을 받기 위한, 그래서 더욱 인간적인, 너무나 인류애적인 문 목사라며 그의 장도를 성원해 왔다.

　그런데 이번에 목격한 그의 액션은 한참 오버한 것이었다. 오버액션, 문 목사의 지금까지의 반역의 행태는 주로 글이나 입을 통해 표출되었는데, 이번에는 희한케도 그의 몸통이 대신하고 있었다. 요상하게도 그의 배꼽이 사라져 버린 것이다.

　그게 뭐 별것이냐, 대수롭잖게 여길 수도 있겠지만, 결코 그냥 넘길 일이 아니다. 만에 하나 사라진 배꼽을 놓고 그냥 배꼽이 빠지도록 웃을 일이면 좋으련만, 웃을 일은커녕 하늘의 분노를 부를 또 하나의 반역의 몸짓임에야 나의 하늘이 노래질 뿐이다. 정작 본인은 하늘을 향해 특별한 행위예술의 예배를 준비하고 있었는지는 모르겠지만 말이다.

　문 목사의 특이한 모습이 담긴 영상파일, 나는 그 사진을 보고 또 보아야 했다. 그 속에 어떤 진의가 숨어있을까 해서이다. 볼수록 해괴하여 방금이라도 무슨 주술을 부릴 듯하였다. 사진에는 문 목사라고는 아예 없는 영판 박수무당만이 그의 모습이었다.

그가 바로 전 〈인간피부호흡〉 연구 중에 개구리난세포와 자신의 피부세포를 융합하는 실험과정에서 자신의 배꼽 아래 피부세포를 떼낸 것은 이미 알고 있는 사실이다. 그땐 그저 연구의 과정이라고만 여겼는데 그는 자신의 배꼽을 보며 묘한 의식에 빠져들고는 끝내 배꼽을 제거해버린 것이다.

배꼽이 무엇이냐? 포유류 동물의 공통된 상징 배꼽, 나와 어머니를 연결하여 산소와 영양을 공급받던 그 탯줄의 자국이 아닌가? 생명선 탯줄 그 연결고리의 흔적, 여인의 도움을 받아 태어나는 뭇 인간 피조물의 표징인 것이다.

그의 USB에는 "안 돼, 안 돼! 나는 그럴 수는 없어, 내가 저들 인간과 같을 수는 없는 거야. 나는 '믿음천국'의 창세주, 하나님과 같은 권능의 위엄이 절대적일 뿐, 이따위 배꼽은 나와 무관한 것이야. 배꼽은 전쟁과 살육 비리 질투하는 인간의 것일 뿐, 창조주의 것은 결코 될 수가 없어. 나는 신이어야 하는 거야. 신이어야…."

문 목사 자신은 창조주 하나님 당신의 피조물이 될 수 없다는 강한 반발의 몸짓이었다. 그의 항변처럼 피조물이 아닌 존재가 지금 엄연히 존재하고 있다는 선언, 그 자체로서 스스로는 또 한 분의 창조주가 되려는 것이다. 이는 곧 천륜 절연의 선언이며 하나님 창세역사를 다시 한 번 부정하는 것이다.

요즘 세상에서는 장식까지 단 배꼽이 한 멋을 더하는데 그는 이 배꼽을 아예 없애버렸다. 배꼽의 상처로 거즈나 밴드를 붙였다면 모를까 분명 거즈도 밴드도 아니었다. 자신의 뱃살과 똑같은 피부색의 어떤 물질로 움푹한 배꼽을 메우고는, 피조물의 흔적을 완벽히도 지우고 있었다.

원래 뱃살이 없는 그이라 등인지 배인지 더욱 구별이 안 될 판이다. 그만큼 스스로의 정형수술에 만족한 듯 너털웃음을 쏟고 있는 사진 한 장이었다.

하나님의 외아들 예수도 여인 마리아의 몸을 빌려 배꼽을 달고는 이 땅에 오셨는데, 문 목사 스스로는 피조물임을 강하게 거부하고 부정하고 있었다.

나는 드디어 올 것이 왔구나 하고는 진땀을 닦으며 USB를 통해 그의 의도를 어렵사리 확인할 수가 있었다. 자신도 두려웠던지 하나님에 애원하는 기도문으로, 짧지만 단호하게 또한 솔직하게 그의 결단을 드러내고 있었다.

"믿음천국의 건설은 저의 영화를 위한 사심은 손톱만큼도 없음을 하나님도 잘 아시지 않습니까? 알파도 하나님이요, 오메가도 하나님의 영광일 뿐입니다. 단지 하나님의 영광 속에 불쌍한 인간구원을 함께 기도할 뿐입니다. 그런데도 하나님은 저의 이러한 충심마저 의심하시는지 응답이 없으십니다. 하나님께서도 일은 때가 있다 하지 않으셨습니까? 그러기에 이제 저는 바쁘신 아버지의 뜻만을 기다릴 시간이 없어 배수진을 칠 밖에 달리 도리가 없습니다. 배꼽을 지움이 아버지를 거역함은 결코 아닙니다. 단지 두려움을 모르는 인간을 이끌기 위한 고육지책임을 받아주소서. 오늘부터 저는 배꼽을 지웁니다. 배꼽을 달고는 이 성스러운 창조의 역사에서 인간들을 이끌 수가 없습니다. 이제 저를 하나님의 권속에서 지우소서. 저는 하나님의 피조물이 아님을 만방에 선언합니다. 욥에게처럼 그 어떤 고통을 내리셔도 좋습니다. 단언하여 말씀드리건데 '인간피부호흡'의 길을 통하여 '믿음천국'건국을 선포하는 날까지는 저는 하나님의 자녀가 아님을 이 몸이 증거할 것입니다. 이제 그다음은 당신 뜻대로 하소서."

이처럼 하나님에게까지 그의 그침 없는 막말은 '믿음천국'에 대한 하나님의 결재를 받기 위한 그의 배수진인 것이었다. 그러나 오버액션, 너무 나가버린 것이다. 뜻의 관철도 좋지만, 용서불가의 천륜절연을 선언하고는… 또한 뜻이 관철되는 날이면 반역을 철회하겠다니, 그의 병이 깊음이다. 어쨌든 하늘과 대천지원수가 되어서라도 뜻을 관철하려는 그의 마지막 광기가 눈물겹다.

신이 되지 않고서는 이룰 수 없는 '믿음천국', 그러기에 인간이기를 거부하는 한 인간, 그 인간의 몸부림이 영락없는 피조물의 증표 배꼽을 제거하기에 이르렀다. 마치 도자기의 흠집을 숨기려 땜질을 하듯, 그러나 인간 감정사도 쉽게 찾아 낼 그 땜질의 어리석음을, 그것도 하늘에다 대고 얄팍한 잔꾀를 부리고 있었다. 그의 심령이 지치고 병이 깊었다는 이유 외에는 달리 이해할 길이 없을 뿐이다.

내가 너무 신경이 예민해진 건 아닐까 하다가도, 이는 분명 하늘의 심판을 재촉하는 불길한 징조임에 틀림 없다 생각했다. 어쩔거나, 그가 신의 병을 앓고 있기에 인간의 진단과 처방으로는 달리 효험이 없으니…. 배꼽 없는 인간? 아무튼 그가 밝힌 대로 하나님을 달달 들볶아서라도 그의 뜻을 관철하겠다는 결사의 의지표명, 과연 형통할지 두고 볼 밖에.

그런데 마디에다 옹이라더니 문제 뒤에 또 문제가 있었다. 문목사가 또다시 기상천외하고도 기발한, 그러나 속 보이는 꼼수를 부리고 있었다. 앞에서는 배꼽을 땜질하여 없애더니 이번에는 그가 바로 하나님의 차남, 둘째 아들로 그의 호적을 둔갑한 것이었다. 가족관계 증명서라며 우리의 주민등록증 같은 느낌의 아름답고도 입체적인 홀로그램 사진이었다. 〔주 하나님 성골골계 1자 주 예수, 2자 주 문수〕라는 내용이 새겨져 있었다. 언뜻 봐서는 무언인지 느낌조차 오지 않는 물건이었다.

나는 관련 자료를 힘들여 찾아서는 그만 폭소를 쏟고 말았다. 요상하게 이번에는 자신이 예수 다음의 하나님의 적통자임을 내세우고 있는 게 아닌가. 그것도 우습게 주 하나님은 주 씨로 그러니 예수와 자신도 당연 주 씨로, 거기다 항렬을 맞춰 문 목사 자신은 예수에 이어 문수라 했다. 수자 돌림이다. 그가 병자가 아니라면 그야말로 유치 치사한 웃음거리일 뿐이지만, 이로 하여 그의 병은 더 큰 사달을 부를 것이 문제이다.

앞에서는 배꼽을 지워 하나님과 절연하더니 이번엔 표변하여 스스로가 하나님의 둘째 아들이란다. 연이은 돌출 행동에 그냥 멍할 뿐이다. 나는 USB 파일을 마지막 훑는 사이, 전번에 이어 또 하나의 '하나님 알현기'를 발견한 것이다. 전번에는 문 목사가 지옥의 CEO 루시퍼에게 혼쭐이 나던 일과 종말심판에서는 지옥이 만원이라 아예 지구 자체를 지옥의 분옥으로 만들어, 먼 길 지옥으로 올 수고조차 덜어주시겠다는 하나님의 말씀이 담긴 '알현기'였다. 그런데 이 두 번째 알현기는 그리 오래되지 않은, 그의 병색이 짙어진 뒤의 것으로 먼지 하나 묻지 않은 새 사진 파일이었다.

현란키도 하고 어리석어 보이기도 한, 참되잖은 발상의 드라마 종편을 보는 듯하였다. 그런데도 나의 호기심은 온통 그 파일을 덮고는 숨은 보물을 찾은 듯 해독하기에 빠져들어 갔다.

여태 대운하호 침몰사건의 실체를 밝히는 내내 가슴 답답한 세상만 접하다가, 그의 이러한 돌출 행동이 두려움을 넘어 짠한 연민으로 내 마음을 바꿔놓기도 하였다.

마약 중독자가 투약 강도를 늘려가듯 나도 두려움에 내성이 붙어 자꾸만 더 강한 충격이 당겼나 보다.

문 목사는 천국과의 핫라인인 전령천사로부터 하늘나라의 초청을 전해 받았단다. 구름기둥을 로켓처럼 타고 하늘나라에 이르니 어마어마한 소식과 광경이 기다리고 있더란다. 무슨 일로 부르셨을까 하고 한없이 두렵던 차에, 하늘나라에는 온통 오색 구름인지 풍선인지 하늘 가득 애드벌룬을 띄우고 있더란다.

그런데 놀랍게도 '하나님 둘째 아드님 주 문수 환영'이라는 플래카드가 영롱한 무지개에 걸려 빛나고 있더란다. '주 문수'가 누군지도 모른 채, 영롱한 분위기에 마냥 어안이 벙벙할 뿐, 어디 꿈인지 생시인지 허벅지를 꼬집어보았더니 분명 생시더란다.

그러는 중 하늘을 진동하는 큰 울림이 있었는데, 바로 하나님의 음성이시더란다. 그 목소리는 심히 웅장하였으나 달콤하고도 인자하게 말씀하시길.

"내 사랑하는 둘째 아들 문수야 어서 오너라. 형 예수는 동생을 맞아 안내를 하렴."

"예, 그리 하리이다."

예수는 두 팔을 활짝 벌려 어리둥절한 문 목사에게로 다가와 말하더란다.

　"아우 어서 오게나, 이렇게 형제의 의로 만나게 되다니 이 어찌 아니 기쁜가!"

　예수는 아버지께서 맺어주시는 형제의 의를 진정으로 기뻐하며 오래도록 포옹으로 형의 우애를 전하고는, 다시 아버지 앞으로 문 목사를 안내하더란다.

　이윽고 하나님은 천국백성을 향해 축사를 하신다.

　"그간 나와 예수를 도와 저 범죄하는 인간들을 선한 백성으로 인도하려 동분서주한 문 목사를 이 시간부로 주 문수라 이름하여 축복하며 환영하노라. 문수야말로 나의 참뜻을 펴는 진정한 목양자임을 내 눈여겨보았음이다. 사실 이제야 실토를 하지만 외아들 예수가 외로울까 늘 걱정이던 차에, 마침 예수를 닮은 능력의 선지자가 인간 세상에 있음을 알고는, 그를 예수와 형제 의를 맺어주고 싶었단다. 그가 바로 저 사랑스러운 문수, 문 목사이지. 예수에게 동생이 생김은 나에게는 아들 하나가 생긴 것이 아니냐. 하하하, 하하하.

　오늘의 이 아름다운 인연을 천국과 인간 세상에 널리 알려 축복하고, 오늘로써 주 문수를 나의 둘째 아들로 입적하여 예수와 형제의 의를 선포하노라. 그리하여 오늘 이후로는 나의 장자

예수를 독생자니 외아들이니 하며, 부르지 않기를 우주 삼라만
상은 알지어다."

그의 '하나님 알현기' 파일은 평소 문 목사의 글답지 않게 읽
기조차 쉽지 않을 만큼 맞춤법, 띄어쓰기 등 문법은 물론, 구사
하는 어휘까지 해독하기가 어려웠다.

축사를 끝내신 하나님은 자신을 당신의 옆으로 불러 세우시
고는, 하나님 둘째 적통 품계에 걸맞은 권능의 인을 친 성골가
족관계 증명서를 건네주시며 또한 이를 만방에 선포하셨단다.

이처럼 발상불가의 발상으로 '하나님 알현기'는 하나님 아버
지와 천국 백성의 이름으로 차린 그날 잔치의 의미와 분위기를
기록하고 있었다.

나는 이제야 그의 USB를 통해 이 내용을 알게 되었지만, 뒤
에 알고 보니 그는 여러 차례 교회 설교를 통해 이 대목을 이미
널리 선전광고로 우려먹고 있었던 것이다.

때마다 신도들에게는 적당히 공포의 간을 치고는 하나님의
둘째 아들로서 무한하고도 절대적 성골 골계의 권능자임을 이
땅에도 이미 여러 차례 선포하였던 것이다. 하나님의 참칭이 어
떤 방식으로 나타날지 진정 두려운 대목이다.

그런데 이는 앞의 배꼽 사건과는 정반대의 행보를 보인 것이
니 참 의아하지 않은가? 배꼽의 제거 행위는 하나님과의 대적으

로 하나님을 정면으로 부정함이다. 그러던 그가 또 얼마 지나지
않아 하나님의 차남이요, 예수의 동생이라니, 그 모순적 심상의
행태가 생뚱맞고 또한 두렵게 느껴져 혼란스럽기만 하다.

어쩌면 권문세가와의 정략결혼으로 출세와 신변보호 장치를
마련하던 옛 역사의 처세술의 모방일 수도, 아무튼 참으로 화려
한 변신술이다.

인간의 한계

　그는 그의 길을 위하여 수단이란 수단은 다 동원하고 있다. 그만큼 '믿음천국'도 가까워지고 있다는 판단이다. 이제 〈인간피부호흡〉의 성공으로 '믿음천국' 건설에 필요한 사회간접자본의 확충은 완성된 셈이다. 그러나 그는 또 하나 '믿음천국'의 터전 닦기에 자나 깨나 공을 들이는 일이 하나 더 있다. 믿음천국으로 가는 길은 사선을 넘나드는 길이다. 인류를 구원하는 길이 어디 한 가지 조건 해결로 끝날 일이겠는가? 그의 지친 다리에도 아직 넘어야 할 고개가 남아 있었다.

　그 지난했던 〈인간피부호흡〉의 성공에 이어 이제는 이 피땀의 산물, 〈인간피부호흡〉을 믿음천국 건설 현장으로 실어 나를 또 하나의 필수수단, 곧 운송수단이 필요한 것이다. 하나님의 창세에 이어 '제2창세'라 불릴 '믿음천국', 바로 이 '믿음천국' 건설의 대들보인 〈인간피부호흡〉을 이제는 '믿음천국'의 건설현장으로 운송을 해야 할 차례이다. 여기서 선택된 운송수단이 바로 해상여객운송 사업이다.

앞에서도 소개를 하였지만, 이 사업은 무슨 특별한 수익을 올리려는 사업이 아니다. 오직 그의 '믿음천국'의 기초토대를 위해 필수불가결의 선택업종일 뿐이다. 앞으로 〈인간피부호흡〉과 짝을 이뤄 그의 야망의 프로젝트 '믿음천국'을 우뚝 세울 것이다.

대륙간 탄도미사일의 장점은 멀리 떨어진 적국을 가만히 앉아서도 공격하는 데 있다. 그러려면 무엇보다 먼저 가공할 위력의 탄두가 있어야 하겠지만, 문제는 이 탄두를 바다 또는 대륙을 넘어 멀리 날려 보낼 수 있어야 한다는 것이다. 탄두를 적국까지 날려 보내는 문제를 해결하지 못하고서는 핵탄두를 가진들 조롱만 받을 뿐이다. 확실하고도 믿음직한 운반 수단이 뒷받침되어야 하는 이유이다. 북한이 핵실험 핵탄두 개발에 못지않게 대륙간탄도미사일 개발에 심혈을 기울이는 것을 보듯 말이다.

이인삼각 놀이의 한몸이 된 두 사람처럼 여객운송 사업은 〈인간피부호흡〉이라는 핵탄두를 실어 나를 운반수단으로서, 서로는 운명적으로 호흡을 함께해야 한다. 이처럼 해상여객운송 사업은 그의 음모를 도약에서 완성으로, 거사의 대미에서 마무리투수 역을 맡게 될 것이다. 이미 알려진 대로 그는 20년 전부터 조용히 그의 수하들에게 해상여객운송 사업면허 획득을 위해 어떤 일보다 챙기고 독려를 해 왔었다. 그만큼 이 사업으로의 진출 여부가 '믿음천국' 완성에 또 하나의 시금석이 될 것이라 일찍부터 판단한 그였다.

나는 처음 문 목사의 USB를 입수하고 얼마 지나지 않을 때까지 그의 USB에 살짝 등장하다 사라지기를 반복하는 인물들을 놓고 정체가 수상하다 여긴 적이 있었다. 어디 러시아의 KGB니 미국의 CIA니 하는 세계 유수의 공작요원들처럼 그의 USB에서 내밀히 움직이는 수상한 흔적을 발견하였다. 당연히 나는 그들이 과연 누구이며 소속은 어디인가 하고 유심히 그들을 추적하였다. 그들이 바로 지금도 변함없이 해상여객운송 사업을 꾸려가고 있는 그의 수하들이다.

그의 해상여객운송 사업은 '믿음천국' 건설의 기반공사로 보통 말하는 SOC (사회간접자본)의 구축에 비유된다. 그만큼 그는 이 사업을 통하여 실로 어마어마한 음모를 운송할 물류기지로 삼으려 하고 있다. 주야장천 20년의 결실 〈인간피부호흡〉과 함께 '믿음천국' 건설의 필수수단으로 거머쥔 또 하나의 비밀병기가 바로 이 해상여객운송 사업이다.

나는 오늘도 세상 온갖 걱정을 도맡은 문 목사를 컴퓨터 모니터를 통해 마주하고 있다. 그의 전부라 할 '믿음천국'은 지금의 세상을 단일인종 단일종교 단일언어 단일지도자로의 대혁명을 지향한다. 처음부터 지금까지 설계도나 시방서의 변경은 없었다. 그만큼 이 단일화야말로 그의 가치 철학 관념의 핵이요 중심이다.

그리고 그의 USB는 문 목사 그 자체이다. 그 속에는 그의 모든 것이 들어있다. 신변잡기 일기에서부터 그의 가치관 인생관 등 생각하며 행동하며 목표하는 인생여정 전부를 한 올, 한 올 짜놓았기 때문이다. 나는 잠자는 시간을 빼고는 밥을 먹으면서까지 그의 USB와 마주한다. 늘 문 목사와 붙어있는 셈이니, 문 목사와의 호흡이 나의 일상인 것이다. 그래서인지 시간이 흐를수록 나는 그의 '믿음천국'이 빚어낼 단일민족, 단일언어, 단일종교, 단일지도자, 온통 그 단일주의에 흠뻑 빠져들고 있다.

프리즘에서 분광된 스펙트럼은 자연의 무지개처럼 빨주노초파남보의 무지개색이다. 우리 눈으로 그 색을 볼 수 있기에 가시광선이라 부른다. 다시 이 일곱 무지갯빛을 도로 한데 모으면, 신기하게도 그 빛은 색이 사라지며 본래의 무색투명한 흰빛으로 돌아간다. 이를 백색광이라 부르며, 저 밝고 환한 태양광이 바로 백색광이다.

그런데 또한 우리 앞에 늘 펼쳐져 있는 자연의 사물은 저마다 각양각색으로 그야말로 천연색이다. 이 각양각색의 물감을 이 색 저 색 한데 섞으면 빛과는 반대로 그 채색은 어두워져 결국 검은색이 된다. 그러니까 빛의 합은 백이요, 물감의 합은 흑인 것이다. 그렇다면, 온 세상 다양한 피부색의 인간들을 제대로 혼합하면 과연 어떤 색이 나올까? 유전법칙의 아버지 멘델에게 물으면 그 답이 나오려나…. 궁금하기 이전에 끔찍하고 두렵기만 하다.

문 목사, 그는 색은 저마다의 고유한 의미와 가치를 갖고 있는데도, 유독 인간의 피부색만은 서로 달라서는 아니 된단다. 앞에서 피눈물로 얼룩진 아프리카 흑인노예 역사를 보았듯, 그간 백인이 저지른 역사의 학습효과 때문이다. 색깔로 우열과 귀천을 구분 짓는 세상이 참으로 나쁘단다.

흰 피부의 그들은 절대 아니라 펄쩍 뛰지만, 이미 속 다르고 겉 다름을 역사와 현실이 증명하고 있단다. 지금의 색깔 그대로 평화를 누리면 이보다 더 좋을 수는 없겠지만, 더는 속을 수는 없다면서 말이다. 이런 주장을 펴는 시각 그의 말에 보랍시고, 미국 미주리 주 퍼거슨 시에서 흑인 소년이 백인 경찰의 총탄에 사망하였다는 뉴스가 들리고 있었다. 그것도 한 발도 아닌 여섯 발이나 맞고.

이제 어쩔 수 없이 길은 외길이다. 다인종을 섞고 섞어 더불어 하나 된 혼합단일 종으로 재창조 개국하는 단일인종의 나라,

'믿음천국'으로 간다며, 70억 인류 모두에게 함께 탈 탑승권과 입국비자를 보낼 준비가 끝나 있단다. 그의 뇌리에는 다인종, 다종교, 다언어, 다지도자의 문제투성이 세상이 되게 한 하나님의 창세실수에 대하여 그간의 세월만큼 원망의 나이테를 더하고 있었다.

그래, 인간을 여러 인종으로 만든 걸 진정 하나님의 실수로만 볼 일인가? 지구 구석구석 어디에도 피어나 세상을 아름답게 장식하는 꽃을 보라. 형형색색 저마다 뽐내듯 서 있는 그 자태며, 그 화사함을. 꽃만 놓고 보아도 다양성의 의미는 확연하다. 컬러풀한 세상이 얼마나 아름다운가? 장미나 백합화만 있어 저리도 아름답겠는가? 장미 하나만 놓고 보아도 얼마나 다양한 색으로 우리를 탄성 짓게 하는가? 세상의 온갖 꽃이 단일 꽃 단일 색이면 어휴, 어디 상여나 장례식장에 꽂아 어울릴 뿐 상상조차 싫지 않은가? "산에는 한 가지 나무, 한 가지 꽃만 피우지 않는다." 는 백범 김구의 말도 있다.

성경에도 말씀하셨듯이 토기장이는 같은 흙으로도 귀히 쓸 토기도 만들고, 허드레 막사발도 만들 것이다. 이는 토기장이의 계산이요. 오직 그의 마음이다. 색의 구별도 없고 크고 작음도 없는 붕어빵의 천편일률만이 평등일까? 모래알 하나도 똑같은 게 없단다. 인간도 저마다 서로가 다르다는 데서 의미와 가치를 찾아야 한다. 모두가 귀한 도자기의 대접을 원한다면, 그야말로 막사발이 없는 세상이 된다.

하나님의 세계에서 존재의 근본에 귀천이야 있을 수는 없다. 그러나 능력은 사람마다 다르기 마련, 자연히 더 유용한 재화나 용역을 제공할 능력의 소유자가 더 많은 사랑과 대접을 받게 된다. 이런 남다른 능력 또한 그냥 얻어지지 않는다. 젊은 날 인류를 위해 더 유용한 자가 되기 위해 남다른 노력이 수반되어야 한다. 개천에서 용이 날 수 없는 사회제도는 별개 문제로 치고, 어쨌든 더 유용한 효용을 제공하는 자를 높이 살 수밖에 없으니 세상에는 우열이니 신분이니 하는 계층이 존재하는 듯도 한 것이다.

그러니 어쩌랴? 다소 그 능력이 떨어지는 자는 볼멘소리를 내면서도 내키지 않는 업종, 직장, 보수인 들 받아들이게 마련이다. 그러기에 사회는 다소 소란할지라도 순항을 거듭하여 왔다. 물론 이를 모를 문 목사도 아니지만, 단지 그의 단일화강령은 이미 그 경계가 굳어져 상대와의 공존을 더는 모색할 수 없는 영역, 예를 들어 인종차별, 종교전쟁 등에 대한 해법으로 내놓은 특별한 경우에 해당된다 하겠다. 단연, 인종문제 종교문제 등과 같은 전 인류의 공통된, 또한 더없이 해결이 시급한, 그러나 그 해법이 쉽게 보이지 않는 문제에 국한하여 그의 법칙을 들이

대려는 것이다.

그릇은 장식장에 진열되기보다는 무엇이든 담아내고는, 자주 개숫물에 잠기는 게 본연의 역할이요, 태어난 이유이다. 또는 누구라도 막사발임을 받아들이거나 스스로 막사발 역할을 자처할 때, 그들이 진정 세상에 태어난 참가치의 실천자이다. 이처럼 '믿음천국' 건설과정에서 보이는 문 목사의 겉모습은 온통 권능의 카리스마에 목맨 듯 보이지만, 분명 군림의 카리스마가 아닌 인류구원이라는 가장 힘들고 소중한 그 막사발의 역할을 감당하려는 자세로 보인다.

그러면서 지엽적인 문제이긴 하지만 낯간지러운 이야기라며 지역반목 문제에도 노기 띤 모습으로 일갈하고 있었다. 나는 그의 성난 모습과 거친 표현이 왠지 좋아 그의 말 그대로를 복사하듯 옮겨보았다.

"그따위 지역감정이 너의 대갈통에 털끝만큼이라도 들썩이면 지체 말고 그 대갈통을 깨버려. 이 강산에 살 자격이 없는 기라. 뭐 그런 주제에 남북통일을 바란다고 웃기고 있어 정말, 어림도 없는 수작이여. 작은 동서도 안 되는 주제에 큰 남북은 될까 보냐. 그러니 오천 년을 마냥 싸우고 갈라 살았지."

그러면서 한마디 더 던지고 있었다.

"앞으로 정부는 특별지원법을 제정하여 영호남 간 사돈 맺기를 지원하라. 그런 가정은 국비로 결혼자금은 물론 직업알선 주택 및 행복기금을 제공하라. 이 나라의 앞날에 책임 있는 자들아, 공무원이든 정치인이든 대통령이든 국민에게 봉사할 위치에 있는 자들은 스스로는 시멘트가 되라 이거여. 갑자기 웬 시멘트냐고? 국민은 모래요, 자갈이요, 철근인 거여. 저마다 국가구성에 한몫을 할 재료가 이미 돼 있는 거여. 그런데도 명색이 지도자란 자들이 앞장서 분탕질에다 이간질만 시키니 국민들이야 각각 따로 놀 수밖에. 그러니 지도자 위치의 모두는 자신은 시멘트가 되어 멸사봉공이라는 물을 가득 짊어지고는 국민들 가운데로 푹 뛰어들란 거여. 그리하면 이 나라는 이웃이 넘볼 수 없는 철근콘크리트의 나라가 된단 말이여. 그리고 또 난 요즘 젊은이들이 결혼을 늦추거나 아예 포기하는 사례가 늘어난다는데 참 동의할 수가 없어. 직장문제, 육아문제 등 온갖 이유를 들이대지만, 말도 안 되는 논리여. 게다가 저 좋아 결혼을 하고는 또 이혼을 손바닥 뒤집듯 하는 인간들에 환멸이 느껴져. 개도 아닌데 말이여. 뭐 또 황혼이혼? 참 니들이 안고 있는 그 개도 웃을 일이여.

세상의 동식물은 어떤 종으로 태어나든 죽기까지 의무를 다하고 가는 게 바로 생식이여. 태어난 이상 이 의무에 해태하면 죽어 몸이 갈기갈기 찢기는 벌을 받는 거여. 한꺼번에 확 찢는 것도 아니고 오늘 조금 내일 조금 또 아물려 하면 또 조금, 이렇게 영원히 몸이 찢기는 형벌을 받는다잖아. 몸값을 못한 죄가 가장 큰 죄란 말이지. 아 생각만 해도 몸서리쳐지는 형벌이잖아. 이제 알았다고? 그러니까 때가 되면 빨리 서둘러. 뭇 생물들은 환경이 어려울수록 생식에 비상방안을 강구하는데, 어찌 된 영문인지 인간은 반대로 가고 있어. 제 몸의 난자와 정자를 평생 무용지물로 만들려는 자는 자기 일신만 생각하는 가장 나쁜 이기주의자인 거여. 매국노 이완용이보다 더 나쁜 게지. 그땐 민족이라도 이어졌으니 나라를 되찾기라도 했지만. 후세가 끊긴 나라야 저절로 짚불처럼 사그라지고 말 것이니 그럼 그땐 나라를 누가 있어 찾을꼬? 그러면서도 뭐 성 욕구는 해소하며 산다고? 참 가관이야. 앞으로 나의 '믿음천국'에서는 생식의무에 확실한 의식이 있는 자에게만 성 욕구를 해소할 자격을 줄 거여. 암고양이의 울음소리를 들어는 보았느냐? 가장 아름다운 하나님의 섭리의 소리니라. 고양이만도 못한 인간들이로고. 미물도 하나님의 섭리를 아느니라."

이렇게 사회현상을 걱정하고 있는 글은 그가 정상일 때 남긴 것으로 이후 그의 정신 병력은 깊어만 간다. 그런 가운데서도 거사계획의 시계는 어김없이 돌아가고, 5분대기조의 군장처럼 준비는 언제나 물샐 틈이 없다.

병든 사회 I

바야흐로 문 목사가 학수고대하는 D데이가 임박하다.

날 잡기, 정말 길일은 있는 것인가? 미신을 믿지 않는 사람들
도 큰일을 앞두고는 좋은 날 고르기가 더 큰일인 듯, 택일에 고
심하고 부산을 떨지 않던가? 문 목사 역시 하도 많은 계산속에
고심에 고심을 거듭하고 있었다. 그러던 중 정부의 한반도 대운
하 건설계획이 발표되는 순간, 그는 무릎을 탁 치며 바로 '고민
끝'을 선언하는 것이었다. 파안대소하며 하나님이 거사의 날까지
잡아주신다 호들갑을 떨며 덩실덩실 춤까지 추었다.

알다시피 그는 이미 20년 전에 심복 부하들을 앞세워 해상여
객운송회사를 설립하여 운영 중이다. 〈인간피부호흡〉을 통한
'믿음천국' 건국계획을 처음 착수하던 그 당시부터 목적달성에는
해상여객운송 사업이 필수적 동반 사업임을 선언한 터였다. 그

러기에 이제야말로 때가 무르익었다는 판단에 그는 정부의 한반도 대운하개통 축하행사 세부계획을 입수, 자신과 수하들의 일거수일투족 하나까지 그들만의 행동수칙을 재점검한다. 점조직 각개전투로 성공의 고지를 향해 달릴 행동요령이다. 단지 수하들은 각개의 임무만 숙지할 뿐, 거사의 설계도나 조감도와 같은 통합개념은 애초부터 없는 자들이다. 이 거대한 프로젝트에 그들은 그저 하나의 부품일 뿐, 제 자리에서 제 일만 로봇처럼 열심이다.

사실 한반도 대운하의 등장 이전에는 그의 음모니 거사란 것도 목표는 있되, 세부계획은 참으로 허술한 상태였다. 이 점을 늘 고심하던 문 목사는 한반도 대운하라는 새롭고도 기막힌 수단을 발견하고는 얼씨구나 이게 웬 떡이냐며, 한반도 대운하의 사용권부터 곧장 쟁취하는 것이었다. 물론 처음부터 지금껏 확실하고도 변함없는 소신도 있다. 언제든지 〈인간피부호흡〉만 성공하면 다른 조건들이야 다소 완전치 못하다 할지라도 거사를 결행한다는 뜻대 말이다. 조바심과 흔들림 없는 의지의 교차 속에서도 그는 D데이 그날까지는 완전조건 충족에 추호도 소홀함이 없어야 했다. 지성이면 감천일까 한반도 대운하라는 특효약 한방으로 만사형통이 눈앞이다.

거대한 음모의 성공에는 목표달성에 수반되는 다양한 조건들이 서로 부응하여 상황의 변화에도 어떤 충돌도 발생하지 않아야 한다. 그의 거사계획의 기본은 알파도 신격화요, 오메가도 신격화이다. 오직 그의 절대권능을 위해 그 어떤 조건들도 순응해야 하는 것이다. 이러함에도 여태는 자신의 절대적 권능을 세우기에, 하나의 조건이 완성되는가 하면 엉뚱한 다른 종속변수가 터지는 데는 그의 좋은 머리로도 감당이 불감당이었다. '믿음천국', 이상세계에서나 있음직한 목표를 현실세계에서 짜 맞추려니 필요조건들 간의 그 아귀가 어찌 매끄럽게 딱딱 잘도 맞겠는가?

그러니 그간의 믿음천국 건설계획의 수립은 사실 고난도의 퍼즐게임이었다. 이러할 때에 한반도 대운하라는 멋진 수단 하나가 얼크러진 난마를 싹 풀어주니, 여태 서랍에 넣었다 빼었다 갈팡질팡하던 거사계획이 일약 탄력을 받게 된 것이다. 그의 말대로 천우신조가 분명하다.

또한 다행인 것은 자신의 선견지명이 벌써 빛을 발하는 분야도 있었다. 그가 일찍이 서둘렀던 사업, 그사이 그는 이미 국내 해상여객운송의 선두주자가 되어 있었고, 따라 관계 정계에도 두루 인맥이 형성되어 있었다.

이로써 그들은 은밀한 모습으로 대운하 물길개통에 맞춰 내로라하는 재벌들의 파상공세를 따돌리고는 창파해상여객운송 (주)에서 한반도 대운하 여객운송(주)이라는 자회사를 분사하여,

한반도대운하의 여객운송 및 관광 사업권마저 따내었다.

세상은 이 과정에서도 대재벌들을 보기 좋게 따돌린 그들의 수완에 놀라워하고 그래서 부러움과 박수를 보낼 뿐, 이는 무서운 대재앙의 잉태요, 입덧의 시작임을 어느 누구도 감지하지는 못하였다. 문 목사로서는 그 이후부터는 이런저런 명분으로 정부 관계자와의 소통이 훨씬 수월해지고, 여기에다 생각지도 못한 덤까지 챙기게 되었다.

처음에는 거사결행의 장소를 그의 사업장인 인천과 제주 간의 정기노선 수역 가운데서도 물살이 세기로 이름난 진도 앞바다 맹골수도를 지목하고 있었다. 한반도 대운하의 개념이 없었던 당시라 자연히 그들 해운업의 정기노선을 따라 범행 최적의 장소를 물색하던 터였다. 또한 선박의 규모가 작았던 만큼 거사에 쓰일 제물의 규모도 500명 정도였다.

그러다 이게 웬 행운인지 국제적 관심사로 떠오른 한반도 대운하, 문 목사 일생일대의 야심 '부활기적'이 그야말로 초호화 무대로 옮겨 데뷔를 하게 되는, 특별 신장개업의 행운을 맞은 것이다. 게다가 화목제 예식에 초청규모를 무려 3000명으로 늘리게 되었으니, 그 기대되는 시너지효과가 또한 엄청난 보너스이다.

부족할까 늘 걱정이던 그의 신격화가 태풍이 전진하며 바다 열기로 세력을 팽창하듯, 정부사업과 손을 잡으니 상상을 초월하는 새 에너지원이 창출되는 것이었다. 글로벌 아이돌 그룹에다 무엇보다 대한민국 북한 중국 일본의 4국 국가원수까지라니…. 제단에 오를 삼천의 그 화려한 면면이 생각만으로도 그를 황홀케 한다.

그 소중하고 귀한 인재들이 자신의 거사에 기꺼이 화목제물이 되려고 불나방처럼 날아든다니…. 제단에 바칠 헌제물이 예사로운 희귀품이요, 향기로운 예물이 아니다. 메, 탕, 조, 율, 이, 시… 로 차리는 우리네 일반 제상의 제물과는 비교의 차원이 아니다. 차마 돈으로 환가할 수 없는 기막히게 값진 명제수품 앞에 그가 오히려 어안이 벙벙할 정도이다. 또한 여태는 거사를 꼭꼭 숨겨 일을 벌이자니 여간 신경 쓰이지 않았는데, 이제는 정부계획에 편승하여 정부라는 듬직한 방패 속에 몸을 숨기니 거사의 추진이 또 얼마나 안전하고 자유로운가?

지금 그의 망나니 주술에 하나님의 귀가 엄청 가려우시겠지만, 세상에 이런 은혜가 없다며 가없는 하나님의 보살핌이요, 축복이란다. 큰일 앞에 오히려 평온해진 그는, 거사계획 추진점검표를 펼치며 그의 좌우명인지 '한 배 가득 일망타진'을 중얼대고 있다.

그는 형식과 절차를 갖춰야 할 업무처리에도 빈틈이 없다. 오후에는 이사회가 계획되어 있어 이 이사회를 통하여 마지막 사무적인 절차까지 마쳐두려 한다. 거사 후 자신의 생환에 따른 어떤 잡음도 없어야 하기 때문이다. 회의실로 가기 전 문 목사는 이사회에 상정될 안건들과 그 처리방향을 놓고 한 번 더 확인 점검을 하려나 보다.

그는 상념에 빠져들거나 생각의 정리가 필요할 때는 버릇처럼 찾는 자리가 있다. 오늘도 20년을 〈인간피부호흡〉과의 애환을 함께한 개구리 가족의 보금자리, 연구실 옆 작은 연못 앞 흔들의자에 앉는다. 흔들의자는 한 눈에도 낡아 보이지만 기능은 제대로인 듯 잘 흔들거리고 있다. 이어 그는 개구리 가족에게로 더 가까이 하고픈지 연못 쪽으로 몸을 숙이고는 주인을 알아보리라는 듯 개구리들에게 윙크를 보낸다. 어쩜 그간의 공로를 치하하고 고마워하는 마음에서일지도 모르겠다. 개구리는 그의 애틋해 하는 마음을 아는지 모르는지 검게 비친 그의 얼굴상 위로 헤엄치기에 바쁠 뿐이다. 밝은 햇살 속 그의 얼굴은 병 때문인지 고생 때문인지 많이 수척해 보이는데 기분이야 엄청 좋은가 보다.

화려한 잔치로 시작될 '믿음천국' 건설의 첫걸음, 이제는 듬직하다며 거머쥔 거사계획 속에 그의 야망이 이글거리고 있다. 시작이 반이듯 출발부터 세상의 이목이 자신에게로 쏠릴 것을 그려본다. 침몰의 전 과정을 초호화 버라이어티 쇼로 기획 연출하여 거사효과를 극대화할 세부계획도 그의 머릿속에 환하다. 그 외에도 거사 성공을 지원할 다각적인 전술들도 준비해 놓고 있다.

그런데 만약 그때 정부의 대운하 건설계획 발표가 없었다면 어떻게 되었을까? 그는 이 대목에서 잠시 미간을 찡그리듯 하는데… 아무튼 초지일관 처음 계획대로 인천 제주 항로의 팽목항 앞 맹골수도에서 이미 거사가 끝났을 것이라는 생각이다. 당시는 '믿음천국' 건설에만 목을 매고는 온통 초조해하던 터라, 〈인간피부호흡〉의 성공 즉시 거사를 결행한다는 강박에 싸이던 때였다.

그런데 그가 이 대목에서 잠시 미간을 찌푸린 것은, 당시 시간에 쫓긴 나머지 덜컥 거사를 결행하였더라면, '신격화'라는 절대적 푯대를 향한 그의 소망마저도 자칫 물거품이 되었을 것이라는 생각에서다. 당시 인천 제주 항로의 이용 승객은 주로 제주도를 수학여행지로 찾는 학생들이 주류를 이루었다. 그러니 인생 만 리의 앳된 학생들을 제물로 삼으려던 데는 자신의 목표가 신이든 메시아이든 그 어떤 목적에서건 품격 있는 판단은 아닌 것이다. 금지옥엽의 자식이요, 국가 미래의 동량인 어린 학생들의 떼죽음으로 얻을 그 충격 효과에는 욕심이 발동을 하지마는, 그러나 그리하여 자신은 신이 되어있다 한들 어린 죽음에 대한 그 비통함을 바라보는 문 목사 자신인들 어찌 마음이 편안할 것인가?

그런데 지금 그가 개구리 가족 앞에서 결기를 누그러뜨리고 독기가 빠진 듯 여유를 부리는 것은 승기를 확신하는 자의 여유일 뿐이다. 그가 대운하를 만나지 못했다면 결코 상상도 할 수 없는 태도이다. 지금은 대운하라는 비장의 수단으로 현대판 트로이목마의 기똥 찬 그 전술을 재현하여 승리를 장담하는, 그야말로 승자의 여유를 즐길 뿐이다.

그러니 당시로서는 신이 되고자 벌인 선박침몰이란 결기도 거대한 태풍을 불러오기는커녕 한낱 찻잔 속의 태풍으로 끝나고 말았을 것이라는 생각이 든 것이다. 그렇게도 염원하던 예수 부활의 권능은 고사하고 앳된 학생들의 떼죽음 충격에 묻혀서는 자신의 기적의 생환조차도 신문 한 석이나 메울 작은 해프닝으로 사라지고 말았을 것이라는 생각이다. 분명 자신의 생환이야 전대미문의 특특특종사건인데도 세상은 온통 하나님의 은혜로만 돌릴 것이다. 이처럼 하나님 찬양으로 묻혀버린 자신의 권능이야 어디서 그 흔적인들 찾을 수 있었겠는가 말이다.

문 목사는 아찔했던 그때를 돌아보며 미간이야 찡그렸지만, 결과적으로 이렇게 때를 만나게 하신 하나님께 감사의 기도를 드리고 또 드리고 있다.

이제는 한반도 대운하가 천군만마로 가세하여 허점투성이의 거사계획이 필승의 작전계획으로 완성되니, 그간의 마음고생이야 따라 말끔히 씻기고 있다. 영웅은 시대가 만드는 것, 때를 만난 그는 양적 질적으로 엄청 업그레이드된 최종 거사계획서를 거머쥐고는 연못가 흔들의자 앞 개구리 가족을 바라보며 만감에 젖고 있다. 그러다 문득 문 목사가 무슨 생각에 놀란 듯, 몸을 움찔하는데 흔들의자까지 반응을 보이고 있다. 아마 그 당시 긴박했던 순간이 떠올랐나 보다.

정부의 대운하개통 기념식과 아울러 4국 선상정상회담 일정을 자신의 각본대로 따라오게 하던 과정이 떠오른 것이다. 아찔하고도 진땀을 흘린 기억이다. 우리 외교부는 물론 나머지 3국의 정부까지 자신의 계획대로 움직이게 하는 일이었다. 4국 정부마다 일정상의 사정은 각기 다르기 마련이다. 회담의 의제야 문 목사가 관여할 일은 없겠지만, 회담의 세부일정만은 문 목사의 계획대로 짜여야 한다. 그렇지만 한 나라에서 내미는 조건 즉 독립변수는 다른 나라에 여러 종속변수로 영향을 미쳐서는 다 된 밥에 재를 뿌려댔다. 우여곡절 끝에 고비를 넘기던 그때를 생각하며 다시 가슴을 쓸어내리는 모습이다.

그때 가장 긴박했던 순간은, 처음에는 대운하에서의 거사라니 너무나 들뜬 나머지 세심한 검토의 여지도 없이 무조건 OK

라 좋아하다가, 이내 화들짝 놀랐던 기억이다. 거사를 놓고 묘안 찾기에 부심하던 당시로서는, 거사의 무대가 한반도 대운하로 옮겨진다니 얼마나 좋았던지 얼씨구나 덜렁 정부와 계약까지 일사천리로 그침이 없었다. 우리네 어느 무명가수가 어느 날 뉴욕의 카네기홀이나 링컨센터의 초청공연을 받은 기분에라도 비유가 될까. 아무튼 그는 정신을 잃을 만큼 기분이 황홀했다.

그런데 놀라고 말았다. 3만 톤의 선박에 운하의 수심은 고작 6, 7미터, 배를 전복시키고 가라앉히기는커녕 비스듬히 눕히기에도 너무 얕다. 게다가 육지와 지근거리이니 곧장 구출의 손길로 장엄한 화목제 의식은 고사하고 세상에다 벌집을 쑤셔 던진 꼴이 되지 않겠는가? 도저히 어리석고도 무모한 거사계획이었다. 식은땀이 흘렀다. 이미 정부와의 계약은 해지할 수도 없는 상황, 결국 자신의 거사계획을 수정보완하는 방법 외에는 딱히 길이 없었다. 돌발 위기 상황, 긴급 작전변경이다. 언제나 외로운 늑대, 이런 위기에도 그의 작전 테이블엔 다른 그림자는 없었다.

우선 4개국 정상들의 기호와 관심사를 알아냈다. 그러고는 선상정상회담의 일정을 부산에서 다시 제주까지 늘리기를 은밀히 공작을 벌인다. 그러나 국제적 마당발 인맥을 총동원함에도 국정과 외교 일정에 바쁜 정상들이라 어렵다는 회신만이 도

착할 뿐이었다. 하나의 독립변수를 4개국이 함께 받아들이기에
는 그 종속변수가 너무 복잡하다. 암담한 문 목사, 여기서 포기
란 그의 모든 것 '믿음천국'을 잃는 것이다. 그런데 이번에도 그
의 하나님은 곁에 계셨다. 국정에 지친 정상들에게 오히려 제주
에서의 웰빙휴양을 겸한 회담 일정의 연장제안은 문제해결의 좋
은 미끼가 되었다. 얼마 후 다들 제주도를 보고 싶어 한다는 회
신에는 정녕 그의 하나님이 계심이다.

그런데 또 만약, 그때 제주까지의 연장 운항 제안이 끝내 거
절되었거나, 아니더라도 선상정상회담의 일정이 다시 축소되어
처음 계획대로 돌아가는 상황도 대비해야만 했다. 인간 세상사
에는 늘 돌발변수로 곤욕을 치를 일이 잦으니까 말이다. 제주까
지의 회담 일정이 부산까지로 축소될 어떤 돌발변수의 대처방안
도 미리 세워두어야 하는 것이다. 다시 고심 끝에 그는 해도를
꺼내고, 운하가 끝나는 낙동강 하구에서 항로를 조금 우회한
적당한 수심수역의 좌표를 확인한다. 유사시 부산항 연안 바다
에서 거사를 결행할 비상책이다.

그런데 또 여기에는 작전의 세심한 보완이 필요했다. 부산항
연안에서의 거사결행에는 대운하 내에서와 같이 많은 문제점이
예상되기 때문이다. 거사의 수역이 육지와 너무 가깝고 밝은 낮
시간대이며 해난구조 체계가 잘되어있는 부산 인근이라는 점들

이 결정적 문제점으로 떠올랐다. 이럴 경우를 대비 더욱 철저히 보완책을 마련해야 할 게 있었다. 무엇보다 거사결행에서 입수 침몰의 완성을 최단시간으로 끝내야 한다. 조타실에서 급변침(급 방향변경)을 가하여 배를 바다에 눕히기는 어렵지 않다 하더라도, 배 자체의 중력만으로는 침몰의 완성까지는 엄청 시간이 걸릴 것이기 때문이다.

그러기에 그는 여차하면 배의 좌현외벽을 폭파, 뚫린 배의 옆 구리에서 선실로 물이 밀려들게 장치를 서둘렀다. 나중 이러한 데 대한 책임 따위야 이미 그때는 신이 되어 있을 그의 권능 앞에 무슨 문제가 될 수 있을 것인가? 옛날의 그는 일의 결과가 미칠 영향을 너무 좌고우면하는 바람에 계획수립 단계에서부터 일의 진척이 더뎠다. 그런데 그렇게 우유부단하던 그가 180도 바뀌는 데는 자신이 곧 신이 된다는 확신이 선 뒤부터였다. 신이 된 뒤에는, 지난날이 들춰질 일도 없겠지만, 설령 들춰진다 해도 무슨 문제가 되겠는가?

그는 요즘 배짱이 두둑하다. 오직 침몰의 실패만이 두려울 뿐, 삼천의 제물을 오롯이 바다를 통하여 하늘에 바친 뒤엔 염려할 일은 그 어디에도 없는 것이다. 하지만 침몰의 실패는 자신을 사법 심판대에 서게 하는 일이야 젖혀두고라도, 그의 전부요 소망인 '믿음천국'을 잃는 일이니 어찌 두렵고 무섭지 않겠는가?

아무튼 정상회담이 계획대로 제주까지 무사히 진행되어야 작전을 펴기가 용이하다. 오직 그렇게 되기만을 빌 뿐이다.

회담일정이 탈 없이 제주까지라면 거사의 H아워는 새벽녘이다. 새벽 시간대는 선내는 물론 세상이 고요히 잠든 시간이니, 침몰입수 예식을 훨씬 여유롭게 치를 수 있을 것이고, 또한 화목제의 의미를 오래 새기고 음미할 수 있을 것이라는 판단이다. 새벽을 노린 작전, 어디 해가 밝아 구조대가 도착한 들 이미 그때는 만사휴의가 아니겠는가?

아직도 그에게 현재진행형의 걱정들이야 한둘이 아니다. 지금도 그를 골몰케 하는 일은 여럿이다. 거사의 완벽한 성공은 지금까지 누누이 이야기한 대로 삼천의 제물을 고스란히 침몰입수시키는 일이다. 그러기에 조금 앞에서도 걱정하던 바와 같이 선박의 침몰조건에 관한 한 그의 걱정은 여전히 남아 있다. 그의 파일 하나에는 온통 배의 복원력에 관한 자료들이다. 그는 선박의 복원력의 원리를 역이용하면 쉽게 배를 전복 침몰시킬 수 있다는 계산을 하고 있다.

복원력이란 어떤 힘에 의해 배가 기울면 다시 반듯한 자세로 돌아오려는 성질이나 힘을 말한다. 우리의 일상에서도 쉽게 확인할 수 있는데, 일반적으로 어떤 물체가 안정되기 위해서는 세 가지 조건을 갖추어야 한다. 첫째 물체의 기저, 즉 밑바닥이 넓어야 하고, 둘째 물체의 무게 중심이 낮아야 한다. 이 두 조건을 따진다면 우리 몸이 매일 경험하고 있다. 좁은 발바닥으로 높이 서 있기보다는 넓은 등으로 낮게 누워있는 게 훨씬 편안하고 안정적임을. 그런데 종이, 스티로폼이나 낙엽은 납작하고 넓으니 무게중심도 낮아 안정성이 크다 하겠지만 아니다. 그것들은 가벼운 바람에도 쉽게 나뒹구는 신세가 된다.

앞의 두 조건이 같다면 물체가 무거워야 한다는 세 번째 조건을 충족하지 못한 때문이다. 이 세 번째 조건의 예는 우리 주위에서 얼마든지 볼 수가 있다. 어떤 시합에서는 체중의 경중을 따지는데 무거운 사람은 제풀에 넘어지지 않는 한 넘어뜨리기가 어렵다, 같은 병이라도 빈 병은 쉽게 넘어진다. 그러나 가득 물을 담은 병은 그렇지를 않다. 오솔길이나 산길을 걷다 보면 위태로워 보일 만큼 외줄로 쌓아 올린 돌탑을 만난다. 가벼운 물체라면 그렇게 쌓아서는 산들바람에도 버티지 못한다.

배는 바다에 떠 있지만, 지상에서와 같이 큰 배가 더 안정적일 것은 당연하다. 배의 복원력은 지구의 중력에서 비롯되지만, 복원력의 크기는 배의 상태에 따라 크게 달라진다. 오뚝이의 원리처럼 선박의 무게중심이 낮아야 하는 것은 육지에서와 마찬가지이다. 그래서 그가 의도하는 바는 복원력의 원리를 역이용하여 그 복원력을 낮추거나 아예 없애려는 것이다. 선박의 갑판 상층부까지 선실을 늘리고, 해수풀장 등 유희시설도 최대한 확장하고 화물적재 공간도 넓힌다. 물론 이러한 작업은 관계기관의 묵인 속에 가능한 일임은 두말할 것도 없다. 그 외에도 문 목사 자신은 배수, 통신, 조타장비, 기타 안전장치의 조작법을 하나하나 배우고 익혔다. 선박의 안전을 지키기 위함이 아니라 바로 그 안전성을 제대로 없애기 위함이다.

선적화물을 결박할 주요 장비인 콘, 라싱바, 턴버클 등은 아예 철거해 버렸다. 이 장치들이 도리어 넓은 공간을 차지하기에 화물을 많이 싣는 데에 방해된다. 무엇보다 거사가 시작되어 배에 급격한 변침을 가하면 이때 적재화물들이 결박되어 있지 않아야, 배가 기우는 쪽으로 화물이 급격히 밀리고 쏠리면서 무게중심을 흔들어 배의 전복을 더욱 빠르게 돕게 된다는 계산이다. 이처럼 물체 운동법칙만으로도 침몰의 효과를 크게 올릴 수 있다. 아무튼 그는 결정적인 순간에 복원력을 제대로 떨어뜨릴 방안 마련에 고심이다.

또한 그는 복원력과 관련하여 선박의 평형수에도 관심이 많다. 배의 안정성을 위한다며 승객을 배의 밑바닥에 태울 수도 없거니와, 승용차 같은 짐 또한 승객의 편의를 위해 갑판 쪽에 실어야 한다. 그러니 배의 상층부에 선실이 마련되고 갑판 위에 화물이 적재되니, 자연히 선박의 무게중심은 올라가고 따라 복원력은 낮아지게 된다. 이럴 때 배를 안정시키기 위해 선박의 하부에 준비된 탱크에 적당량의 물을 채우는데 이를 평형수라 부른다. 이렇게 배 하부에 평형수를 채워 배의 무게중심을 잡아주면 배는 오뚝이처럼 안정되어 바람이나 파도가 배를 넘어뜨리려 해도 거뜬히 평형을 지켜낸다.

대형 선박이 먼 항해를 시작할 때 연료 기름은 수백 수천 톤에 이른다. 기름 탱크는 선박 밑바닥에 있어 기름이 곧 평형수 역할도 한다. 그러다 오랜 항해의 시간만큼 기름이 소모되면서 배의 하부가 가벼워진다. 이때 배는 상대적으로 위쪽이 무거워지는 셈이니 그만큼 배의 무게중심은 높아지고 안정성은 낮아지게 된다. 이럴 때 평형수가 또한 역할을 하는 것이다. 물론 복원력이 무조건 높은 것만이 능사가 아니다. 복원력이 너무 좋으면 오히려 배는 촐랑거려 승객의 멀미를 더 일찍 부를 수도 있다. 괘종시계의 긴 추처럼, 부채를 길게 잡고 설렁설렁 부치듯 조금 느긋한 복원력이 여객선에는 알맞단 말이다.

이상 그의 자료의 설명처럼 탑승객 전원 사망이란 대전제 속에, 자신의 신체가 버텨낼 수 있는 적당 수압의 수심에서, 가급적 오랜 세월 후에, 어쩌면 사고의 기억마저 잊은 세상 사람들에게 난데없는 생환의 기적을 목도케 함으로써 믿음천국 기반 건설에 대망의 화룡점정을 찍는다는, 그가 그리는 최적의 침몰작

전 시나리오이다. 당연 〈인간피부호흡〉의 기능을 확신하는 그에게만 가능한 일이다. 땅굴의 붕괴로 수십 일을 견디며 생환한 그런 기적과는 기적의 개념 자체가 다른, 예수님과 같은 절대권능에서만 보일 물속에서의 특별부활기적을 세상 인간에게 보일 것이다.

그의 일기에 의하면 문 목사는 이미 오래전부터 인천 제주 간을 운항하는 자신의 소유, 창파 1호에 여러 차례 모의훈련 차 승선을 하여왔다. 승객수와 화물 무게 등에 따른 선박복원력의 추이와 그때마다 느끼는 미세한 신체감각의 변화까지를 자신의 몸이 기억하도록 체득훈련을 하려 함이었다. 그의 머리에는 제트기의 공중곡예, 자동차경주 포뮬러원(F1)에서 날기보다 빠른 질주, 코가 비뚤어지도록 휘감아 돌아가는 코너링이 떠오른다. 이어 그가 차려놓은 예식장이 바라다보이면 대운하호는 마지막 스퍼트로, 예식장에 걸린 결승 테이프를 끊으며 급변침, 배는 미끄러지듯 파도의 이불을 파고들며 가뿐히 드러누울 것이다.

희망대로 제주에 다다를 때면 배의 하부에 실려 지금껏 평형수의 역할을 하던 연료기름은 바닥이 나지만, 상층부의 무게는 여전히 변함이 없을 것이다. 바로 이때 그야말로 최고 속도에 급변침이면 배는 영락없이 눈밭에 미끄러지듯, 축구경기의 슬라이딩태클의 그 날렵한 자세로 드러누울 것이다. 고속으로 차를 몰다 갑자기 급회전하면 반대방향으로 미끄러지며 전복이 되는 사고를 목격하듯 말이다. 최대속도에 급변침, 그야말로 관성의 법칙, 가속도의 법칙, 작용·반작용의 운동법칙을 제대로 한번 써먹으려 하고 있다. 그의 메모리 속 오뚝이의 원리, 평형수, 선박 안전법, 선박 복원성의 기준, 복원성 시험 및 계산, 부력의 산입범위, 횡경사각, 흘수선, 급변침 등과 같은 용어들이 나를 괴롭히고 있었다. 생소하고 어려워 대충 개념만 훑어보기만 해도 머리가 지끈지끈하였다. 평형수, 급변침이란 용어에 밑줄이 그어져 있었다. 그의 관심사가 쉽게 짐작이 된다.

누구에게나 꿈은 이루어지는가? 지금 그의 거사등정의 베이스캠프이자, 연구실 옆 이사회의장에는 마지막 등정을 도울 셰르파들이 이사 직함의 명패와 함께 둘러 앉아있다. 물론 정상을 향한 최종 코스는 문 목사의 단독 등정임은 말할 것도 없다. 이제 그의 마지막 등정채비가 될 한반도 대운하 여객운송㈜의 이사회를 한 번 들여다보자. 사실 이사회라는 것도 그의 핵심 수하들과의 비밀회동일 뿐이다. 늘 그러하지만, 그가 선박 침몰사고를 획책하고 있음을 그 어떤 이사도 눈치채서는 안 될 일이다. 그간 선박구조를 개조하여 승선인원과 화물적재 공간을 늘리면서도, 선박 안전을 위한 설비와 장치에는 제대로 비용을 쓰지 않는 이유를 여러 번 밝혀 강조하였다. 회사 수익성을 고려한 불가피한 조치임을 이사들은 이제 더 강조하지 않아도 이미 그렇게 믿고 있을 터이다.

 "그간 우리의 '믿음천국' 건설을 위해 애쓴 여러분의 노고에 깊이 감사를 드립니다. 그러나 아직 갈 길은 멀고 험난합니다. 끝까지 죄 많은 인간들의 구원을 완수할 때까지 우리의 헌신봉사를 방기하거나 게을리해서는 안 될 것입니다. 이사님들 각자 그간에 어려웠던 일이나 건의사항이 있으면 이 기회에 기탄없이 말해보세요."

 문 목사가 회장이란 직함으로 이사회를 진행하며 '믿음천국'이라는 표현을 쓰고 있지만, 이사들은 구체적으로 '믿음천국'이 무엇인지는 알지를 못한다. 단지 문 회장이 추진하는 교회부흥을 위한 복음전도 활동의 한 프로그램 정도로 알고 있을 터이다. 문 회장에 이어 그의 큰아들 문 이사가 먼저 한마디 한다.

 "회장님, 요즘 관계기관에서는 우리 그룹의 각종 규제완화 요구에 대해 관계법규를 내세우는 등 예전 같은 협조를 잘 안 하려는 분위기가 감지됩니다. 무언가 약발이 다된 것 같은데 어떤 조치가 있어야 할 것 같습니다."

 "그 사람들 본래 생리가 그런 것 아닌가요. 그 문제는 좀 버텨보다 문 이사가 알아서 뒷단속을 하시오. 이미 우리의 사업도

궤도에 올랐으니 지금껏 쌓은 공든 탑이 여기서 무너지지 않게, 그들과의 유대관계가 끈끈히 유지되도록 신경을 쓰시오. 무엇보다 약은 시간을 지켜 먹여야 하는 것임을 명심하시오."

오늘 문 목사 아니 문 회장으로 참석한 이사회에서 그는 일차 경영전반에 관하여 브리핑도 받았다. 회의가 끝나자 별도로 큰아들 문 이사와 한반도 대운하 여객운송㈜의 조미령 사장을 남게 하고는 은밀한 지시를 하고 있다. 조미령 사장은 묘령의 나이에 입사하여 지금껏 문 목사의 총애를 받는, 조금은 미심쩍은 관계의 여인으로 보일 뿐 그 이상의 신상 정보는 알려지지 않고 있다.

문 목사 그가 또 한 번 대단한 전략가이거나 모사꾼임을 드러내는 순간이다.

"이번 대운하 개통에 맞춰 도입한 '대운하호'에 대해 꼭 숙지해야 할 사항이 있어요. 지금부터 내 말을 잘 듣고 오해가 없어야 할 것이오. 개통하는 대운하에서의 여객운송 사업은 응당 새 여객선 투입을 전제조건으로 하고 있지만, 그러나…"

이때 문 목사는 하던 말을 멈추고는 앞의 두 사람에게 귀를 가까이하라는 신호를 보내며 목소리를 낮춰서는 말했다.

"대운하 준공식 당일에는 말이요, 그 첫 운항에는 말이요, 이번에 새로 도입한 크루즈 대운하호 대신 말이요, 현재 인천 제주 노선 말이요, 그 뭐고 아 그 창파1호 말이요, 그러니까 그 창파1호를 그 한반도호, 아 아니, 그 대운하호 말이요, 그 대운하호에 대체해 띄울 것이란 말이요."

대단한 모험, 불안하기 짝이 없는 음모를 대놓고 주입하려니, 이런 일에 누구보다 이골이 난 그이지만 오늘 이 순간만은 엄청 긴장이 되나 보다. 턱이 떨려 상하 이빨이 맞부딪히고 말을 더듬는 모습이 오늘 그의 심리상태를 말해주고 있다. 이때 그의 큰아들과 조미령 사장은 그의 더듬는 말인들 제대로 알아들었는지 즉각 반응이다. 너무나 갑작스러운, 듣고도 믿기지 않는 놀랍고도 무서운 비밀지령, 목을 뺀 두 사람의 표정이 그야말로 백만 불짜리다. 가늘게 떠는 몸 까무러칠 듯 어안 벙벙한 두 눈에 한동안 말이 없다. 정말 자연산 그대로의 표정이다. 어느 배우가 있어 이런 순수 자연산 표정을 짓는단 말인가? 나는 연기에는 문외한이지만, 놀라야 할 만큼의 놀란 표정이 곧 자연산 순수 연기일진대 그들이 바로 그러하였다. 그러나 이런 분위기는 아랑곳하지 않고 그는 계속 지시를 이어 가고 있다.

"이유는 복잡하지만, 왠지 마음에 꺼림칙한 데가 있어요. 이 나라에 처음 개통된 대운하 처녀항로에 처녀운항이니 새로 도입한 새 배를 바로 투입하기에는, 대운하의 수로가 영 미덥지가 않아요. 특히 수로 가운데는 소백산맥 새재갑문을 넘기도 해야 하니, 어디 믿을 수 있게 수로가 안전하고 그만큼 이 나라의 기술력이 뒷받침하는지가 미지수지요. 잘못되어 큰돈 들인 배가 상하기라도 하면 어쩌겠소."

이때 아들과 조미령 사장이 거의 동시에 외쳤다.

"그, 그, 그러시면 아니 됩니다. 회장님, 발각되는 날에는 크, 크, 큰일 납니다."

한반도 대운하 여객운송㈜ 조미령 사장은 놀라 사색이 된 채 한마디를 더한다.

"회장님, 그동안 낡은 창파1호를 그렇게 새 선박처럼 개조하고 수리 단장케 해주시기에, 저는 무슨 일이실까 하고는 솔직히 걱정까지 되었는데, 아니나 다를까 이런 복심이셨군요. 저는 두려워 어떻게 대처해야 할지 모르겠어요."

그런데 그녀의 말이 끝나기도 전에 싹둑 잘라버리는 문 회장.

"아무튼 더는 말 않겠다. 이는 극비이니 두 사람만 알고 차질 없이 처리해."

여태 볼 수 없던 노기로 애써 붙여주던 존칭마저 빼고는 잔말 말고 지시에 따르란다.

"첫 운항에 투입될 선박이 서류상으로는 신규 도입한 대운하호이지만, 실제 투입될 선박은 창파1호가 된단 말이다. 성경에도 나오잖아, 외삼촌이자 장인인 라반이 야곱에게 주기로 약속한 작은 딸 라헬 대신에 큰딸 레아를 몰래 신방으로 들여보낸 사건 말이야. 하하하…. 아 그러고 보니 우리나라에도 같은 사건이 있었네. 그 저 뭐야 그래 최진사댁 셋째 딸 얘기 말이야 그러니까 사위 될 사람이 절름발이라는 사실을 알고는 하녀를 딸로 둔갑시켜 혼인식을 치렀다는 그 얘기 말이야. 하하하…."

졸부가 제 눈 찌른 얘기나 성경 말씀을 이런 음흉하고 천박한 모의에다 비유하고는 금방 분위기를 바꿔 호탕하게 웃고 있는 그이다. 그는 사실 거금을 들여 인수한 새 크루즈 선을 처녀출항에서 단번에 침몰시킨다는 것도 물론 아깝지만, 무엇보다 그만의 이유가 있다. 아까 그의 일기에서도 보았듯이, 지금껏 기회 있을 때마다 직접 조타하며, 승객수와 화물적재량 등에 따른 선박 복원력과 적정 평형수량과의 관계 등을 직접 몸으로 익혀왔던 그 선박이었기 때문이다. 그러기에 선박 복원력의 변화를 그의 몸으로 직접 느끼고 살펴온 그로서는, 제 몸 같은 창파1호에 더욱 집착할 수밖에 없는 것이다. 또한 무엇보다 덩치 큰 대운하호를 단번에 침몰시키기란 결코 쉽지 않을 것임을 그도 익히 알기 때문이다. 이제 창파1호에 관한 한은 어떤 상황에서도 최적의 전복조건을 그의 머리와 몸이 훤하니 꿰고 있는 것이다. 그는 자신에 찬 어조로 지시를 계속하고 있다.

"관계부처에 제출하는 서류에는 사업면허상에 승인된 대운하호가 당일 첫 운항하는 것으로 모든 기재사항을 잘 맞춰야 할 것이야. 그렇다고 너무 겁낼 것까진 없어. 준공식 당일은 축제분위기에 들떠 선박이 바뀌었는지에 대해선 어느 누구도 관심을 갖지도 않을뿐더러, 그러니 누구도 위장을 눈치채지는 못할 것이야."

새로 발주하는 호화 여객선은 속임수일 뿐, 어차피 침몰시킬 선박에 투자할 이유는 없다. 어떡하든 운항 중인 선박 가운데 선령이 오래되어 곧 퇴역시킬 선박을 잘 도색하고 꾸며서는, 전쟁터 총알받이처럼 음모의 최전선에 전격 투입할 술책이다. 그러기에 외부의 협조가 작전의 승패를 가를 것이다. 유관기관의 협조가 없고서야 어디 꿈조차 꿀 일이겠는가? 지금껏 무에서 유로 불가능을 가능으로, 이 분야에서만은 두둑한 배짱이 그의 트레이드마크가 아니냐? 개구리가 톡 쏘이는 그 맛에 벌 잡아먹기를 즐긴다는데, 개구리피부로 바뀐 문 목사라 그런가, 톡 쏘이는 맛이 강할수록 그는 그 짜릿한 맛에 더욱 전율한다.

그런데 앞서도 여러 번 토로하였지만 여기서도 여전히 고개를 드는 의문이 있다. 늦가을 독사처럼 독기가 절정일 문 목사, 그의 진정한 표정은 과연 어떤 것일까? 참으로 궁금해진다. 이십여 년 장구한 세월 오직 음모와의 동거로 달려온 외길, 지금 그의 표정이나 몸 어딘가에는 이미 독기나 살기가 번득여야 한다. 나는 그의 마음 가운데서도 진정한 그 속마음을 알고 싶어 그의 표정과 행동을 살피기가 버릇이 된 지가 오래이다. 그의 말 한마디에도 숨은 뜻이 있는지 살피기가 일상이다.

오늘은 그가 여러 이사들에게 고함을 지르기도 하였고 고압적인 자세로 지시에 순응할 것을 강요하기도 하였다. 이쯤은 나도 예상하고 있었다. 대운하호를 창파1호로 대체하라니, 어느 누가 가만히 있었겠는가? 또한 문 목사인 들 반발을 예상하지 못했겠는가? 그 긴 세월 수많은 난관을 뚫고 이제 믿음천국이 눈앞인데 수단방법의 선택이라는 작은 문제 하나로 물러설 그의 입장 또한 아닌 것이다.

내 눈에는 고함을 치는 그의 표정에서도 보통 사람들의 흔한 모습, 희로애락이 급교차하는 따위의 그런 작은 심성은 어디에도 묻어나질 않았다. 고함치는 얼굴은 돌부처 같기도 하여 결연함과 비장함 위로 평온한 심성이 스르르 번져날 뿐이었다. 언제나 흔들리지 않는 자태 늘 평온해 보이는 심상, 그래도 거사결행이 임박한 오늘쯤엔 그의 표정 어디엔가 변화가 있을 것을 기대하였다. 하지만 이번에도 어김없이 나는 그의 신비의 장독에 갇히고는 잘 익은 동김치가 되고 있을 뿐이다.

문 목사는 바로 엊그제께도 정부의 한반도 대운하 준공 및 개통 축하계획에 따라 초청되는, 3000여 탑승자의 프로필을 하나하나 확인하고 있었다. 특별히 입수한 탑승자의 사진을 담은, 개인 신상자료 하나하나를 컴퓨터 모니터를 통해 살펴보고 있었다. 대충 훑어보고는 있었지만 3000여 개를 살피기에는 상당한 시간이 소요되었다. 물론 이날도 문 목사의 자세는 여전히 평온해 보일 뿐, 그 어디에도 독기나 악마는 없었다. 마음에 꼭 드는 인형을 3000개나 받아들고는 그저 좋아하는 소녀의 모습이랄까, 얼굴은 평온하고 차분해 보일 뿐이었다. 아무튼 그렇게 말이다. 어찌 이런 선하고 평온한 얼굴로 그토록 가혹한 범죄를 도모할 수 있는지? 그가 진정 메시아는 아닐 진데 그렇다면 그는 완벽한 악마로, 그러기에 나를 완벽히도 속이고는 세상을 완벽히 제 뜻대로 주물러 갖고 놀려는 것인가? 얼굴이나 표정을 통해서는 그 어떤 악성도 찾을 수가 없으니, 진정 완벽한 악마는 이러한가 보다. 그러므로 따라서, 나는 그의 손바닥에 놀고 있는 완벽히도 미혹한 한 미물인지도 모르겠다.

그는 큰아들 문 이사와 조미령 사장이 떠난 뒤 잠시 명상에 잠기고는, 그에게 하나님이 지어 주셨다는 문수의 이름으로 드리는 기도가 그의 표정과는 엉뚱하게 꼭 무슨 주술 같다.

"내게 능력 주신 자 안에서 인간 너희에게 전하노라. 하나님은 나의 능력에 아버지의 권능까지 아낌없이 인 치시고는, '믿음 천국'을 열어 인간 모두를 하나님 아버지의 평화와 복락 그대로를 누리게 하라 하셨다. 이는 예수재림을 문수재림으로 대신하려는 나의 형제애와 효심을 아버지 하나님이 기뻐 받으심이다. 하나님은 오직 나를 통하여 너희를 구원하려 하신다. 그러므로 너희는 모름지기 나를 통하여 하나님을 만나며, 모름지기 나를 통하여 하나님을 경배할지어다.

불원간에 문수재림을 통하여 대한민국, 북한, 중국, 일본 네 나라는 물론 온 지구인 모두가 전희의 달콤함보다 더 감미로운 전율을 맛볼 것이다. 이어 '믿음천국'에서는 너희 모두를 광풍 소낙비로 휘감아 적셔 절정의 황홀경에 빠지게 할 것이다.

행악을 일삼는 인간들아. 어둠이 진리를 덮어 세상은 점점 검어지고 있다, 나는 너희의 추악한 죄악들을 모조리 쓸어안고는 죄악 세탁의 길을 나서련다. 그러고는 문수 부활의 권능으로 다시 너희 앞에 광명의 진리를 안고 돌아올 것이니라. 지옥은 이미 만원이라 자칫 이 지구가 지옥의 분옥으로 바뀔 위기임을 잘 알고 있는 인간들아, 이제부터라도 성경만을 얘기하고 문수재림의 구원만을 기다리자꾸나."

정말 주술에 가깝다. 그의 죄악세탁의 길이란 바로 예수 십자가의 죽음과 부활이다. 문 목사는 최면을 걸듯 혜성충돌보다 더 충격적일 자신의 부활권능을 〈인간피부호흡〉이란 십자가를 하나님의 둘째 아들 주 문수의 이름으로 세우려 하고 있다. 2천

년 만에 예수그리스도를 대신할 문수재림은 심판을 넘어 구원으로, 인류 모두에게 그의 부활능력을 목도 증거하게 할 것이다.

그가 하나님에게 바칠 예물은 4개국 나라마다 정계, 재계, 관계, 학계, 언론계, 예술계, 스포츠계 등에서 진정 향기로운 일인자들로 한 배 가득 만선이 예약되어 있다. 4국의 국가원수들이야 그 값이 한량없어 그냥 제쳐두고, 나머지 인재들의 그 가치만이라도 따져 보자. 그들의 오늘이 있기까지, 분야별 일인자로 기르고 배출하기 위해 공들이고 지출한 그 원가가 과연 얼마이겠는가? 또한 이제는 초고부가가치의 보유자로 성장한 그들이 누릴 소득에다 초상권, 광고 수입… 등등의 관련 수입을 따진다면, 이들 승선자의 재산적 가치는 도대체 얼마인가? 더욱이 그들의 파생소득을 원천으로 하는 수많은 관련 산업과 그 종사자들의 소득까지 생각하면, 그 크기는 쉬이 짐작조차 되지 않는다.

인적자원회계란 말은 들었어도, 그 인재들의 기초원가에다 그들 능력을 재산적 가치로 평가한다는 것은 무리이다. 또한 나의 소관도 아니니 이쯤에서 접는 게 편할 것 같다. 괜히 들추어 골머리만 아프다. 더구나 그들은 벌써 죽기에는 너무도 아까운, 그들 나라만의 보배를 넘어 그야말로 글로벌 자산이다. 그러니 더없이 아까울 뿐이지만, 문 목사로서는 더 큰 인류 평화와 번영에는 더 향기롭고 더 많은 제물이 요긴하다니 어쩌랴?

그로서는 화목제에 그야말로 상상을 초월한 초고가 명품의 제수예물을 장만하였다. 이 모두가 하나님께는 영광이요, 인간 세상에는 악의 숙주를 원천 제거할 다시없는 기회이다. 거사가 마무리되면 3천 명 모두를 살신성인의 의사자로 하나님께 상창을 상신할 계획이다. 결코 그들의 죽음을 헛되이 쓰지 않겠단다. 그가 진정 악마가 아니고서야, 3천의 떼죽음이 경각으로 다가오는데, 인류의 소망 이상향을 건설한다며 어찌 그 입술은 주술만을 쏟을까?

준비는 끝났다. 그렇게도 챙길 게 많던 결혼식 준비처럼… 그러기에 이제는 축제를 즐길 일만 남았다. 말끔히 목욕하고 준비된 예복으로 웨딩마치에 맞춰 입장만 하면, 이어 달콤한 첫날밤을 맞을 것이다. 4국은 나라마다 매스컴마다 선상정상회담에 초청된 인사들을 반복 소개하며, 한반도 대운하 개통과 4국 선상정상회담의 국제적 관심제고에 맹렬이다.

병든 사회 Ⅱ

　마침내 북한, 중국, 일본의 정상과 초청받은 인사들이 입국을
마친 가운데, 한반도 대운하 준공 축하전야제가 열리고 있다.
환한 집어등 불빛에 홀려 고기 떼가 몰려오듯 한반도 대운하에
홀려 제물들이 제 발로 제단에 오르고 있다. 여의도 선착장에
는 대운하호로 둔갑한 창파1호가 제물들을 임종식장으로 실어
나를 준비가 끝나있다. 어느 졸부 혼사의 웨딩카를 연상하듯,
한반도 대운하호 첫나들이의 화려하고도 우아한 데커레이션이
시선을 사로잡는다.

　초청된 모두는 한반도 대운하 물길을 따라 부산을 거쳐 제주
도로 간다며 특별한 물길여행으로 선택받은 자임을 다들 뿌듯
해하고는 이 밤 서울 어디선가 생의 마지막 밤을 보내고 있을 것
이다. 더욱이 북한, 중국, 일본에서 초청된 그들은 이국의 속살

이 완전 노출된 한반도 대운하의 물길 위에서 자신들의 재주와 끼를 멀리 세계로 마음껏 발산할 기회를 준 이 나라를 무척이나 고마워하고 있을 것이다. 아무튼 그런데도 이 밤이 그들 생의 마지막 밤일 줄이며 이 땅의 발걸음이 생의 마지막 걸음일 줄을 까맣게 모른 채 말이다. 그럴수록 안타까울 뿐, 그들은 모레 새벽이면 제주 앞바다 성난 파도 위 선명한 '종점' 표지판에서 느닷없는 하선 명령에 꼼짝없이 순종해야 할 테니까 말이다.

문 목사가 지목한 수역, 제주 앞바다에는 4국 정상들을 포함한 3천의 제물을 모실 합동 임종예식장이 자리하고 있다. 벌써 화려한 단장에다 귀품들을 정중히 영접할 환영준비도 끝나있다. 여태 조용하던 바닷물도 벌떡 일어나 매스게임인지 군무인지 온 바다가 잔치 리허설에 숨을 헐떡이고 있다. 또한 문 목사는 이 아름다운 제주 앞바다에다 하나님을 모실 더없이 성스러운 곳, 지성소를 차린다. 바로 그곳에서 그의 소망 '믿음천국'의 옥새를 하나님으로부터 하사를 받는단다.

기독교 구약시대에는 가장 거룩한 터를 골라 성소를 마련하고, 그 성소의 맨 안쪽에 하나님이 들리실 보좌를 마련하였다. 대제사장만이 들어갈 수 있는 곳이요, 하나님의 말씀의 궤를 모셨다는 성소 중의 성소가 바로 지성소이다. 그의 거사가 하나님을 대신하는 역사요 '믿음천국' 개국의 엄숙하고도 경사스런 전야제가 될 것이니, 제주 앞바다는 그에게뿐만 아니라 온 인류 모두에게 성스러운 바다요, 성지임이 틀림없다. 단지 이 거룩한 지성소는 30미터 바다 물밑에 있으니, 사람의 눈에는 보이지 않을 뿐이다.

나는 하도 기가 차서 하는 말이지만 이는 살다 보면 흔히 있을 법도, 들어봄직도 당해봄직도 한 그런 세상 이야기는 아니다. 시간에 쫓겨 급히 타고 본 지하철이 하필 반대편으로 탔더라는 얘기이거나, 장례식은 이미 끝났는데 시신이 뒤바뀌었다는 얘기와 같은 경우 말이다. 물론 그런 경우에도 속이야 엄청 상하겠지만, 그래도 바로 잡을 시간이야 있다. 아니라도 치명적인 후유증을 남기지는 않는다.

그러나 대운하호 아니 창파1호에서 벌어질 이 작태를 어찌 그런 한가한 얘기에 비유를 하겠는가? 난데없이 올라 타버린 황천 뱃길, 어찌 잘못 끊은 배표를 물릴 수가 있을 것이며 아니면, 위기 탈출의 지푸라기라도 잡을 길이 있겠는가 말이다. 이런 사면초가를 가히 치명적이라 할 것이다. 절망 속에 종착으로 치닫는 대운하호, 마치 나도 저승 뱃길에 오른 듯 멀미와 무섬증에 떠는 사이, 전에 읽었던 어느 종족의 끔찍한 제사의식 하나가 불현듯 떠오른다. 몸서리치도록 처참한 모습의 기억들이 시네마스코프나 아이맥스 영상으로 확대되어서는 오늘 문 목사의 예식

제단에 보내온 축하화환인 양 예식장 로비에 도열하여 탑승자 모두를 반기는 듯하다. 부디 악령의 정체성을 지켜가자는 악마 그들만의 동맹의 의기투합인 듯, 이제 나까지도 제물로 쓰려는 지 나를 사냥감으로 노리는 듯하다.

어느 한 종족이 전쟁을 무척 즐기는데 제물로 쓸 포로를 얻기 위함이다. 그들은 포로를 산 채로 잡으려 늘 주의를 기울인다. 잡은 포로들은 앞서 희생된 제물의 해골을 쌓아올린 울타리에 가둔다. 곧 제관이 진흙과 느릅나무 풀을 으깨 만든 그들의 신을 모시고 신전 꼭대기에서 내려온다. 제관은 그들의 우상을 잡혀온 포로 한 사람 한 사람에게 보여주며 말한다.

"이 분이 너의 신이시다."

이내 포로들은 줄줄이 제단으로 끌려 올라간다.

제사의식은 그 포로들의 배를 갈라 아직 살아 뛰고 있는 심장을 뽑아낸 뒤 몸통은 신전 계단으로 굴려 떨어뜨리고, 뽑아낸 심장은 태양을 향해 치켜들며 주술을 외쳐대는 것이 고작이다.

계단은 제사의식의 긴 내력과 전통을 말하듯, 늙은 소나무의 엉그름진 껍데기 같기도 하고, 달리 보면 마치 누룽지나 팥죽이 두껍게 눌어붙은 듯 온통 피범벅 떡이 되어 있다.

제물을 바치는 일에는 여섯 명의 제관이 나선다. 그중 넷은 최

후 발악하는 제물의 팔다리를 하나씩 붙들고 다섯째는 머리채를 붙잡는다. 마지막이 수석제관으로 그가 배를 가르고 심장을 뽑아낸다. 이때 제물을 눕힌 바위는 등이 불룩해서, 제물을 그 위에 눕히고 칼로 배를 가르면 쉽게 배가 벌어지게 되어 있다.

수석 제관의 정확하고 민첩한 동작은 신기에 가깝다. 칼로 배를 갈라 심장을 꺼내면, 그 심장은 살아있는 황소개구리처럼 손에서 빠져나가려 꿈틀대는 것이다. 제관이 태양을 향해 치켜든 심장에선 핏빛 김과 함께 마지막 남은 피를 토한다. 핏빛 김은 이어 핏빛 무지개를 그리고는 이내 사라진다. 여섯 제관의 얼굴과 몸은 피로 물들고, 입술 주위에 튕겨온 피는 혀를 빼 핥고 있다.

이렇게 제물이 되어 굴러떨어진 시체는 처음 그들을 포획한 원래의 주인들이 가져간다. 그렇게 돌려받은 시체를 쪼개어 사이좋게 나누고는, 승리의 축복을 담아 잔치를 하며 음복을 한다. 이날은 가정마다 인간 삼겹살에 갈빗살을 뜯으며 행복한 저녁식사를 즐기는 것이다.

나에게는 나도 모르는 죄의 악령이 깃들어 있나 보다. 갑자기, 출렁이는 물이 싫어 눈을 감으면 단지 글로만 읽었던 이따위 핏빛 제사에 포로가 되고는, 이번이 내 차례란 말에 도망하려고 온몸으로 발버둥을 친다. 그러나 이미 발가벗겨진 채, 내 배는 갈라지고 심장은 제관의 손에 들려 피를 토한다.

　내가 넌더리를 치며 놀라 눈을 뜨면 또 확 바뀌는 무대, 그러나 뛰어봐야 대운하호 핏빛 카펫일 뿐이다. 잘 깔아 놓은 대운하호 핏빛 물결무늬의 카펫 위엔 황천길 이정표만 선명하다. 지금 나에게는 눈을 떠도 지옥 감아도 지옥일 뿐이다.

　제단에 오르는 창파1호는 이미 완벽하게 보강수리를 하여 인간 정형성형수술의 극치를 보듯, 영락없는 짝퉁 대운하호로 둔갑하여 목욕재계까지 마쳤다. 그러니 나는 앞으로도 창파1호를 그냥 대운하호라 불러야 편할 것 같다. 남강의 의녀 논개, 대운하호는 마치 옛 진주성 전투 논개의 비장한 모습이다. 단지 다르다면 3,000을 한 몸으로 끌어 앉고도 어느 하나 놓쳐서는 안 될 뿐이다. 도도한 듯 성장을 차려입은 대운하호, 오색 테이프 축하 휘장에 메인 마스트에서 흘러내리는 만국기의 물결, 중고선박의 낌새는 어디에도 없다. 영락없는 대운하호는 과거를 감쪽같이 숨기고는 얼씨구 새장가를 간단다. 이런데도 세상의 매스컴마다 한반도 대운하의 탄생과정을 재조명하며 당시 반대론자들을 여론의 도마에 올리고는 사정없이 난도질이다. 저 높은 곳 그 남자를 향한 명사들의 찬가가 이날따라 튀기는 침 속에서 요란하다. 자신들이 요즘 한창 유행하는 메르스균 보균자인지도 모르면서 말이다.

　그런데 폰이 울린다. 요즘에는 나의 폰도 제법 울어댄다. 아내의 전화인가보다. 전에 언젠가 아내에게 사랑이 식었냐며 항의를 한 적이 있은 후 아내는 틈만 나면 전화를 해댄다. 살짝 귀찮아질 때도 있다. 그런데 오늘은 전화 소리에 그간 잊고 있던 걱정이 와락 달려든다. 가정경제를 떠맡은 아내가 요즘 활기를 잃고 있다. 아내가 운영하는 커피숍, 아무런 경험이나 준비도 없이 덜렁 차린 생계형 커피숍이 아니던가? 목 좋은 곳은 엄두조차 낼 수 없는 자금력, 그래도 물장사가 나을 거라는 주위 말에 솔깃하여 좀 외진 곳이나마 터를 잡았다. 여태 손익분기점을 넘는 날이 많지 않음을 알고 있는 나로서는 아내 보기가 미안키 짝이 없다. 그러니 아내의 전화 하나에도 민감해진다. 그런데 이번 전화는 예상이 빗나간 다른 또 하나의 아픔이었다. 아내와 절친한 친구의 남편이 암으로 고생하다 운명하였다며 나중에 문상을 함께 가잔다. 고인의 아내와 나의 아내가 가까우니 나와도 정이 든 가정이다. 참 안타깝다. 인간 삶에 장애물이 너무 많다. 인생이 곧 장애물넘기 경주 같으니 오늘은 마음이 더 무겁다.

나병 - 흑사병 - 콜레라 - 천연두 - 암 - 에이즈 - 에볼라 - 메르스 - 지카바이러스 등등으로 끝없이 이어져 온 인류의 질병역사, 비단 이뿐이랴? 몸을 죽이는 이들 병 외에도 정신과 혼을 죽이는 수많은 이름의 정신질환들, 인간의 극복한계를 앞지르는 새로운 질병의 출현 앞에 속절없는 인류는 지쳐왔다. 하나의 질병을 정복하기도 전에 엉뚱한 새 질병이 벌써 문지방을 넘는다. 게다가 이제는 인간생존의 터전 지구마저 병들어 간단다. 다 무섭다. 그런데 더 무서운 병이 또 있으니 어쩌랴. 딱히 병이라 말하지는 않지만 분명 더 무서운 병임에 틀림없다.

지금까지 문 목사가 하나님께 항의하던 창세부실, 인간신체나 정신에 내재한 수많은 결함, 이의 리콜 수리가 없이는 인간죄악은 영원할 수밖에 없다는 그의 항변, 그리하여 창세 하자를 모두 자신이 리모델링하여 하나님께 바치겠다며 서원한 '믿음천국'의 건설계획, 이 계획은 인류사회가 하나같이 앓고 있는 온갖지병이 바로 그 원인이요, 바탕이라 할 것이다. 인간의 숨결이 있는 곳마다 퍼져 있는 전염율, 보균율 최고의 병, 어느 동물에도 찾을 수 없는 인간만의 지병이다. 전쟁, 살인, 테러, 인종청소, 강도, 절도, 부정, 비리, 치정, 향응 등등 수많은 이름의 사회악을 말함이다. 사실 그 어떤 질병보다 겁나는 지독히도 무서운 인류만의 고질병이다. 슈퍼 박테리아같이 그 어떤 처방도 비웃

듯 내성을 자랑하며 세상에 만연이다. '백약이 무효'란 말이 이 병을 두고 이르는 말이다.

이제 문 목사가 남긴 USB를 이를 잡듯 샅샅이 살펴온 나의 입장에서는 일의 마무리가 가깝다는 후련함보다, 문 목사의 사건 구석구석에 배여 있는 온갖 부정 비리에 찌든 사회나 국가 시스템에 대한 울화가 더욱 괴롭다. 왜 인간의 모습이 이 정도밖에 안 되는가? 세계를 좁혀 이 나라만 생각해 봐도 마찬가지인 것이다. 온갖 재주가 넘치는 이 민족이 왜 이리도 작은 이기심에 사로잡혀, 더 밝고 더 큰 행복의 미래를 비껴가고 있는가? 자신들이야 문 목사의 그런 범의를 몰랐다 하겠지만, 수많은 관련 부처 수많은 관련 당사자들이 적당히 눈감고 챙길 것에만 욕심 낸, 작은 비리 부정 하나하나가 모여 그의 거대한 음모를 엄호한 결과이다. 그의 살인음모는 수많은 불량부정 부품들이 모여 하나의 거대한 음모의 로켓을 완성하게 도왔다. 미필적 고의의 살인, 그들 중 몇이라도 그의 부정한 요구를 거절하였다면, 그 거절된 부품을 구하지 못해 그의 음모의 로켓은 끝내 완성품이 되지는 못하였을 것이다.

세상 범죄의 대부분이 금품과 관련되어 있다. 이 순간도 어디 떡 살 돈이 없어 떡값을 받고, 골프채 살 돈이 없어 골프채를 받는가? 아니라면 떡 먹기와 골프장 포기가 먼저일 뿐이다. 자식들이 말을 안 할 뿐, 애비의 향응 부정 비리를 짐작은 하느니라. 더 높은 자, 더 배운 자, 더 가진 자여, 더럽게 모아 향락을 즐기거나 물려주려 말라. 더러움이 묻은 돈은 액운이 따른다. 안타깝게도 이 나라에는 24시간 밤낮없이, 연중무휴로 수십 년 호황을 누리는 백화점이 있단 말이 있다. 바로 부정, 비리, 향응이란 최고급 내장재로 마감하여 더없이 화려한 인테리어 장식에다 코너마다 그야말로 악이란 악은 유형별로 없는 게 없는 거대한 국영범죄백화점이 일익번창도 수십 년 째라니 말이다. 세월호 침몰사고, 원전마피아, 고위 공직자의 도를 넘는 전관예우, 학맥 인맥의 연줄대기, 그나마 믿었던 방산비리까지, 정계 재계는 물론 온 사회에 만연한 부정부패 고리가 난마로 얽혀있다. 살인, 테러, 강간, 사기, 폭력, 유괴, 기업담합, 보이스피싱 등 온갖 사회악의 연속된 홈런과 그 후속타까지, 기네스북에 올리려 작정한 나라인지 하늘에 두렵고 부끄럽다.

이 나라 사계절이 온통 범죄홍수의 장마철이다. 시도 때도 없이 쏟아지는 부정비리의 범람사태에다 알량한 3권 분립, 견제는 커녕 민주국체가 무색하다. 대궐 같은 공공청사 공복의 사명은 사망신고, 차라리 민영사옥이면 외면이라도 하련만, 곳곳이 국영범죄백화점이라 비아냥대니 찾는 민초들의 발걸음만 무겁다.

참으로 못 선량하신 선량님들, 어느 날은 그들 안방에서 터져대는 비리 앞에 그래도 염치는 차려야 했든지, 부랴부랴 '부정청탁 및 수수의 금지에 관한 법률', 이름하여 '김영란법' 제정을 일단 서두르는 척은 하였다. 그러나 제스처일 뿐 자신의 목을 겨눌 칼날임에야, 모두는 어물쩍 눈가림 술책을 강구한다. 여론에 밀려 마지못해 내놓은 법이란 것도 칼날인지 칼등인지 분간도 안 돼, 쾌도난마는커녕 썩은 새끼줄 하나 끊기도 어려울 칼 한 자루를 어물쩍 내밀었다. 장인정신이라고는 눈곱만큼도 없는 돌팔이 대장장이와 진배없는 국해의원들이다.

그리고도 다시 이런저런 핑계로 유야무야 법으로 개정하려드는 데는, 얼씨구 놀랍게도 그 순발력은 어찌 그리 빠르던고. 더없이 시급한 법안마저 저들만의 계산속에 오늘은 유산이요, 내일은 사산이다. 시도 때도 없이 때를 놓치고는 폐기처분이 일쑤이다. 참 말도 많고 탈도 많은 간접민주제도, 차라리 가정단위 국가로 이 나라를 갈기갈기 나누자 싶다.

마지막 정의의 보루 사법부는 살았는가? 온갖 분야 법률전문가들로 진용을 짠 재벌의 방패 앞에 그들의 창은 무디기만 하다. 그야말로 모순이다. 정의의 척도 저울은 균형을 잃고는 유전무죄 무전유죄, 어디 믿을 곳 없다는 민초들의 푸념 속에 세상 정화야 속절없이 하세월이다.

이쯤이면 정의의 저울은 그들만의 상징일 뿐, 차라리 그 저울

일랑 고물상에라도 숨겨놓고 이 불평을 들어도 들어야지요.

"계약대로 살 1파운드를 떼어가라. 단, 한 방울의 피를 흘리게 해서는 안 될 것이다."

우리에게 잘 알려진 어느 희곡에 나오는 명판결문이다. 재판이 하나님의 섭리 속에 있을 때 그 판결이 곧 명판결이 된다는 사실이다. 하기야 책을 많이 읽으실 영감님들이 설마 베니스의 상인을 읽지 않았을 리가 없겠지만 말이다. 화가 나서 떠오르는 생각이지만, 차라리 그 옛날에는 말단 하직도 입질할 데가 있었다. 그때가 어쩌면 공평한 세상이었다는 참 나쁜 생각도 든다. 생각으로 그칠 뿐 뱉을 말은 아니어서 혼자 독백처럼 얼버무리고 있을 뿐이다.

언젠가 읽었던 글, 미국 마이클 존스턴 교수가 지적한 대로 이 나라가 '엘리트 카르텔'형 부패집단에 속한단 말이 뼈저리다.

엘리트 카르텔이 무엇인가? 바로 좋은 집안 좋은 학교 좋은 자리… 출신성분이 이미 기득권 세력에 오른 자들 간의 공동자위 보호막을 이름이다. 혼자서도 완벽한 금수저들이 이에 더하여 그들 서로 간에는 온갖 청탁도 가능하다니, 세상을 사는 필요충분조건을 다 갖춘 그들은 그야말로 완전인간 집단인 것이다. 그러기에 먹고 마시고 숨 쉬는 것조차 남다르다. 고급 와인, 고급 위스키에다 음용수도 '수입'자를 붙이고는, 위탁 생산한 유기농에 값비싼 산해진미를 그들만의 청정 공간에서 품위 있게 즐긴다.

자칫 그들을 시샘하는 듯하지만, 풍문에 들리는 말이다. 엄선된 식재료로 빚은 그들의 오줌똥도 그야말로 최고의 품질이라는 것이다. 하기야 원재료가 좋으니 아무거나 닥치는 대로 먹은 자의 것과 어디 비교가 되겠는가? 명품 똥, 참으로 부럽지 아니한가? 아 그럼, 그들의 방귀 또한 최고가 아니겠는가? 에끼 이사람, 듣다 듣다 별 희한한 소리를 다 듣네. 그 방귀는 구수해, 향기로워, 그럼 향수병에라도 모아달랄까.

그런데 말을 하고 보니 잘못이 있다. 카르텔 성문 밖의 사람들의 그것은 똥이라 하여 마땅하지만, 카르텔 성벽 안의 그분들의 것은 변이라 불러드려야 할 것이다. 잘못을 용서하시구려. 그런데 쓴웃음일망정 웃자고 하다 보니 웃을 일이 아니다. 은근히 화가 난다. 그래 당신들의 그 품격 있는 삶은 좋다. 그래도 카르텔 성벽 밖의 아웃사이더를 업신여기지는 말아다오. 분노의 포도, 이글거리는 분노가 뭉쳐 분노의 포도송이가 되었다던가? 카르텔 안에 계신 엘리트들이여, 제발 그 먹음직스러운 포도송이마저 분노의 눈으로 보이게 하지는 말아다오. 때로는 카르텔 성의 방음벽을 열어 아웃사이더 분노의 함성도 들어보시구려. 그럼 그 갑갑하게 만드는 당신들의 그 방음벽도 다시 달

†

을 필요가 없게 될 것이지요.

사실 여러 관점에서 보더라도, 미세 먼지 하나 용납지 않는 당신들의 청정한 가정 내막에는 그만큼 품격과 사랑이 넘쳐야 하는 것이지요. 뭐 노블레스 오블리주를 바랄 염치야 없지만, 그런데도 스킨십이 사라진 당신들의 안방에는 냉기와 고독이 흐르고 대화 없는 식탁에서는 모래를 씹는다니 그게 또 웬 말인가요? 심심찮게 들려오는 당신들의 무슨 위자료라는 말을 들을 때는 놀라다 말고 서러워지는 사람이 많답니다. 아니 성벽 밖이 놀라는 꼴을 쾌감으로 즐기시다 이제는 슬그머니 놀리시고 싶은지요? 놀릴 마음이야 없다 한들 성 밖 사람들은 제풀에 서러워진답니다. 본래 없는 놈이 잘 삐지니까요.

이처럼 아웃사이더 흡수저야 감히 상상도 할 수 없는 조건과 환경을 갖춘 집안에서 육양된 그들을 일러 엘리트라 할 것이요. 아웃사이더가 감히 무너뜨릴 수 없는 난공불락으로 담합된 그들만의 집단, 그들만의 요새를 일러 엘리트카르텔이라 할 것이지요. 그러기에 혹 개천에서 용이 난들, 그 용마저 품위가 없어 보이고는 냄새까지 지저분할 것 같아 보이시겠지요.

떠나는 배

잡힌 날은 다가오기 마련이다. 죽음의 권세 어둠의 장막이 드리운 날, 여의도 국회의사당을 배경으로 한 선착장은 인파로 출렁인다. 초청을 받은 인사들은 이미 승선하여 안내받은 선실에서 웃음꽃을 피우고 있다. 시간 맞춰 우리 대통령과 4국 요인들이 승선하면 갑판에 마련한 한반도 대운하의 역사적 개통축하연이 펼쳐진다. 초청 귀빈들의 준공 테이프커팅과 동시에, 한반도 대운하호는 3군 의장대의 축포를 신호로 한반도 대운하의 물길을 여는 역사적인 운항을 시작할 것이다.

하늘에는 일곱 대로 구성된 공군 FA-50 전술편대가 초음속 굉음과 함께 현란한 곡예비행으로 운집한 인파를 헤집기 시작한다. 완횡전, 급횡전 스핀에 배면비행을 선보이더니 급반전, 수직강하, 수직상승, 2회연속급횡전, 이멜만반전으로 하늘이 온통 곡예단 서커스 공연장이 되고 있다. 인파 속 사람마다는 혹시나 부딪칠까 침을 꿀꺽 주먹을 불끈, 탄성에 애간장에, 모두는 비행체를 따라 빙글빙글 돌다가 솟구치고 급강하 다이빙을 해대고 있다. 초음속 굉음의 현란한 곡예는 눈을 졸게도 귀를 홍분케도, 온 군중을 하늘에 띄웠다 떨궜다 쥐락펴락 갖고 논다. 구름 같은 군중 모두는 순식간에 전희의 도가니로 빠져들고 있다.

이어 땅에서는 한판의 거방진 굿놀음이 벌어진다. 땅파기며 물길을 내는 데는 굿놀음이 제격이다. 사실 미신이요, 우상숭배라 한들 어떠랴. 한판의 굿 놀음에 다 마음이 평안하니 누이 좋고 매부 좋다. 이럴 땐 하나님도 미련한 인간 심사를 크게 탓하시진 않으실 것 같다. 아마 자애로운 미소와 함께 인간의 재롱 잔치를 즐기실 것도 같다. 이 세상 일어나는 일 모두가 하나님에 속한 것이니까.

갑판과 선실에는 오늘 비로소 장옷과 너울을 벗은 한반도 속살 앙가슴을 훔치려는 호기의 눈동자들이 떼도둑처럼 모여 있다. 처절히도 속은 채 목욕탕으로 들어서는 저 유대인들처럼, 목욕까지 시켜준다며 고마워하는 순간이 바로 자신의 임종시간이었다. 그들은 눈물까지 흘리며 좋아라고 들어선 목욕탕이 죽음의 독가스 탕임을 경련발작을 일으키면서야 깨달았으니…. 지금 배에 가득 탄 인사들도 수량 수질로 이름난 남해 해수탕을

†

창세의 하자假埉

찾아 죽음의 사우나를 나서는 길이다. 강보에 싸인 아기처럼 세상 아무것도 모른 채, 그것도 인생 예찬의 노래를 서로 먼저 옹알거리면서 말이다.

4국의 정상들은 의전을 마친 뒤로는 안전 보안을 핑계로 VIP 실에 숨는다. 숨는다고 못 찾을 저승사자도 아닌데 말이다. 오직 하나 목표 지향의 문 목사, 그는 어디에 있든 바쁘다. 제정신이 아닐지도 모른다. 오늘은 그야말로 문 목사 운명의 백척간두 그 대척점의 날이다. 이를 아는지 모르는지 대운하호는 더없이 아름다운 자태로, 더없이 수려한 물길로, 더없이 알짜 승객을 싣고는 더없이 도열한 환영객의 탄성 속에 드디어 기착지 부산항에 도착한다. 여태 부산항에서 멈출까 가슴 졸이던 뱃길은 다행히도 제주까지 이어진단다. 여기서 '다행'이란 오직 문 목사만의 언어일 뿐, 3천의 탑승자에겐 액이요, 마일 뿐이다. 어쨌거나 이 시각 문 목사만은 안도에, 회심의 미소를 짓고 있을 것이다.

늦은 밤 TV 앞. 나는 종일 벌을 선 듯 온몸이 뻐근한데, 평소 익숙하던 그 복식호흡도 오늘따라 소용도 없어, 벌렁거리고 헐떡대는 가슴호흡만이 당장의 나를 살리고 있을 뿐이다. 어쩔거나, 어디 정녕 이 액마를 막을 길이 없다면 차라리 문 목사라도 그 소망의 '믿음천국'을 열어야 하는 것을…. 연방 불행이 닥친다 한들 한 치 앞을 알 수 없는 인간임에야, 아무렴 탑승객 모두는 행복에 겹다.

한반도 대운하의 천 리 물길에 반한 그들은 불원간에 친구와 연인과 가족과 함께 다시 대운하 물길을 찾겠다며 저마다 야단이다. 꿈길 같은 물길여행의 낙수가 온 선실에 가득하다. 그러나 기가 찰 뿐이다. 그들은 다시 찾겠다는 그 약속이 지키지 못할 약속임을 아무도 감지하지 못하니 말이다. 경각으로 닥칠 새벽의 운명조차도 알지 못할 뿐, 차마 불쌍해 바라볼 수가 없다. 피할 수 없는 죽음 그들의 운명을 알고 있는 나로서도 어쩔거나, 이 시각 내가 할 수 있는 건 오직 임종의 예밖에, 부디 잘 가시라고….

재깍재깍, 시간은 흐르고 대운하 물길의 감동이 채 가라앉기도 전에 부산항이 가물가물 멀어져 간다. 문 목사 수하들의 수상한 모의작업도 끝난 부산항엔 뱃고동만 구슬프다. 대운하호는 자신의 운명을 아는 듯 터져나는 신음으로 이별을 고하고는 환송 호상꾼도 멀어져가는 저승 물길을 체념한 채 달리고 있다. 어느덧 수평선마저 사라진 어두운 밤바다 바람조차 스산하다. 그런데도 대운하호는 남해에 덥석 안기고는 잠시인 들 넉넉한 사내 품이 그렇게도 좋은지, 그 촐랑대던 낙동강 물일랑은 벌써 잊은 듯하다.

파도가 거세진다. 어느 영화 제목처럼 다시 돌아오지 말라는 원웨이 티켓… 대운하호 탑승객은 죽음으로 임무를 완수하는 특공대 가미가제의 운명으로 떠나고 있다. 무엇보다 놀랄 일은 출항을 점검할 관계자들이 백주부터 건너편 자갈치 횟집의 고급 횟감 앞에 거나하게 취해 있다는 사실과 그리고 자정을 넘어서부터는 조타실의 조타륜을 문 목사가 잡고 있다는 사실이다.

밤이 깊었다. 밤바다 뱃길이 더욱 사나워지고 있다. 그런데도 문 목사에게 조타륜을 맡긴 선장과 항해사를 포함한 승무원들은 얼큰히 취하고는 아무 데나 기댄 채 코를 골거나 아예 큰 대자로 뻗어서는 제 편할 대로 나뒹굴어 있다. 이제 그들 또한 덤의 제물임이 틀림없다. 구석구석 섰던 경호요원들마저도 어느 사이 마음이 풀렸나, 풀어놓은 미인계에라도 홀렸는지 어디론가 가고 없다. 대운하호는 도축장으로 끌려가는 한 마리 소가 되어 저승사자가 끄는 대로 발자국을 옮길 뿐 망설임도 주저함도 없다. 지금 눈 앞에 펼쳐진 바로 이러한 꼴들이 4국 국가원수를 포함한 대운하호 3천여 탑승자 앞에 들이닥친 운명의 그림자다.

아, 하나님이시여 이 참담한 모습이 보이지 않으십니까? 어서 포세이돈에 긴급 출동을 명하소서. 아니 포세이돈이여, 이런데도 하나님의 명만을 기다려야 합니까? 어서 발등의 불부터 끄소서. 진정 정의의 상징 삼지창을 그대로 아끼시렵니까? 삼지창으로 저 불의의 바위를 하나님의 이름으로 부수소서. 폭풍으로 바다를 깨워 해안을 뒤흔들어, 마지막 불의의 저주를 하나님의 이름으로 물리치소서. 악마의 제물로 끌려가는 저 불쌍한 영혼들을 위해 정의의 삼지창을 던지소서. 당신의 애마 그 황금 갈기 휘날리는 준마로 달려와, 어서 저 죽음의 노예들을 하나님의 이름으로 구하소서.

죽음의 폭풍이 몰려오는 이 시각에도 세상 모르는 탑승객 모두는 즐겁기만 하다. 좁을망정 선실마다 4국이 사이좋게 우정을 꽃피우고 있다. 다만 승무원들이나 하나같이 곤한 잠이다. 엄청 독주에 절여놓았나 보다. 나는 이 생떼 같은 나라마다의 보물 동량들이 경각으로 닥친 죽음이라니, 흥분을 넘어 미쳐버릴 것만 같다.

"야 이놈들아, 문 목사의 이따위 살인광란은 네놈들이 제공한 부정부품들로 완성된 음모의 합작품이 아니더냐? 이 미필적 고의의 살인자들 공동정범들아, 하늘 두려운 줄 알아야지."

다들 자기는 아니라며 손사래 치는 육지 그곳으로 나는 고래고래 욕설을 날렸지만, 파렴치 그들에게 욕설조차 아깝다. 더 가까워진 푯대, 배의 위치와 시간을 확인하는 문 목사의 눈동자는 쉼이 없다. 재깍재깍, 긴장한 귀에는 시계 소리조차 느리기만 하다. 칠흑의 밤바다 운명의 새벽이다. 흑진주 바다 빛은 점점 노도의 회색빛이 도드라지는데 선실에는 깨어 있는 사람은 아무도 없다. 기관실 엔진음 외에는 쥐 죽은 듯 고요하다. 먼 육지 새벽닭 울음이 따라올 리 만무한데, 하늘의 유성은 소리 없이 지고 있다.

벽시계는 새벽 4시, 정녕 운명의 시각이다. 오직 혼자 눈을 밝혀 마지막 하늘의 도움을 갈구하는 문 목사만이 이 평화로울 새벽조차 홀로 긴장하고 있다. 그의 바람대로 하늘이 도우신다 해도, 또한 제아무리 강철 심장 문 목사라 해도 막상 계획이 현실로 다가오니 온몸이 떨려온다. 손바닥과 얼굴에는 온통 땀이다. 하지만 이십 여 년의 외길 〈인간피부호흡〉이 하나님의 이름으로 그를 지켜줄 것이라는 데는 일말의 의심도 없다. 그러기에 그의 전부를 건 '믿음천국' 앞에 사지가 떨려오는 마지막 긴장감이야 다시 짜릿한 희열로 그를 힘 나게 한다.

20여 년을 오직 인간 구원만을 노래한 그 세월이 파노라마가 되어 스쳐간다. 나는 지금도 여전히 그의 표정을 살피고 있다. 인간구원이란 대장정 앞에 그의 심지가 얼마나 굳은지 그의 인간구원의 소망이 얼마나 절박하고 진실한지, 죽음 앞에서도 진정 태연자약할 수 있는지 심상의 거울인 그의 표정 살피기를 한시도 게을리 한 적이 없다. 그런데 그는 참 대단하다. 아니 위대하다. 어디에도 흔들림이 없다. 그의 야위어 움푹 꺼져 때꾼한 눈이 안타까울 뿐, 그래도 여전히 표정이야 그렇게 해맑을 수가 없다. 인간구원의 신이 틀림없다.

이제 그는 최소의 희생으로 인간세상을 변혁하자며, '믿음천
국'의 문을 힘차게 열어젖히는 순간에 섰다. 그간 하나님께 대들
고 들볶기까지 하면서도 아버지는 결코 아들을 버리지 않으신
다는 믿음만 붙들었다. 진정 이 아름답고 값진 '믿음천국'의 소
망을 하나님께서도 큰 상과 함께 축복해 주실 것을 확신하며,
그럼으로써 자신은 재림의 예수 아니 재림의 문수가 되련다. 부
복한 만백성 앞에 부활로 환생하는 자신의 모습은 상상만으로
도 감격에 복받치게 한다. 마음 같아서는 지금 당장 세상에 대
고 '믿음천국' 개국의 선포를 외쳐대고 싶은 순간이다.

부정부패, 살인강도, 전쟁, 테러, 기아, 질병, 미움, 성 관련 범
죄 등 그 어떤 악행도 사라진 '믿음천국', 오직 하나님의 사랑과
영광만이 넘실대는 이상향의 완성이다. 주님만을 찬양하는 믿
음과 믿음에서 얻는 평화와 평화에서 누리는 번영이 영원한 땅,
온 백성들의 행복에 겨운 모습이 어른거린다. 길고도 질겼던 범
죄의 인간역사를 대운하호 침몰과 함께 통절히 종식하겠다는
그의 소망, 인간범죄세탁의 길, 그의 20년 외곬 소망의 역사가
마지막 기도 속에 통렬히 비친다.

"말씀으로 만물을 창조하시어 이 땅을 인간의 터전으로 내신
생명의 하나님 아버지! 진정과 신령으로 경배와 찬양을 드립니

다. 오늘은 저의 20년의 서원, '인간범죄종식'의 약속을 지키기 위해 창연히 길을 나섭니다. 이 길은 하나님께서 만세전에 인간 구원 계획을 예비하신 바대로, 오늘 문 목사를 사용하시려 벌써 20년 전부터 '믿음천국'을 준비하게 이끄신 하나님 역사의 연장일 뿐입니다. 그 옛날에 이미 오늘의 시대상을 예지하신, 차마 범접할 수 없는 예지의 권능 앞에 무릎 꿇어 영광을 올려드립니다. '인간범죄종식', 더없이 절박하고 시급할 때를 미리 아시고는, 저로 하여금 완벽하게 대비케 하신 하나님의 그 구원계획에는 뜨거운 눈물만이 저의 진심일 뿐입니다. 그 옛날 아버지께서는 큰아들 예수 형님의 '십자가 죽음 부활'로 인간구원의 첫길을 장엄히도 여셨습니다. 이제 다시 둘째 아들 문수로 하여 아버지 창세 역사의 대미를 완성하시려는 데는 감격과 함께, 또한 저가 그 사명을 제대로 감당할지 염려가 되기도 합니다. 그러나 무한 능력 아버지의 뜻임에야 추호의 망설임도 없이 소명을 받들어 아버지의 영광을 만방에 드높일 것입니다. 그간 사명을 주시고 또한 길을 열어주신 하나님 아버지의 참사랑에는 먹먹한 가슴, 터져나는 희열, 감격의 눈물만이 있을 뿐입니다. 할렐루야, 하나님 아버지 홀로 영광 받으소서. 이제 어둠이 없는 세상 속에 마귀들은 탄식과 절망에 빠져서는 홀연히 사라져 갈 것입니다. 어둠을 이긴 광명한 빛으로 사망의 권세는 어디에도 그 흔적을 찾을 수가 없을 것입니다. '내가 곧 길이요 진리요 생명이니 나로 말미암지 않고는 아버지께로 올 자가 없느니라' 하신 예수 형님의 가르침을 새기며, 저도 형님을 따라 아버지를 신명을 다하여 도울 것입니다. 참을 만큼 참으신 하나님 아버지, 예수 형님을 따르는 둘째 문수가 언제나 아버지 계획의 도우미가 될 것입니다. 가까이 두시고는 늘 사용하소서. 오늘 준비된 인간범죄종식의 화목제가 인간 모두에게는 예방백신 접종처럼 한순간은 따끔히 아플 것입니다. 하지만 더 이상 아픔 없고 질병 없는 인간 낙원을 위한 고통임에야 누군들 의연히 따를 것입니다. 끼니마다 밥 익는 내음이 집안에 가득하듯, 이제는 하나님 찬양의 기도가 '믿음천국' 온 나라에 가득할 것입니다. 영광의 예배와 찬양의 기도가 이웃 담벽으로 넘어가지 못하던 그간, 늘 축복만을 간구하는 용렬하고도 이기적인 믿음이 하나님 영광만을 드러내는 믿음으로의 탈바꿈, 그 더러운 껍질을 벗으려는 회개의 몸부림이 오늘로써 역사의 흔적으로 사라져 갈 것입니다. 마지막까지 실족하지 않도록 인도하소서.

이제 끝으로, 그간 이 땅에 자자하던 인간 원성의 모음, '창세하자' 보고서를 송구한 마음으로 올려드립니다. 저의 충심이 혹시나 아버지의 마음을 언짢게 해드리지는 않을까 두렵기도 합니다. 더욱 오늘은 아버지께서 손수 인 치신 인(印) 치신 〈인간피부호흡〉권능의 두루마기를 걸치고 '인간죄악세탁'의 길을 나서는 길이오니 더욱 조심스러워집니다. 권능의 골계혈통 그 두 번째 적통자, 주문수의 이름으로 작성한 '창세 하자', 이는 인간의 솔직한 불평불만이요, 거짓 없는 마음임을 헤아려 통촉하시기를 간절히 바라나이다. 단지 인간세상 경영에 참조하시라는, 아버지의 영광을 위할 뿐 조금도 누가 되지 않기만을 간절히 소망합니다.

아무쪼록 이제 환희로 기쁠 뿐입니다. 드디어 꿈꾸던 '믿음천국'의 길에서 북받치는 기쁨으로 아버지께 출정보고의 예배를 마치렵니다. 아버지여 저의 길에 함께하시고 끝까지 축복하여 주옵소서. 아버지의 기업 한반도, 이 땅에 은사로 주신 한반도 대운하 개통 축하연에서 인간 죄악의 사슬을 끊고 평화와 영광이 영원한 기업 '믿음천국'을 엽니다. 오늘 이 한 배 가득 3천의 향기로운 피와 살을 그간의 속죄 물로 바치오니 열납하시고, 범죄로부터 탈출하려는 이 비장한 인간의 몸부림을 아버지여, 불쌍히 여기사 '믿음천국'으로 인도하소서. 아멘.

하나님 아버지, 기도드리는 중에 드디어 때가 되었습니다. 마음이 급한 나머지 앞서 말씀드린 '창세 하자' 보고를 아래에 첨부하여 서면보고로 대체하오니, 부디 귀찮다 마시고 인간의 고통을 다시 한 번 긍휼히 여기사 통촉하여 주옵소서. 아멘.

"뿌지직 쾅쾅."

이때 선실 문을 부수고 들이닥치는 난입자, 권총을 들이대며 손을 들란다.

문 목사는 대통령 경호요원들임을 눈치채는 순간, 반사적으로 조타륜을 움켜진 팔과 손목에 힘을 가한다.

경호원의 주먹과 발이 날아온다. 문 목사는 몸이야 부서질망정 조타륜만은 놓칠 수가 없다. 그러하니 날아오는 주먹과 발을 막을 팔이 없다. 어떤 일이 있어도 조타륜을 빼앗길 수는 없는 순간이다. 수심은 여전히 300미터 너무 깊은데, 화목제 예식장은 아직도 멀다. 연방 속도를 최고로 끌어올린다.

하지만 그들의 힘을 감당할 수가 없다.

도리가 없다.

다급히 그의 뇌리를 울리는 외침,

"급변침! 좌현 폭파! 하나님 굽어 살피소서…"

문 목사는 조타륜을 사정없이 좌현으로 휘감고는 좌현 폭파 스위치를 누르며 외치고 있다.

그의 생애 마지막 말이 되고 있다.

지친 대운하호는 꿀맛 같은 잠만이 그리운지, 남해 두껍게 누빈 파도이불 속으로 빠르게, 빠르게 파고들고 있다.

첨부

인간신체 하자 및 리콜방안

　'단일인종화'는 인종차별, 인종청소라는 극악무도한 인간역사를 근본적으로 차단할 방책으로 후대에 분노의 역사 대신 감사의 역사를 전하려는 것입니다. 자연은 온통 천연색이요, 인간 저마다 어느 하나 싫은 색은 없습니다. 단지 저마다 조금은 더 좋아하는 색이 있을 뿐 다른 색인들 어찌 꺼려지고 미워지는 색이 있겠습니까? 그런데도 유독 인간 피부색을 두고는 싫은 색이 있다니 말입니다. 지금껏 어떤 교육도 교양도 비웃는 피부색 차별, 인종차별이 빚은 참화의 인간역사, 그 치유의 길은 오직 외길, 다인종을 섞고 섞어 '혼합단일인종'만이 여태 찾고 찾던 그 비극 종말의 해답일 뿐입니다. 무엇보다 백인은 유색인종하고만 결혼이 허락될 것입니다. 부디 통촉하시고 '믿음천국'의 길을 열어주소서.

　'단일종교화', 본능처럼 어두움을 무서워하는 인간들은 마음이 조금만 어두워져도 두렵고 무서워지지요. 하나님을 알지 못하던 옛날 그 미혹한 인간들은 의지할 만한 '그 무엇'을 찾아 매달리게 되니, 끝내 '그 무엇'이 그들의 신이 되고 말았습니다. 진정하고도 유일하신 신 하나님이 계신데도 말입니다. 여태 참으시는 하나님, 이는 인간에게 참 지혜를 깨닫게 하심이겠지요. 먼 길을 돌아서라도 끝내 참신 하나님을 찾게 될 것을 알고 계시니까요. 그러나 하나님 아버지의 마음 같지 못한 인간들은, 저마다의 우상을 참신이라 우기며 끝내는 대립과 전쟁으로 평화를 망가뜨려 놓습니다. 하나님 아버지. 참신을 몰라 방황하는 사이, 자기의 신이 참신이라 미몽에 빠지고는 끝내 저주와 전쟁으로 치달은 인간역사는 '믿음천국'에서 종식될 것임에 이제 더는 근심하지 마옵소서. 다만 '믿음천국'의 길을 열어주소서.

'단일언어화', 그 옛날 하나님을 뛰어넘으려던 인간 바벨탑의 망령, 이로 하여 인간소통의 수단까지 갈래지어 흩어놓으심은 참으로 유감입니다. 인간 저마다의 소리는 이제 지구 반대편까지 퍼져가는 세상입니다. 그런데 알아듣지도 통하지도 않는 언어의 장벽 앞에 사랑과 평화의 손을 내민들 서로가 알지를 못합니다. 그런데도 힘센 종족의 말만은 알아들어야 하는 세상, 그 시간과 비용을 대지 못하는 자들은 시대의 낙오자 흙수저로 낙인 찍히고, 그의 부모 또한 낙오자의 원망의 대상이 되고는 노

첨부: 인간신체 하자 및 리콜방안

후가 불안하고 힘들어집니다. '단일언어화'의 '믿음천국'에서는 자연히 사라질 걱정이긴 하지요. 어서 '믿음천국'의 길을 열어주소서.

'단일지도자화', 무릇 동물들은 저마다 우두머리를 지향합니다. 그나마 야생동물들은 우두머리 경쟁에 확실한 룰이 있어, 분명 될 만한 놈이 우두머리가 되고는 이어 모두가 순종합니다. 그런데 인간의 우두머리 경쟁의 룰은 형식일 뿐, 저마다 갖은 모략으로 승리에만 혈안, 깨끗한 승부가 없습니다. 그러고는 자신을 지켜 달라 뽑은 지도자로 하여 자신은 물론 이웃 종족까지도 죽이는 전쟁에 휘말려 듭니다. 허울 좋은 민주주의, 문제의 지도자가 민주주의를 망칩니다. 이제 표준과 능력의 메시아로 하여 제대로 된 민주주의를 인간에게 돌려주어야 합니다. 사실 인류에게는 하나님 아래 오직 한 지도자만 유효할 뿐, 앞으로 인간 저마다는 빅 데이터, 인공지능, 블록체인, 사물인터넷 등의 기술로 입법부, 행정부, 사법부가 없이도 공영의 인류시대를 영위할 수 있습니다. 그러니 이 세상의 지도자로는 표준과 권능의 메시아 한 분이어야 합니다. 저 문 목사가 이제 주 문수의 권능의 이름으로 이 땅의 지도자가 되렵니다. 어서 '믿음천국'의 길을 열어주소서.

인간에게 영장의 지능을 주심이야 감사합니다. 그런데 이를 저마다 잘났다 다투게 인간 심령을 설계하심은 유감천만입니다. 시기, 질투, 부정, 향응, 비리에다 살인, 전쟁으로 인한 인간성 상실 등, 높은 지능이 인간 죄질을 더욱 나쁘게 만듭니다. 서로가 양보 협력하면 이 지구가 하나님의 낙원 그대로일 텐데, 군이 저 문 목사로 하여금 '믿음천국'이란 힘든 혁명의 길을 걷게 하는 인간들이 참으로 야속합니다. 그러나 송구스럽게도, 이런 결과는 무엇보다 하나님 '창세의 하자'에서 기인한다 하겠습니다. 인간의 심신에 박힌 불량부품의 리콜 수리를 단행하시고 온 세상을 리모델링하시지 않고서는 좀체 해결이 불가합니다. 인간 심령에 자동차 급발진과 같은 소프트웨어의 오작동이 일지 않도록, 저 문 목사가 인간 심신의 리콜 수리를 책임지렵니다. 어서 '믿음천국'의 길을 허락하소서.

인간세상의 정화를 위해서는 하나님의 말씀으로 성화를 인도하여야 합니다. 이를 위하여 근본적으로는, 부부간의 아름다운 사랑 속에 아이가 생기도록 하여야 합니다. 막사발을 빚듯 성욕을 채우는 사이 아이가 생기는 허술한 생산과정을 배격하여야 합니다. 바른 인간 육성은 가정의 화목과 사랑이 바탕입니다. '믿음천국'에서 그 하드웨어와 소프트웨어를 제공, 이를 즐기는 사이 그리스도를 닮은 선한 심성으로 자라게 할 것입니다. 낳은 부모는 부모로서의 책임을 다하겠지만 제 자식 남의 자식 없이 사회가 혼연일체로 출산 보육에 동참하게 할 것입니다. 또한 그리하여 인간이 어려서부터 사회성의 의미와 동고동락의 지혜를 체득하게 될 것입니다. 내 자식 내 부모만을 아는 세상에서 인간 모두가 가족인 공동체를 만들 것입니다. 어서 '믿음천국'의 길을 허락하소서.

〈인간피부호흡〉, 지구는 좁고 그나마 바다가 차지합니다. 오글 대는 올챙이 떼같이 사는 인간이 애처롭습니다. 우주로 살길을 찾아 나선다며 필사적입니다. 후대를 위한 몸부림이지요. 그러면서도 한편 지구의 드넓은 활용방안을 모색하렵니다. 인간 심신에는 여러 하자가 있음을 여러 차례 고하였습니다. 그중에서도 인간의 치명적 한계요, 약점인 수중 생존을 위해 〈인간피부호흡〉 길을 온 인류에게 열어주렵니다. 접시 물도 두려운 인간심폐기능, 인간의 품격에 맞게 재창조하여 보강하렵니다. 〈인간피부호흡〉의 DNA를 자자손손 유전, 인간이 강과 바다를 육지처럼 앞마당처럼 생활터전으로 삼을 것입니다. 좁은 지구가 훨씬 커질 것입니다. '믿음천국'을 형통하게 하소서.

삶의 방식을 친환경적으로, 지구 온난화 등 환경파괴로 인간이 제 무덤을 파는 어리석음에서 깨어나게 할 것입니다. 1등이 아니면 패배자, 인간의 지나친 경쟁의식은 인간심령을 병들게 합니다. 금수저, 흙수저가 없는 조화로운 '믿음천국'에서는, 더 욕심내지 않아도 좋을 산업분야는 무리한 경쟁을 지양, 인정이 넘치는 세상으로 나아갈 것입니다. 환경을 제 몸처럼 사랑하여 에덴동산 하나님의 낙원, 지구 그대로를 복원하겠습니다. 어서 '믿음천국'의 길을 허락하소서.

인간은 하나님의 형상대로 지어 만물의 영장이 되라 하셨습니다. 첫 인간 아담의 수명은 구백 삼십 년, 하나님이 그렇게도 챙기시는 이스라엘 민족의 아버지 아브라함은 100세에 아들 이삭을 얻었습니다. 같은 남자로 부럽기만 합니다. 창세기 인간수명은 천 세에 이르렀는데, 오늘 날은 백 세도 힘들뿐더러, 그나마 온갖 질병, 심지어 감기나 작은 종기로도 목숨을 빼앗기거나 식물인간이 되게 합니다. 의심이 의심을 낳고는 진정 인간이 하나님의 진품인지, 인간에 대한 하나님의 사랑이 식어간다는 의심을 지울 수가 없습니다. 인간 삶의 이기인 온갖 물품은 그 중요 부품을 미리 확보하여 제품의 수명을 늘리고 있습니다. 그러나 인간에게는 사소한 꼬투리로도 아예 생명 자체를 거두시니 참으로 억울합니다. 일회성 소모품으로 끝나는 인생, 하루살이에게도 조롱받는 수모를 언제까지 참아야 합니까? '게놈연구프로젝트'와 배아줄기세포 및 체세포 복제 등 그간의 연구 성과를 인간이 제대로 수혜를 누리도록 그 완벽한 성공의 길을 열어주소서. 평균수명의 연장과 함께, 인간수명의 하한선을 최소 오백

✝
첨부: 인간신체 하자 및 리콜방안

세로 보장하소서. 인간역사의 종말 저출산에 대한 유일한 대책입니다. 굽어 통촉하소서.

하나님 무슨 포비아니, 트라우마니 하는 이름의 공포가 인간 세상을 덮고 있습니다. 어둠공포증, 고소공포증, 대인공포증, 남성공포증, 테러공포증…. 이제 온통 세상은 아무 이름만 갖다 붙여도 무슨 공포증이란 이름의 병으로 등록이 될 지경입니다. 밤거리가 무섭고 어둠이 불안하고 남자가 두렵고 사람이 싫어집니다. 어둠, 높은 곳, 물불을 두려워함이야 굳이 병이라 할 건 없겠지요. 그런데 사람에게 가장 무서운 게 사람이라니요. 왜 인간이 인간을 두려워해야 합니까? 이는 분명 직접경험이거나 간접경험의 학습효과 때문입니다. 매스컴마다, 가정마다, 학교마다, 밤길 조심, 남자 조심, 사람 조심입니다. 우애와 사랑의 온실인 가정과 학교마저도 왕따 조심, 친구 조심, 어른 조심, 길 조심, 차 조심으로 자나 깨나 경계심만을 반복 주입하니 세상은 온통 조심할 것, 피할 것밖에는 있을 수가 없는 것이지요. 하나님 아버지, 이제는 우리 인간이 언제 어디서 누구든 편안히 만나고 또한 스쳐 지나가고 어쩌다 부딪히면 밝은 표정으로 미안해요 조심해 가라며 가벼운 웃음이나 목례라도 나누고, 그래서 두려움이든 불안감이든 어떤 선입견도 없는 사람과 사람과의 관계로 살아가기가 너무나 절실합니다. 순진무구의 아기 마음 그대로 애련에 물들지 않은 순수 그대로의 어른으로, 이리하여 사람이 모이면 모일수록 그 사람들이 신이 나고 힘이 나는 사회관계망을 구축해야 합니다. 때로는 밤길 새벽길에도 낯선 길동무를 만나고 싶기까지 아무 거리낌 없는 평안한 인간 세상을 열어야 합니다. 끌림과 호기심이 사랑과 책임으로 이어지는 남녀의 만남과 결혼, 베풀고 한쪽은 나누어주고 돕고 이끌고 또 한쪽은 불만과 증오를 씻고, 감사하고, 힘을 얻고는, 자신을 회복하는 건전한 인간관계, 준칙과 배려의 운전문화, 어쩌다 접촉사고가 나면 서로를 먼저 걱정하는 아름다운 거리풍경, 예절과 존경 때로는 절제로 남녀노소가 함께 어울리는 소통의 세상, 핵도, 전쟁도, 빼앗음도, 앗김도 사라지고는, 인간범죄의 그 뿌리까지 소멸된 세상, 밝고 환한 미소와 진정한 배려 아름다운 예의가 4계절을 이루는 인간 세상, 바로 그곳이 하나님이 태초 말씀하신 에덴동산이요, 내일의 '믿음천국'이오니, 어서 '믿음천국'의 옥새를 하사하소서.

그럼 다음에는 하나님 아버지의 창세 완성의 터전, '믿음천국'에서 감사와 환희로 온 백성과 함께 첫 경배의 예배를 드리겠나이다. 하나님 아버지시여! 영원한 '믿음천국'을 열어 형통케 하옵소서. 아멘. 끝

첨부: 인간신체 하자 및 리콜방안

창세의 한 자_{創世}